鲁迅与那个时代的战争

李克◎著

尖锐的言辞、犀利的笔战再现三十年代骂鲁迅或被鲁迅骂的人与鲁迅之间的矛盾与冲突。

YSP
北京燕山出版社
BEIJING YANSHAN PRESS

图书在版编目(CIP)数据

鲁迅与那个时代的战争 / 李克著. —北京: 北京燕山出版社, 2018.1

ISBN 978-7-5402-4953-3

Ⅰ. ①鲁… Ⅱ. ①李… Ⅲ. ①鲁迅研究 Ⅳ. ①I210

中国版本图书馆 CIP 数据核字(2018)第 018692 号

鲁迅与那个时代的战争

作　　者 李　克

责任编辑 贾　勇　王　迪

设　　计 张合涛

责任校对 岳　欣

出版发行 北京燕山出版社

地　　址 北京市西城区陶然亭路 53 号

电　　话 010-65243837

邮　　编 100054

印　　刷 北京圣夫亚美印刷有限公司

开　　本 710mm×1000mm　1/16

字　　数 183 千字

印　　张 17.5

版　　次 2018 年 5 月第 1 版

印　　次 2024 年 1 月第 2 次印刷

定　　价 48.00 元

Preface 前言

鲁迅和那个时代的战争，这里的“战争”当然主要指的是“文战”，战场是上世纪二三十年代的民国文化界。

在上世纪二三十年代的中国，强烈的民族危机和莫测的政治纷乱之际，在危脆的国家和懦弱政府之下，各种思想潮流喷涌竞逐；为着替民族和国家寻求一个光明的未来，文化人的战斗精神正史无前例地发挥到极致。鲁迅就是其中最富战斗精神者之一。

在鲁迅的作品中，大量的杂文是一个极为重要的组成部分，如同他的小说一样，贯穿着一种直面现实的、凌厉的战斗精神；只不过，他的杂文作为战斗工具的作用更为鲜明和强悍，战斗的对象也更为具体。

在笔墨交锋的剑影刀光中，鲁迅“文战”的对象往往多是立场不同，非关私人的交谊，鲁迅对他所处的时代自有他的解读和坚持，而鲁迅的精神立场的鲜明，无论放在哪个时代无疑都是可贵的。同时，无论从哪个角度看，鲁迅和他的战争的意义都远远超出了那个时代。

关于鲁迅和那个时代的战争，在不同的时代产生了不同的解读。曾经在一个时期，鲁迅所论战过的对象们，无论在中国的政治还是精神文化领域都无不沦入万劫不复之境。而此后的年代里，在一个时期似乎又完全走向了另一个极端，兴起了一股专门捧鲁迅“骂”过的人的风潮，以他们的文化成就来否认鲁迅的批评，如胡适、林语堂、梁实秋等人。这大概是物极则反的一种现实例证。这种转换反映了时代的现实变迁，但也往往抽离了论战发生当时的实际背景，让历史的风景倍增迷离。应该说这两种极端都是不甚可取的。

历史的云烟渐渐的消散，今天，当我们回望和阅读鲁迅以及他在那个时代所进行的战斗，自有另一番感受。当我们不再脸谱化地看待那个时代的人和事，还原一个时代的真实情境，这对我们民族的今天无疑更有裨益。

本书试图撷取的是当年鲁迅与他的论敌们交手的一些片段，使今天的我们籍以回顾历史的真实，体味那个新文化与旧体制博命相向、革命与改良竞相上演、理想与现实强烈碰撞的大时代，感受那时候时代的文坛风尚和精神魅力，或对我们的未来不无一种隐喻般的昭示。

书中所录的鲁迅的论敌中，有些人本就是当时中国人文界的翘楚，如胡适、郭沫若、徐志摩、顾颉刚等，有些人因为鲁迅作品在中国大地的广传而为人熟知，如杨荫榆、邵美洵、叶灵凤等。他们身处不同的领域，无可否认的是都在中国近代的文坛扮演过重要的角色，而他们的共同点就是都进入过鲁迅匕首与投枪的射程。那么，鲁迅和他的论敌们之间刀来剑往的战争是怎么发端的、来龙去脉如何？你攻我守的回合转换中上演了什么样的故事和精彩？在书中都做了较为详尽的呈现，请大家共鸣。

作 者

CONTENTS

目录

第1篇 “容忍”的胡适和“不饶恕”的鲁迅

胡适（1891—1962），原名胡洪骍，因达尔文的“物竞天择，适者生存”改名为胡适，字适之，安徽绩溪人，近现代著名学者。1910年留学美国入康奈尔大学，后转入哥伦比亚大学，曾从学于杜威，深受其实验主义哲学的影响。

1917年初，胡适在《新青年》上发表了《文学改良刍议》，同年获哲学博士学位并回国，任北京大学教授。参加编辑《新青年》，并发表论文《历史的文学观念论》《建设的文学革命论》，出版新诗集《尝试集》，成为新文化运动中很有影响的人物。

1938年任国民政府驻美国大使。1946年任北京大学校长。1948年离开北平，后转赴美国。1958年任台湾“中央研究院院长”。胡适一生在哲学、文学、史学、古典文学考证诸方面都有成就，并有一定的代表性。

一

鲁迅和胡适都是民国时期文化艺术界的巨匠和旗手。鲁迅生于1881年，正好大胡适十岁，但他的成名却比胡适要晚得多。

早在1917年，胡适在《新青年》上发表了《文学改良刍议》，一夜之间暴得大名，成为闻名于国内文化界的“文学革命”先锋人物。而这时的鲁迅还是“临时政府”教育部的一名公务员，以抄古碑校古书来排除精神上的苦闷。正是文学革命的号角，吹散了萦绕在鲁迅思想上的乌云，让他振奋起来。1918年5月，他在《新青年》上发表了震撼文坛的《狂人日记》，并首次使用了“鲁迅”这个笔名，从此一发而不可收，显示了文学革命最丰厚的实绩。

胡适对此则给予了充分的肯定和赞扬，1922年他在《五十年来之中国文学》中说，中国白话短篇小说创作，“成绩最大却是一位托名‘鲁迅’的。他的短篇小说，从四年前的《狂人日记》到最近的《阿Q正传》，虽然不多，差不多没有不好的”。

从鲁迅的日记中看，两人交往于1918年，而真正来往于1923和1924年。在这期间，两人有着比较一致的思想观点与主张。那就是：反对旧道德、旧礼教，提倡科学与民主；反对文言文，提倡白话文。特别在反对旧文化、倡导新文化的方面两人多有共识：或是胡适倡导观念，鲁迅相继发表文章，予以呼应；或是两人同时从不同侧面和角度，对某一问题作深入的阐发。

鲁迅倡导文学革命，注重新文学的创作实践。他在《〈自选集〉自序》一文中表述说：“我做小说，是开始于1918年，《新青年》

上提倡‘文学革命’的时候。”而胡适倡导文学革命，则注重从理论上突破，先后写出了《文学改良刍议》《建设的文学革命论》等文章，在否定旧文学的基础上，形成了一系列关于革命文学的论述。

《鲁迅日记》也可以见证两人在学术研究方面曾过从甚密。鲁迅的《中国小说史略》出版前后，曾多次征求过胡适的意见。胡适在写作《中国章回小说考证》一书时，也曾多次向鲁迅请教。在胡适的作品中也有明确描述两人友谊的片断：两人在讨论学术问题时，从不拐弯抹角，对对方的观点，多是正确的欣然表示认同，错误的直言相告，有疑问的也不苟同，互相商榷。

在此后的六七年间，胡适与鲁迅的来往比较多。仅《鲁迅日记》记载，鲁迅致信胡适十数次，得胡适回信十封。他们互访过，也在一起吃过饭；而更多的，则是写作和学术上的交流，互赠资料和自己的作品。

然而，在《鲁迅日记》中，从1925年以后，胡适的名字却消失了。是什么事情使胡适与鲁迅断绝了往来呢？

二

1925年时的鲁迅，正由官场走向民间，而胡适则由书斋走向了议政之路。当时在鲁迅的文章里有明确记载：先是清朝末代皇帝溥仪召见胡适，而后，胡适与段祺瑞政府和蒋介石集团互递秋波。于是，一个成了现政权的拥护者，一个成了现政权的批评者，两种选择，使两人分道扬镳，站在了对立面上。他们以各自为中心，分别团结了一批知识分子，使寂静的知识界一时热闹起来。

在鲁迅与胡适的不同价值选择中所延伸出的政治观点和文化隐喻也十分鲜明，从两人当时的作品中，也不难看出其在政见上的分歧：鲁迅以为中国的进化有赖于精神的重塑，改造国民性乃是知识界的重任；胡适想的却是，以智慧和潜能贡献给权力阶层，借助现政权的力量来推进社会的进步。

胡适在《我的自述》一文中所说："我是一个注意政治的人。当我在大学时，政治经济的功课占了我三分之一的时间。"胡适先后主持过很有影响的《每周评论》《努力周报》和《独立评论》三个政论性的周刊，就表明了他对当时中国现实政治的高度关切。反观鲁迅，他走向民间，更多的是立足于当时中国劳苦大众的立场上来发声。他对于官场的冷视，并不亚于对世俗社会的憎恶。此后，好恶分明的鲁迅不再给胡适留面子，时不时地间接或直接公开批评胡适。随着矛盾公开化，两人的关系也日渐冷漠，乃至交恶。

从大的方面看，胡适曾主张"不谈政治"，后来他却公开出来大谈特谈政治，还爆出了一些令舆论哗然的政治事件，这些都可能引起鲁迅对他的不满和反感。而且还有一件事则很可能直接惹恼了鲁迅，这就是1924年以来发生在北京的女师大事件。

当时，围绕着女师大的学生风潮，在校内外存在着两种截然相反的看法：一种是以鲁迅为代表，坚决支持学生的正义行动，无情揭露章士钊、杨荫榆的倒行逆施行为；一种是以陈西滢为代表，袒护章、杨的专制和蛮横，对学生的正当行为横加指责。由此引发了鲁迅和陈西滢长时间的论战。尽管胡适没有直接参与鲁迅和陈西滢的论争，但从他发表的《爱国运动与求学》可以看出，他对体现爱国热情的学生运动虽然也给予了肯定，但对此次"北京的学生运动一变为对付杨荫榆，又变而为对付章士钊”这样的结局是颇有异议的。而这在鲁迅看来，就是在为章士钊开脱，完全与陈西滢穿着一条裤子说话。所以在与陈西滢的论战中，鲁迅也曾多次不点名地讥讽胡适。

有趣的是，在 1926 年 5 月 24 日这一天，书生气十足的胡适忽然在天津给鲁迅、周作人和陈西滢同时写了一封充满感情的长信，苦口婆心地劝他的好朋友们和解，结束这场由猜疑和误会引起的意气之争。但是，让胡适意料不到的是这封信收到的效果适得其反，鲁迅无论如何不能接受这种“和稀泥”的态度，从此就与胡适彻底决裂了。

鲁迅对胡适的某些政治言行给予了无情的讽刺，展现出疾恶如仇的态度，这是尽人皆知的。相比之下，胡适却对鲁迅表现出了大度和超然，他从来没和鲁迅直接交锋过，也没有进行过笔战，更没有表现出对鲁迅人格的不敬。

1929 年 9 月 4 日，胡适给周作人写了一封长信，十分感慨地说：“生平对于君家昆弟，只有最诚意的敬爱，种种疏隔和人事变迁，此意始终不减分毫。相去虽远，相期至深。此次来书情意殷厚，果符平日的愿望，欢喜之至，至于悲酸。此是真情，想能见信。”胡适对鲁迅的大度和超然，恐怕就源于这种“敬爱”的“真情”。

不过，鲁迅骂胡适却不搞人身攻击，也对胡适不无肯定之处，一代大师的风范显露无余。胡适曾就论稿请教鲁迅，鲁迅对此评价道：“大稿已经读讫，警辟之至，大快人心。我很希望早日即成，因为这种历史的提示，胜于许多空理论。”

鲁迅与胡适政见分歧的时代，正处在中西方文化冲突最激烈、最血腥的时代。当时，西方文明通过军事征服与经济扩张在全世界表现出前所未有的强势，而民初的中国也曾迎来一个最为西化的时代。面对西方文明的强大攻势，以鲁迅为代表的一些中国文化人自觉把文艺当作挽救中国政治危机的工具，并进而让文艺承担起挽救中国政治危机的重任。

两人在“整理国故”问题上的争论是双方分歧中最具冲突性的一次。“整理国故”的口号，是当时北京大学旧派学生提出来的。他们成立“国故社”，扯起“昌明中国故有之学术”的旗帜，企图以研究“国故”之名，行复古之实。针对“国故社”的倒行逆施，北大进步学生联合在一起成立了“新潮社”，指出研究国故必须用“科学的精神”对国故加以“整理”，反对“国故社”以封建思想“保存国粹”。

胡适的观点是：整理国故实在很有必要，应当用科学的方法去指导国故研究；研究学术史的人，应当用“为真理而求真理”的标准去批评各家的学术。客观说来，胡适最初的基本精神与“新潮社”是一致的，且某些地方尚有发挥。然而，由于胡适的“从政”，他随后的“整理国故”主张则偏离了最初的观点。他鼓励青年“踱进研究室”“整理国故”，并给广大青年大开“国学书目”，要求中学的国文课以四分之三的时间去读古文。这客观上对诋毁新文学的复古派起到了支持作用。接着，他又以进“研究室”求学为借口反对学生运动，认为“呐喊救不了中国”，国家的纷争、外间的刺激，只应该增加学生的求学热心与兴趣，这基本上就是走到了进步学生的对立面。

对此，鲁迅不再沉默，他先后写了《所谓国学》《望勿“纠正”》《这是这么一个意思》等一系列文章，尖锐指出“整理国故”的内容和方向转变带来的弊端，他鼓励青年关心实事，参加现实斗争，而不是两耳不闻窗外事地死读书、读死书，其观点和矛头直指胡适，犹如匕首投枪。

三

在鲁迅去世之后，作为过去的同事和朋友，又同是文化界名人的胡适同意增补自己为鲁迅先生纪念委员会的委员，还为许广平拟出版《鲁迅全集》的事尽力帮忙。

当时，鲁迅逝世后，一股诽谤鲁迅的言论如潮涌来，其中对鲁迅批评最烈者，莫过于武汉大学的苏雪林。当她向胡适夸耀其批鲁迅的言论时，立即遭到胡适的批评，认为苏雪林言词失当，“是旧文字的恶腔调”。他说：“凡论一人，总须持平，爱而知其恶，恶而知其美，方是持平。鲁迅自有他的长处，如他的早年文学作品，如他的小说史研究，皆是上乘之作。”

此时一些好事者又翻起了十年前的一桩公案，即鲁迅的《中国小说史略》涉嫌抄袭日本人盐谷温的作品。1920 年 8 月，鲁迅在北京大学教授中国小说史，胡适读过《中国小说史略》后，极为悦服地说：“在小说的史料方面，我自己也颇有一点贡献。但最大的成绩自然是鲁迅先生的《中国小说史略》，这是一部开山的创作，搜集甚勤，取材甚精，断制也甚谨严，可以替我们研究文学史的人节省无数精力。”

可是，陈西滢却发表文章，认为鲁迅的《中国小说史略》“是整大本的剽窃”，他还对徐志摩说，这本书“是根据日本人盐谷温的《支那文学概论讲话》里面的‘小说’一部分”。或是“拿人家的著述做自己的蓝本”。鲁迅对此极为气愤，即时发表文章予以答复说：“盐谷氏的书，确是我的参考书之一，我的《小说史略》二十八篇的第二篇，是根据它的，还有论《红楼梦》的几点和一张《贾氏系图》，也是根据它的，但不过是大意，次序和意见就很不同。其他二十六篇，我都有我独立的准备，证据是和他的所说还时常相反。”

时隔十年，鲁迅的《中国小说史略》被译成日文，盐谷温的《支那文学概论讲话》也已译成中文，读过这两部著作的中日两国学者，再没有一个人指出鲁迅有剽窃之嫌。鲁迅为此感慨地说：“我负了十年‘剽窃’的恶名，现在总算可以卸下，并且将‘谎狗’的恶名，回敬自称‘正人君子’的陈西滢教授。”胡适认为历史已做定论，他有责任站出来说句公道话，所以，在致苏雪林的信中，他说：“说鲁迅之小说史是袭盐谷温，就使鲁迅终身不忘此仇恨！现今盐谷温的文学史已由孙俍工译出了，其书是未见我和鲁迅之小说研究以前的作品，其考据部分浅陋可笑。说鲁迅抄盐谷温，真是万分的冤枉。盐谷一案，我们应该为鲁迅洗刷明白。”

自此之后，凡是涉及到鲁迅的话题，胡适还是能从实际出发，给以较为客观的评价；但出于他的政治立场和思想偏见，对鲁迅的思想发展及其作品（主要是后期杂文）难免有所误解和贬低。1958年5月4日，胡适在台湾有一个很长的讲话，说到新文化运动时，他说：“我们这班人不大十分作创作文学，只有鲁迅喜欢弄创作的东西，他写了许多随感录、杂感录，不过最重要他是写了许多短篇小说。”直到晚年，胡适仍如此评价鲁迅，这也是很难得的。

四

对比胡适和鲁迅的精神风貌，用他们自己的语言概括，鲁迅的写照不妨用他自己临终前的格言“一个都不宽恕”；相反的，胡适到晚年孜孜无怠，力倡“容忍与自由”。因此，胡、鲁之间横亘着一道宽容的分水岭，它使“容忍”的胡适和“不宽恕”的鲁迅最终成为两种不同文化的精神标志。

把宽容与否判为两种性质不同的文化，是因为在中国文化语境中，宽容从来仅被视为一个“度量”（肚量）问题。诚然，度量与宽容有关，但仅是度量则无法度量出宽容那丰富深厚的文化内涵。因为，宽容在这里，不是别的，而是一种理念——价值理念。胡、鲁作为从五四新文化分离出的两位知识分子，事实上代表了两种性质不同的文化。“胡文化”便是一种以宽容理念为价值取向的自由主义文化；“鲁文化”则相反，它是公开拒绝宽容并带有其独断性的刀笔文化。

这对比可以用十个字概括：“明确的是非”和“正义的火气”。前者是鲁迅的提倡，后者却是胡适的警惕。

什么是“明确的是非”？1935 年的上海文坛，依然混战无已。鲁迅认为：“文人们的互相评论，各各‘指其所短，扬其所长’固可，即‘掩其所短，称其所长’亦无不可。然而，那一面一定得有‘所长’，这一面一定得有明确的是非，有热烈的好恶。”鲁迅的意思重在句末，即：文人在论争时，是则好之，非则恶之，是非不但要“明确”，好恶更得要“热烈”。这一原则，不用说，鲁迅在他自己参与的历次论战中，都坚定不移、以身作则了。

“正义的火气”源于1959年胡适写的第一篇《容忍与自由》。在这篇文章中，胡适说：“容忍是一切自由的根本：没有容忍，就没有自由。”为了说明这一点，胡适甚至举了自己年轻时的一个例子。年轻的胡适是一个无神论者，他痛恨迷信。在一篇文章中，胡适借《礼记·王制》中的话表明自己的态度：“假于鬼神时日卜筮以疑众，杀。”亦即杀掉那些借鬼神以惑众的人。在这里，胡适是斩钉截铁的，因为他是在反迷信。反迷信还不对吗？这里正有着“明确的是非”，所以胡适不惮以“热烈的好恶”显示自己的决绝。此时，胡适方才十七岁。可是，十几年后，胡适在北大，北大的一些“卫道士”却要“杀”胡适了，理由也是《礼记·王制》中的话，所谓：“学非而博……以疑众，杀。”什么叫“学非而博”？此“非”即“是非”之非。既然你所学的东西是不对的，且又以此惑众，那就该“杀”。这里，“明确的是非”和“热烈的好恶”也是一点都不含糊。于是，晚年的胡适把这两件己对人和人对己的往事并作一类，说：无论“当年我要‘杀’人，后来人要‘杀’我，动机是一样的：都只因为动了点‘正义的火气’，就都失掉容忍的度量了”。正是有过这样的经历、体验以及由此而形成的认知，坚持了一辈子自由主义的胡适，越至老境，越强调容忍比自由更重要。

比较之下，胡适从年轻至老年有过上述这样的精神蜕变，鲁迅则没有。鲁迅以本身就很热烈的口吻说：“像热烈地主张着所是一样，热烈地攻击着所非，像热烈地拥抱着所爱一样，更热烈地拥抱着所憎——恰如赫尔库莱斯的紧抱了巨人安太乌斯一样，因为要折断他的肋骨。”原来，鲁迅对于所憎者的“热烈地拥抱”，就是胡适十七岁所引《王制》那句话的最后一个字：杀。

五

鲁迅、胡适同为 20 世纪现代中国的文化巨擘，他们同时扛起了中国文学现代化、中国知识分子现代化的大旗，然而他们最后却因不同的文化性格走向了不同的方向，共同构成了 20 世纪中国文化、中国文学、中国知识分子现代化的复杂而迷人的风景，吸引了众多的研究者。

胡适有句话说：“狮子与虎永远是独来独往，只有狐狸与狗才成群结队。”这句用来形容鲁迅与胡适自己并不为过，假设中国现代是一座大森林，胡适是狮子，鲁迅是老虎，绕开他们俩人去谈中国现代文化史是不可能的。而狮子与虎的王者角色大概没人反对，纵使大家都不服谁，狐狸与狗在表面上也不得不俯首称臣。

胡适、鲁迅和陈独秀，在当时属于新文化运动的“三巨头”，而后三人又都从新文化阵营中分裂出来，陈独秀和鲁迅在“五四时期”表现为左倾，令胡适非常不安。胡适与鲁迅在本质上都是自由主义者，但方式不同。胡适要的是改良，鲁迅要的是革命，二者必然会有所冲突。胡适标榜的是“容忍比自由更重要”，而鲁迅的“一个都不宽恕”更体现了大时代背景下的革命性。鲁迅毕生都在为把中国人改造成不做奴才的自觉的现代人、把人民改造成文明的人民而努力，他对一切调和的立场都不能容忍。

从学术角度看胡适、从文学角度看鲁迅，胡适在很多方面都不具备精湛专业的头脑，但却是很多方面的启蒙领路人，他是特立独行的最具人格魅力和知识风范的伟大学者，而且是个哲学家；鲁迅则首先是个光明磊落而大刀阔斧地横扫历史的伟大作家，其次才是个合格的思想家。在他们的影响下，现代中国出现两批不同的文化人，直到今天也是如此。

鲁迅和胡适还分别代表了近代中国知识分子中的两大流派，即留日派和留美派。留学生对中国近现代历史的影响之巨是人尽皆知的，他们活跃在政治、经济、军事、文化的各个领域，引领了清末至民国的中国时局。

鲁迅是近代中国较早的一批留日学生。中国最早的留学生的流向是到日本而非英美，一个重要的原因是日本离中国近、留学费用少。鲁迅在日本留学的时候，当时日本思想界流行的不是自由主义，而是社会主义，此外，尼采的超人哲学以及无政府主义也有较大影响。这些都不可能不影响到当时的鲁迅。到了 20 世纪 20 年代后期，鲁迅在跟那些左翼的年轻朋友接触的时候，在他们的鼓动下读了一些社会主义的书，到了他的晚年，他的价值观趋向是倾向于苏俄社会主义的。

胡适比鲁迅小十岁，到胡适能够留学的时候，中国人留学的热点已经有所转移了，不再是日本而是英美，特别是美国，一个重要的原因就是从 1909 年开始的“庚款留学”。胡适到了自由主义大本营，他耳濡目染吸收的自然是自由主义的影响，这对胡适一生起到了莫大的作用，胡适成为一个自由主义者不奇怪，而是水到渠成的。

第2篇 鲁迅与"资本家的乏走狗"梁实秋

梁实秋（1903—1987），原名梁治华，字实秋，出生于北京，浙江杭县（今余杭）人。笔名子佳、秋郎、程淑等。中国著名的散文家、学者、文学批评家、翻译家，国内第一个研究莎士比亚的权威。

1923年8月赴美留学，取得哈佛大学文学硕士学位。1926年回国后，先后任教于国立东南大学、国立青岛大学并任外文系主任。1949年到台湾，任台湾师范学院英语系教授。1987年11月3日病逝于台北，享年84岁。

他是国内第一个研究莎士比亚的权威，曾与鲁迅等左翼作家笔战不断。他笔耕不辍，一生给中国文坛留下了多达2000余万字的著作，其散文集创造了中国现代散文著作出版的最高纪录。代表作有《莎士比亚全集》（译作）等。

一

梁实秋所做最有影响的事，可能并不是创造了中国现代散文著作出版的最高纪录，也不是翻译出版了《莎士比亚全集》，而是与鲁迅打了九年之久的一场论战。从1927年到1936年，两人围绕人性、阶级性、普罗文学、翻译理念、文艺政策等诸多论题，展开了一场互有攻守的持久论战，直至1936年鲁迅不幸逝世才自然结束。这场论战给读者留下了100多篇文章，多达40余万字，以致后人编有《鲁迅梁实秋论战实录》一书，记录了论战的全过程。

这场论战乍起时，鲁迅已是当时中国文坛的巨擘，声名卓著，是文学界、思想界公认的领军人物之一，而比鲁迅晚来人间22年的梁实秋虽曾写过新诗，被称为“豹隐诗人”，但只是写过一些文学批评、初露头角的新人。当时，他毕竟是刚从美国学成归来的24岁的小青年，知梁实秋者又有几人？可就在这有着极大反差的二者之间却展开了一场论战，二人真可谓是“忘年敌手”。

梁实秋的祖父是官居四品的清朝官员，父亲是首都警界人士，他也可算是含着“金钥匙”出生的官二代了。梁实秋本人也很聪慧，13岁就考入清华学校留美预备班（即今清华大学之前身）。在此期间，他与好友闻一多合作发表了《冬夜草儿评论》一书，得到远在日本的郭沫若来信称赞。21岁时，梁实秋留学美国，后进入哈佛大学读研究生，师从美国著名人文学者白璧德，获得哈佛大学英文系哲学博士学位。梁实秋受到白璧德的影响很深，在他后来的著书撰文上也有意无意带着精英主义的烙印。大概也就是这种烙印，引起了关心普罗大众的鲁迅的反感。

鲁、梁后来的论战，主旨着重于两个问题，一是文学的阶级性和普遍的人性问题；二是关于翻译中的硬译问题。“丧家狗”事件，是这场论点中最具代表性、最有影响力的插曲。虽然论战中还涉及了其他问题，但基本都是论战过程中出现的附带问题了。

二

一般认为两人论战最初的起因是 1927 年梁实秋发表的《卢梭论女子教育》一文。但实际上在 1926 年，梁实秋在《晨报副镌》发表《现代中国文学之浪漫的趋势》一文后，引起了文坛的关注，鲁迅于 1927 年 4 月 8 日在黄埔军校所作的题为《革命时代的文学》的演讲中，以及同年 12 月 21 日在上海复旦大学的题为《文艺与政治的歧途》的演讲中，都已开始对梁实秋的观点发表辩难。同期有一个叫“徐丹甫”的给予了回应，评“鲁迅先生的特长，即在他的尖锐的笔调，除此别无可称”，这个“徐丹甫”即是梁实秋的笔名。至 1927 年梁实秋发表《卢梭论女子教育》一文开始，双方正面论战正式展开。

梁实秋从美国回国之后不久，在北京《晨报副刊》上，发表了一篇题为《卢梭论女子教育》的文章。1927 年 11 月，《复旦旬刊》创刊，编者向他约稿，他把这篇文章又拿来重新发表了一次。文中，梁实秋再次把伟大的法国启蒙思想家卢梭大大攻击了一番，并对女子的教育问题发了一通议论。其时，恰值鲁迅刚刚从广州来到上海，定居于景云里。景仰卢梭的鲁迅对梁实秋的观点自然深为不满，在梁文发表一个月后，鲁迅写下了《卢梭与胃口》的杂文，发表在翌年的《语丝》周刊上，从而揭开了鲁、梁论争的序幕。

问题是，鲁迅对梁实秋的不满迅速由对卢梭的不同看法扩展到“人性论”的问题，相隔仅两天，他又写了著名的《文学和出汗》一文，一个多月后，在《拟豫言》一文中，他还以杂文笔法把梁实秋着实嘲弄了一番。梁实秋在深感震惊之余，不得不接受这一严重的挑战。应该说，对文坛前辈鲁迅，他过去一直是很敬重的。而现在，他不得不拿起笔来应战了，尽管他十二分的不情愿。

文学和出汗[①]

上海的教授对人讲文学，以为文学当描写永远不变的人性，否则便不久长[②]。例如英国，莎士比亚和别的一两个人所写的是永久不变的人性，所以至今流传，其余的不这样，就都消灭了云。

这真是所谓“你不说我倒还明白，你越说我越胡涂”了。

英国有许多先前的文章不流传，我想，这是总会有的，但竟没有想到它们的消灭，乃因为不写永久不变的人性。现在既然知道了这一层，却更不解它们既已消灭，现在的教授何从看见，却居然断定它们所写的都不是永久不变的人性了。

只要流传的便是好文学，只要消灭的便是坏文学；抢得天下的便是王，抢不到天下的便是贼。莫非中国式的历史论，也将沟通了中国人的文学论欤？

而且，人性是永久不变的么？

---

① 本篇最初发表于1928年1月24日的《语丝》周刊第四卷第五期，收入《而已集》。

② 指梁实秋的《文学批评辩》一文中的观点。“上海的教授”指梁实秋。

类人猿，类猿人，原人，古人，今人，未来的人，……

如果生物真会进化，人性就不能永久不变。不说类猿人，就是原人的脾气，我们大约就很难猜得着的，则我们的脾气，恐怕未来的人也未必会明白。要写永久不变的人性，实在难哪。

譬如出汗罢，我想，似乎于古有之，于今也有，将来一定暂时也还有，该可以算得较为“永久不变的人性”了。然而“弱不禁风”的小姐出的是香汗，“蠢笨如牛”的工人出的是臭汗。不知道倘要做长留世上的文字，要充长留世上的文学家，是描写香汗好呢，还是描写臭汗好？这问题倘不先行解决，则在将来文学史上的位置，委实是“岌岌乎殆哉”。

听说，例如英国，那小说，先前是大抵写给太太小姐们看的，其中自然是香汗多；到十九世纪后半，受了俄国文学的影响，就很有些臭汗气了。那一种的命长，现在似乎还在不可知之数。

在中国，从道士听论道，从批评家听谈文，都令人毛孔痉挛，汗不敢出。然而这也许倒是中国的“永久不变的人性”罢。

二七，一二，二三。

毫无疑问，如单就卢梭问题看，鲁迅是正确的。无论是作为一个个体生命，还是对人类思想文化所做出的贡献，伟大的卢梭都是永远值得后人景仰的。梁实秋出于一己的偏见，一而再、再而三地攻击斥责卢梭，终致引起鲁迅的愤慨，正是理有固然。鲁迅说：“做过《民约论》的卢梭，自从他还未死掉的时候起，便受人们的责备和迫害，直到现在，责备终于没有完。”显然，鲁迅不仅钦佩卢梭，而且表现出一种深厚同情。

但是，使梁实秋隐隐感到不安并且很不服气的，是鲁迅进行争论时的“态度”。确实，在上列三篇杂文里，鲁迅的文笔是有些不大客气，像“梁实秋教授”“上海的教授”“美国开演《玉堂春》的影片，白璧德教授评为绝非卢梭所及”一类语言，确乎会使人感到极大的不舒服。因此，梁实秋在回敬鲁迅时，不可避免地也带上了意气用事的成分。

1930 年，梁实秋发表了一篇文章，叫《文学是有阶级性的吗》。在文章中，梁实秋也不客气地写道，“普罗列塔利亚（无产阶级）是国家里只会生孩子的阶级!”“没有聪明才力的人虽然能侥幸得到资产，但是他的资产终于是要消散的，真有聪明才力的人虽然暂时忍受贫苦，但是不会长久埋没的，终久必定可以赢得相当资产。”“好的作品永远是少数人的专利品，大多数永远是蠢的永远是与文学无缘的。”……

梁实秋的这篇文章一出来，很快受到了左翼文学理论家冯乃超的批评。冯乃超是广东南海县人，中国现代诗人、作家、文艺评论家和翻译家，他对梁实秋从骨子里弥漫出来的“贵族”气息很反感，当即在《拓荒者》第二期上发表《阶级社会的艺术》一文，对梁实秋的观点进行针锋相对的批驳。这是一篇火药味十足的文章，文中甚至把梁实秋称为“资本家的走狗”，“无产阶级既然从其斗争经验中已经意识到自己阶级的存在，更进一步意识其历史的使命。然而，梁实秋却来说教……对于这样的说教人，我们要送‘资本家的走狗’这样的称号的。”

看到这篇文章后，梁实秋撰文《“资本家的走狗”》以示回复，文中不无委屈地辩解：“《拓荒者》说我是资本家的走狗，是那一个资本家，还是所有的资本家？我还不知道我的主子是谁，我若知道，我一定要带着几份杂志去到主子面前表功，或者还许得到几个金镑或卢布的赏赉呢……我只知道不断的劳动下去，便可以赚到钱来维持生计。”

“资本家的走狗”①

梁实秋

写完前一段短文，看见了《拓荒者》第二期第六七一页起有一篇文章，题目是“阶级社会的艺术”，也是回答我的“文学是有阶级性的吗?”那篇文章的。《拓荒者》的态度比较鲜明，一看就晓得那一套新名词又运用出来了，——马克斯，列宁，唯物史观，阶级斗争……等等等。但是文章写得笨，远不如鲁迅先生的文章的有趣。

这篇文章使我感得兴味的只有一点，就是，这篇文章的作者给了我一个称号，“资本家的走狗”。这个名称虽然不雅，然而在无产阶级文学家的口里这已经算是很客气的称号了。我不生气，因为我明了他们的情形，他们不这样的给我称号，他们将要如何的交代他们的工作呢?

“资本家的走狗”。那意思很明显，他们已经知道我不是资本家了，不过是走狗而已。我既不是资本家，我可算是哪一个阶级的呢?不是资产阶级，便是无产阶级了，究竟什么是资产阶级，什么是无产阶级呢？查字典是不行的，韦伯斯特大字典是偏向资产阶级的字

① 本篇和《答鲁迅先生》《“无产阶级文学”》同时发表于 1929 年 11 月 10 日《新月》月刊第二卷第九期。

典，靠不住。最靠得住的恐怕还是我们的那部《拓荒者》。第六七二页上有一个定义（我暂时还不知道那里发售无产阶级大字典，所以暂以这个定义为准）：

“无产者——普罗列塔利亚是什么呢？它是除开出卖其劳动以外完全没有方法维持其生计的，又因此又不倚赖任何种类的资本的利润之社会阶级。”这个定义是比韦伯斯特大字典上的定义体面多了，中听多了！我觉得我自己便有点像是无产阶级里的一个了，因为我自己便是非出卖劳动便无法维持生计。我可不晓得“劳动”是否包括教书的事业，我的职业是教书，劳心，同时也劳力，每天要跑几十里路，每天站立在讲台上三四小时，每天要把嘴唇讲干，每天要写字使得手酸，——这大概也算是劳动的一种了罢？我不是不想要资产，但是事实上的确没有资产，一无房，二无地，那么，照理说我当然是无产阶级的一分子了，我自己是这样自居的。为什么无产阶级文学家又说我是“资本家的走狗”呢？假如因为我否认文学的阶级性，无产阶级文学家便说我是资本家走狗，那么，资本家又何尝不可以以同样的理由说我是无产阶级的走狗呢？也许无产阶级不再需要走狗了，那么，只好算是资本家的走狗了。

大凡做走狗的都是想讨主子的欢心因而得到一点点的恩惠。《拓荒者》说我是资本家的走狗，是那一个资本家，还是所有的资本家？我还不知道我的主子是谁，我若知道，我一定要带着几份杂志去到主子面前表功，或者还许得到几个金镑或卢布的赏赉呢。钱我是想要的，因为没有钱便无法维持生计。可是钱怎样的去得到呢？我只知道不断的劳动下去，便可以赚到钱来维持生计，至于如何可以做走狗，如何可以到资本家的账房去领金镑，如何可以到××党去领卢布，这一套的本领，我可怎么能知道呢。也许事实上我已经做了走狗，已经有可以领金镑或卢布的资格了，但是我实在不知道到哪里去领去。关于这一点，真希望有经验的人能启发我的愚蒙。

梁实秋在文章中当然不仅仅是做辩解。只不过，他的反击更隐蔽，显示出绵里藏针的功夫，“至于如何可以做走狗，如何可以到资本家的账房去领金镑，如何可以到××党去领卢布，这一套本领，我可怎么能知道呢?”这段话的影射意味是比较明显的。

除此之外，梁实秋在后来发表的《答鲁迅先生》中继续影射鲁迅“通共”“通俄”“革命我是不敢乱来的，在电灯杆子上写‘武装保护苏联’我是不干的，到报馆门前敲碎一两块值五六百元的大块玻璃我也是不干的，现时我只能看看书写写文章”。

这两段话的厉害之处在哪里呢？这需要结合当时的历史背景来看。文章发表仅两年之前的1927年，蒋介石发动了“四一二”反革命政变，实行“清党”，一时间在全国上下大肆捕杀共产党人。在那之后，“通共”“通俄”就成了非常严重的刑事罪，直可判处死刑。梁实秋影射左翼作家“领卢布”，无异于借刀杀人。借谁的刀？当然是国民政府了。

鲁迅在看了梁实秋的文章后，决定亲自出手反击梁实秋，“来写它一点”。于是，被收入中学教材的《“丧家的”“资本家的乏走狗”》一文华丽登场。

"丧家的""资本家的乏走狗"①

梁实秋先生为了《拓荒者》上称他为"资本家的走狗"②，就做了一篇自云"我不生气"③ 的文章。先据《拓荒者》第二期第六七二页上的定义，"觉得我自己便有点像是无产阶级里的一个"之后，再下"走狗"的定义，为"大凡做走狗的都是想讨主子的欢心因而得到一点恩惠"，于是又因而发生疑问道——

"《拓荒者》说我是资本家的走狗，是那一个资本家，还是所有的资本家？我还不知道我的主子是谁，我若知道，我一定要带着几分杂志去到主子面前表功，或者还许得到几个金镑或卢布的赏赉呢。……我只知道不断的劳动下去，便可以赚到钱来维持生计，至于如何可以做走狗，如何可以到资本家的账房去领金镑，如何可以到××党去领卢布，这一套本领，我可怎么能知道呢？……"

这正是"资本家的走狗"的活写真。凡走狗，虽或为一个资本家所豢养，其实是属于所有的资本家的，所以它遇见所有的阔人都驯良，遇见所有的穷人都狂吠。不知道谁是它的主子，正是它遇见所有阔人都驯良的原因，也就是属于所有的资本家的证据。即使无人豢养，饿的精瘦，变成野狗了，但还是遇见所有的阔人都驯良，遇见所有的穷人都狂吠的，不过这时它就愈不明白谁是主子了。

梁先生既然自叙他怎样辛苦，好像"无产阶级"（即梁先生先

---

① 本篇最初发表于1930年5月1日《萌芽》月刊第一卷第五期。

② 指《拓荒者》第二期（1930年2月）刊载的冯乃超《文艺理论讲座（第二回）·阶级社会的艺术》，它批驳了梁实秋的《文学是有阶级性的吧?》一文中的某些观点。

③ 梁实秋所说的"我不生气"以及本篇所引用的他的话，都见于其1929年11月《新月》第二卷第九期的《"资本家的走狗"》一文。

前之所谓“劣败者”)，又不知道“主子是谁”，那是属于后一类的了，为确当计，还得添几个字，称为“丧家的”“资本家的走狗”。

然而这名目还有些缺点。梁先生究竟是有智识的教授，所以和平常的不同。他终于不讲“文学是有阶级性的吗?”了，在《答鲁迅先生》[①] 那一篇里，很巧妙地插进电杆上写“武装保护苏联”，敲碎报馆玻璃那些句子去，在上文所引的一段里又写出“到××党去领卢布”字样来，那故意暗藏的两个×，是令人立刻可以悟出的“共产”这两字，指示着凡主张“文学有阶级性”，得罪了梁先生的人，都是在做“拥护苏联”，或“去领卢布”的勾当，和段祺瑞的卫兵枪杀学生[②]，《晨报》却道学生为了几个卢布送命，自由大同盟上有我的名字，《革命日报》的通信上便说为“金光灿烂的卢布所买收”，都是同一手段。在梁先生，也许以为给主子嗅出匪类（“学匪”[③])，也就是一种“批评”，然而这职业，比起“刽子手”来，也就更加下贱了。

我还记得，“国共合作”时代，通信和演说，称赞苏联，是极时髦的，现在可不同了，报章所载，则电杆上写字和“××党”，捕房正在捉得非常起劲，那么，为将自己的论敌指为“拥护苏联”或“××党”，自然也就髦得合时，或者还许会得到主子的“一点恩惠”了。但倘说梁先生意在要得“恩惠”或“金镑”，是冤枉的，

---

① 《答鲁迅先生》也见于《新月》第二卷第九期。梁在文中说：“讲我自己罢，革命我是不敢乱来的，在电灯杆子上写‘武装保护苏联’我是不干的，到报馆门前敲碎一两块值五六百元的大块玻璃我也是不干的，现时我只能看看书写写文章。”

② 指“三一八”惨案。

③ “学匪”，1925年12月30日国家主义派刊物《国魂》旬刊第九期上，载有姜华的《学匪与学阀》一文，指在北京女师大风潮中支持学生的鲁迅、马裕藻等人为“学匪”。

决没有这回事，不过想借此助一臂之力，以济其“文艺批评”之穷罢了。所以从“文艺批评”方面看来，就还得在“走狗”之上，加上一个形容字:“乏”。

一九三〇，四，十九。

针对梁实秋的辩解，鲁迅在这篇文章中继续猛烈攻击，“大凡走狗，虽或为一个资本家所豢养，其实是属于所有的资本家的，所以它遇见所有的阔人都驯良，遇见所有的穷人都狂吠。不知道谁是它的主子，正是它遇见所有阔人都驯良的原因，也就是属于所有的资本家的证据。即使无人豢养，饿的精瘦，变成野狗了，但还是遇见所有的阔人都驯良，遇见所有的穷人都狂吠的，不过这时它就愈不明白谁是主子了。”

另外，针对梁实秋“领卢布”一说，鲁迅毫不客气地进行了反驳，“那么，为将自己的论敌指为‘拥护苏联’或‘××党’，自然也就髦得合时，或者还许会得到主子的‘一点恩惠’了……所以从‘文艺批评’方面看来，就还得在‘走狗’之上，加上一个形容字：‘乏’。”

鲁迅的这篇文章一出世，可谓一锤定音。以鲁迅后来在中国文化史上的分量，从此，作家梁实秋在中国人的文化记忆中就与“丧家的”“资本家的乏走狗”紧密联系在一起了。

鲁迅和梁实秋此番论战的重头戏体现在一个“乏”字上，因为论战的深意已经超出普通的文人论战，而直抵敏感的政治神经。梁实秋在《答鲁迅先生》和《“资本家的走狗”》两文中写出了暗指“左联”和鲁迅的三件事：电杆上写“武装保护苏联”；敲碎报馆玻璃；到××党去领卢布。梁实秋说：“革命我是不敢乱来的，在电灯杆子上写‘武装保护苏联’我是不干的，到报馆门前敲碎一两块值五六百元的大块玻璃我也是不干的，现时我只能看看书写写文章。”在白色恐怖时代，“捕房正在捉得非常起劲”的时候，鲁迅认为梁实秋这种借刀杀人的影射“比起刽子手来更下贱”。鲁迅说：“将自己的论敌指为‘拥护苏联’或‘××党’，自然也就耄得合时，或者还许会得到主子的‘一点恩惠’了。”

鲁迅明骂梁实秋，实际上也在帮左翼“解套”，特别是最后两句用意非常明显：“但倘说梁先生意在要得‘恩惠’或‘金镑’，是冤枉的，绝没有这回事，不过想借此助一臂之力，以济其‘文艺批评’之穷罢了。所以从‘文艺批评’方面看来，就还得在‘走狗’之上，加上一个形容字：‘乏’。”言外之意是说，我们还是在文艺批评的范围内进行论战，你梁实秋不能把文艺批评政治化，不要把国民党当局引进来。从这个意义上讲，关于“乏走狗”的文章是一篇政治檄文，鲁迅这样的表述等于也给梁实秋留有余地。

写完后，鲁迅对自己这篇文章很满意。据冯雪峰回忆，鲁迅写好这篇杂文交给《萌芽月刊》时，“他自己高兴得笑了起来说：你看，比起乃超来，我真要‘刻薄’得多了。”接着又说：“可是，对付梁实秋这类人，就得这样……我帮乃超一手，以助他之不足。”

在这次论战后，双方你来我往的交手虽仍然时有发生，但那只能看作是一场激烈大战后的余波了。在梁实秋和鲁迅的论战中，前前后后，两人你来我往的文字主要约有以下这些：

梁：《卢梭论女子教育》VS 鲁：《卢梭与胃口》（1928年）

梁：《文学是有阶级性的吗?》VS 鲁：《“硬译”与“文学的阶

级性”》(1929年)

梁:《论鲁迅先生的“硬译”》VS 鲁:《几条“顺”的翻译》(1929年)

梁:《“不满现状”,便怎样呢?》VS 鲁:《“好政府主义”》(1929年)

梁:《文学与大众》VS 鲁:《文艺的大众化》(1930年)

梁:《“资本家的走狗”》《答鲁迅先生》《鲁迅与牛》VS 鲁:《“丧家的”“资本家的乏走狗”》(1930年)

鲁:《关于翻译》VS 梁:《翻译之难》(1933年)

梁:《病》VS 鲁:《病后杂谈》(1934年)

……

三

《“丧家的”“资本家的乏走狗”》的影响远远超过了鲁迅和梁实秋这两个论战当事人的预计。

1942年,毛泽东在《延安文艺座谈会上的讲话》中把梁实秋定为“为资产阶级文学服务的代表人物”,与鲁迅的说法遥相呼应;1949年,解放前夕,梁实秋离开大陆,去了香港,后移居台湾。临行前,他对原暨南大学副校长王越说,“当年鲁迅要打的‘丧家狗’‘资本家的走狗’指的就是我……”

梁实秋离开大陆,对于他个人而言,是福是祸,倒也难以一语说清。不过,晚年的梁实秋在台湾创造了一大批作品,并且翻译了《莎士比亚全集》。

四

1970年，身在台湾的梁实秋发表了《关于鲁迅》一文，用相当大的篇幅回忆和评价这位当年的文坛论敌。文中写道：

近来有许多年轻的朋友们要我写一点关于鲁迅的文字。……在小说方面，鲁迅只写过若干篇短篇小说，没有长篇的作品，他的顶出名的“阿Q正传”，也算是短篇的。据我看，他的短篇小说最好的是“阿Q正传”，其余的在结构上都不像是短篇小说，好像是一些断片的零星速写，有几篇在文字上和情操上是优美的。单就一部作品而论，“阿Q正传”是很有价值的，写辛亥前后的绍兴地方的一个典型的愚民，在心理的描绘上是很深刻而细腻。但是若说这篇小说是以我们中国的民族性为对象，若说阿Q即是典型的中国人的代表人物，我以为那是夸大其辞，鲁迅自己也未必有此用意。……在文学的研究方面，鲁迅的唯一值得称道的是他的那本“中国小说史略”，在中国的小说方面，他是下过一点研究的功夫的，这一本书恐怕至今还不失为在这方面的好书。……

鲁迅一生坎坷，到处“碰壁”，所以很自然的有一股怨恨之气，横亘胸中，一吐为快。怨恨的对象是谁呢？礼教，制度，传统，政府，全成了他泄忿的对象。他是绍兴人，也许先天的有一点“刀笔吏”的素质，为文极尖酸刻薄之能事，他的国文的根底在当时一般白话文学作家里当然是出类拔萃的，所以他的作品（尤其是所谓杂感）在当时的确是难能可贵。他的文字，简练而刻毒，作为零星的讽刺来看，是有其价值的。他的主要作品，即是他的一本又一本的杂感集。但是要作为一个文学家，单有一腹牢骚，一腔怨气是不够的，他必须要有一套积极的思想，对人对事都要有一套积极的看法，纵然不必即构成什么体系，至少也要有一个正面的主张。鲁迅不足以语此。他有的只是一个消极的态度，勉强归纳起来，即是一个“不满于现状”的态度。这个态度并不算错。北洋军阀执政若干年，谁又能对现状满意？问题是在，光是不满意又当如何？我们的国家民族，政治文化，真是百孔千疮，怎么办呢？慢慢的寻求一点一滴的改良，不失为一个办法。”

在这篇文章里，梁实秋说，一方面肯定了鲁迅在文学史上的价值，另一方面又说“鲁迅一生坎坷，到处‘碰壁’，所以很自然的有一股怨恨之气，横亘胸中，一吐为快。怨恨的对象是谁呢？礼教，制度，传统，政府，全成了他泄忿的对象。他是绍兴人，也许先天的有一点‘刀笔吏’的素质，为文极尖酸刻薄之能事，他的国文的根底在当时一般白话文学作家里当然是出类拔萃的。”

“但是要作为一个文学家，单有一腹牢骚，一腔怨气是不够的，他必须要有一套积极的思想……至少也要有一个正面的主张。鲁迅不足以语此。他有的只是一个消极的态度，勉强归纳起来，即是一个‘不满于现状’的态度。”

梁实秋在承认鲁迅的出类拔萃之后，又指出了他所认为的鲁迅的弱点，笔如刀，但却太过消极。或者说，在梁实秋的眼中，鲁迅是一个只发“不满现状牢骚”的人。所以，梁实秋说“光是不满意又当如何？我们的国家民族，政治文化，真是百孔千疮，怎么办呢？

慢慢的寻求一点一滴的改良，不失为一个办法。”他希望鲁迅不仅发牢骚，还要有一套积极的思想，找到一个解决不满意的“办法”。

曾经有人说从梁实秋的这篇文章里读出了“一代文豪、文界先辈的大度、风度与高度”，其实，梁实秋的这篇文章里是能读出一种天然的优越感的，这种优越感从何而来的呢？这大概又与梁本人的出身有关。正如梁实秋在他的这篇文章中所说，所谓“鲁迅一生坎坷，到处‘碰壁’，所以很自然的有一股怨恨之气”，他认为鲁迅的“怨恨之气”来源于他的“一生坎坷”。照这样的逻辑，那也就能得出一个结论，梁的所谓“大度、风度”也恰恰来自于他优良的出身、顺畅的人生经历。那么梁实秋本人逃出这个常理了吗？显然没有。而所谓的“文学没有阶级性”的观点、所谓的大度和风度，也就不过是出于一种阶级性带来的优越感而已。

更何况，历史的车轮在滚滚然向前进，每一个历史的重要时刻都有其最有价值的声音和风度。处在近百年前的中国，要改良还是要革命已经成了一个不可避免的抉择。改良主义，当然和所有想要当时的中国变得更好的社会改革方案一样，都有其积极和先进的一面，并不能全盘否定，但是，从大的历史趋势来看，中国已经到了非进行划时代彻底革新不可的地步，鲁迅文章中的所谓“革命性”，恰恰是那个时代沉疴已久的中国所需要的。当中国的历史进程已经在热血和抗争的曲折历程中行进到今天，知识精英们更不必仅仅因为当今时代的平庸、以所谓的普世价值而轻易否定鲁迅的价值。

第3篇 鲁迅与中国第一个女校长杨荫榆

杨荫榆（1884—1938），小名申官，江苏无锡人，出身于书香门第。早年在兄长杨荫杭创办的锡金公学就读，学习近代数理知识。1907年，江宁学务公所录取女生官费留学日本，杨荫榆有幸成行，她先入青山实践女子学校，后转入东京女子高等师范学校理化博物科学习。1911年，杨荫榆毕业回国。

1913年，她担任江苏省立第二女子师范学校教务主任。1924年2月被任命为国立北京女子师范大学校长。此后十多年，杨荫榆先后任中央大学区立民众教育院讲师、东吴大学日文兼教育学教授，执教于苏州女师和省立苏州中学。30年代中期，她还创办了名为“二乐女子学术研究社”的私立学校。

1937年，日军全面侵华，苏州沦陷。杨荫榆于1938年1月1日惨遭日军乱枪杀害，时年54岁。

一

1926 年 3 月 25 日，国立北京女子师范大学大礼堂里正在纪念两位非正常死亡的学生，她们是刘和珍、杨德群。大礼堂外，鲁迅满脑子都是一个女人的形象，有熟人过来与他打招呼时，他还在想着，这个女人怎么如此残忍?“先生为刘和珍写点什么吧!”那熟人说完就走了。鲁迅决定下笔写。文中除了纪念刘和珍的点滴往事外，更少不了对那个叫杨荫榆的女人的痛斥。在他一生的论战中，或许再没有第二个女人能够被他如此重视、如此激烈地斥责。

翻开这位手持“匕首”的作家的文集，从 1925 年 5 月 10 日写的《忽然想到之七》到 1925 年 8 月的《女校长的男女的梦》，再到 1925 年 11 月 23 日写的《寡妇主义》，直到 1926 年 4 月写就并进入中学课本的《纪念刘和珍君》，杨荫榆的恶名无篇不在：张牙舞爪，恶婆婆，武断，迫害，“可恶、卑劣”……，成了依附北洋军阀、压迫学生、推行帝国主义和封建主义的奴化教育的代表人物之一。

在中华民国的教育史上，有两位知识女性是不可忽略的，一位是吴贻芳，另一位就是杨荫榆。她们同为女子大学的女校长，地位相当，命运却迥然不同。后者是坏校长的标本，前者是好校长的典范，这几乎是半个多世纪以来盖棺之后的定论。当然，任何历史都不是铁板一块，尤其是那些负面人物，“一居下游，则天下之恶尽归焉”，这种最方便的做法不无可议之处。何况当年给杨荫榆判处“极刑”的是鲁迅先生，就更值得我们重新审视一番。

二

杨荫榆曾在1918年公派留美。到达美国后，杨荫榆曾担任了留美中国学生会会长、留美中国教育会会长，可见其有一定的组织能力，期间她与杜威、孟禄等著名学者接触频繁，深受大师们的熏陶。1922年，杨荫榆取得哥伦比亚大学教育专业硕士学位后，回国继续任教。1924年2月，她受教育部委任，接替许寿裳任女高师的校长。同年，女高师改名为“国立女子师范大学”，杨荫榆成为了中国近代教育史上第一位女大学校长。

但这时的杨荫榆数年在国外，久隔重洋，受着欧美的熏陶，而中国国内的时势却日新月异。她对中国的了解远远落后了。经过辛亥革命，特别是“五四运动”洗礼的国人尤其是学生对专制、独裁与黑暗充满了厌恶和唾弃，对社会的不公与黑暗充满了战斗的精神，他们勇于挑战权威，不怕压制。杨荫榆把从西方学来的那一套教育理论，不加甄别地运用到中国教育上，在当时政治黑暗、国家动荡不安的中国，是不可能行得通的。

担任女师大校长后，她要女学生们只管读书，不准参加任何政治活动，把学生的爱国行为一律斥为“学风不正”。她撰文宣称，“窃念好教育为国民之母，本校则是国民之母之母”，一时间这句话被女生当成笑谈，暗地里讥讽她为“国民之母之母之婆”。任女师大校长期间，在管理上施行封建家长的粗暴方式，限制学生思想和行动的自由，并排挤与自己意见相左的教师。这导致在北师大任教的鲁迅于1924年8月退回了该校的聘书。

1924年秋季开学之际，由于南方发大水以及江浙战乱的影响，部分学生回校耽误了一两个月，没有按时报到。身为校长的杨荫榆为了整顿校风制定了一个校规，凡是逾期返校的都要开除。但是，在具体处理时却只严厉处分了平时“不听话”的国文系三名学生，要求她们退学，而对于和自己关系较为亲密的学生却放过不问，这一显失公平的做法引起了学生和教职工的严重不满，女师大“驱杨风潮”由此爆发。

“风潮”爆发后，杨荫榆通过北洋政府进行压制，开除了包括许广平、刘和珍在内的学生运动骨干，导致风潮进一步激化。鲁迅对她的所作所为进行了毫不留情的讥讽嘲骂，说她是“凶兽样的羊，羊样的凶兽”，把杨荫榆所推行的教育路线称为“寡妇主义”：“至于因为不得已而过着独身生活者，则无论男女，精神常不免发生变化，尤其是因为压抑性欲之故……”鲁迅骂杨荫榆“寡妇主义”是有由头的，杨荫榆早年有过不顺利的一桩包办婚姻，此后，杨荫榆到日本公费留学，学成后再次被选派赴欧美留学，再也没有结婚。

1925年1月，女师大“学生自治会”向杨荫榆递交了要她去职的宣言，并选出代表前往教育部申述杨荫榆任校长以来的种种黑暗的情况，请求教育部撤换校长。4月，教育总长章士钊强调“整顿学风”，公开支持杨荫榆。5月9日，杨荫榆借故宣布开除刘和珍、许广平等六名“学生自治会”成员的议题。11日，女师大学生召开紧急大会，决定驱逐杨荫榆，并出版《驱杨运动特刊》。27日，鲁迅、钱玄同等七人联名发表《对于北京女子师范大学风潮宣言》，表示坚决支持学生。几天后，“五卅运动”爆发，女师大学生组织“沪案后援会”，支持上海人民的反帝斗争。

1925年8月1日，北京女子师范大学校长杨荫榆为了对付学生的“驱羊（杨）运动”，先是以校评议会的名义开除女师大“学生自治会”的几位干事（其中有刘和珍、许广平），然后召来军警，截断电话线，殴打女生，关闭伙房，强行解散预科甲、乙两部的四个班级。北洋政府教育部更是火上浇油，明令停办女师大，以国立女子大学取而代之，此举彻底激怒了北京学界众多知名人士（鲁迅、马裕藻、沈尹默、李泰棻、钱玄同、沈兼士、周作人等），杨氏惹火烧身，成为头号“标靶”，遭到口诛笔伐。北洋政府教育部扛不住强大的舆论压力，只好将杨荫榆当成替罪羊，免去她的教职，以息公愤。当年，鲁迅逮住杨荫榆所导演的全武行，在8月10日发表的杂文《女校长的男女的梦》中写道：

我不知道事实如何，从小说上看起来，上海洋场上恶虔婆的逼勒良家妇女，都有一定的程序：冻饿，吊打。那结果，除被虐杀或自杀之外，是没有一个不讨饶从命的；于是乎她就为所欲为，造成黑暗的世界。

这一次杨荫榆的对付反抗她的女子师范大学学生们，听说是先以率警殴打，继以断绝饮食的，但我却还不为奇，以为这是她从哥伦比亚大学学来的教育的新法，待到看见今天报上说杨氏致书学生家长，使再填入学自愿书，“不交者以不愿再入学校论”，这才恍然大悟，发生无限的哀感，知道新妇女究竟还是老妇女，新方法究竟还是老方法，去光明非常辽远了。

文章在最后一句骂杨荫榆和她的追随者为“一群躲在黑幕里的

一班无名的蛆虫”。什么是虔婆？中国古代传统的女性职业“三姑六婆”中的一种，指开设青楼楚馆、媒介色情交易的妇人，亦即“淫媒”。说白了就是妓院的鸨母，或是社会上俗称的“贱婆”，这句难听的骂街话，专骂年老妇女。鲁迅骂人并非不带脏字。

杨荫榆任国立北京女子师范大学校长仅一年零八个月的时间，她走得狼狈不堪。但鲁迅不依不饶。1925年11月23日，他的《寡妇主义》中也能找到杨荫榆的影子：

> 在寡妇或拟寡妇所办的学校里，正当的青年是不能生活的。青年应当天真烂漫，非如她们的阴沉，她们却以为中邪了；青年应当有朝气，敢作为，非如她们那么萎缩，她们却以为是不安本分了，都有罪。只有极和她们相宜，——说得冠冕一点罢，就是极其“婉顺”的，以她们为师法，使眼光呆滞，面肌固定，在学校所化定的阴森的家庭里屏息而行，这才能敷衍到毕业……

“三一八”血案发生前后的事情，任北洋政府教育总长的章士钊之女章含之后来在她的《忆父亲章士钊》一文中有一段记载：

> 父亲当时想用“读书救国”来办教育，因此企图整顿学风，严格考核。他反对学生参与政治，从而激怒了学潮青年。……“女师大”的学潮闹得很凶，得到鲁迅的支持。进步学生抵制父亲任命的校长杨荫榆到校任职。父亲最后下令解散“女师大”，其实是为把造反的学生赶出学校，平息学潮，使“安分守己”读书的学生继续按父亲的宗旨上学。说到这段历史，父亲不禁自己笑了起来，他说当

时许广平先生等进步学生在学校内静坐，不肯离校。校长杨荫榆雇了一批“三河老妈子”才把她们架出去。我不解，问父亲为何一定要从三河县雇女老妈子（女佣）。父亲呵呵一笑说，那时乡村妇女多数仍裹小脚，唯三河县贫苦人家妇女传统地大多来北京、天津当女佣，故那里的妇女多为天然足。……①

章含之在文中说，“杨荫榆是章士钊请至北京任命为女师大校长的，在学生闹运动时坚定地执行章的政策，可见她和章的教育治学思路是一致的”，其雇佣老妈子强拖闹事学生出校的行为，就是鲁迅笔下的“刘百昭率男女武将，强拖出校”。

平心而论，在政局安稳的时期，杨荫榆何尝不能成为一名合格的大学校长，可是她身处乱世，劲敌太多，政治上歧道纷出，尤其令她无所适从。她不赞成学生上街游行、荒废学业，出发点也还是有好的一面，但处理的方式方法却极为糟糕，例如招引警察入校，使对抗骤然升级。

如果说，这次学潮事件就此终结，杨荫榆尚有喘息的机会，也许可以在安静的江南洗去尘埃，再迎头上路，而不至于压到弓身驼背，至死难以翻身。但是，“三一八”惨案发生了。

1926 年 3 月 18 日，北京群众 5000 余人，在天安门集会抗议，要求拒绝八国通牒。段祺瑞政府竟下令开枪，当场打死 47 人，伤 200 余人。死者中恰恰就有被杨荫榆开除的刘和珍。当时，刘和珍是国立北京女子师范大学学生自治会主席，死时年仅 23 岁。1926 年 4

① 章含之：《青桐、秋桐与孤桐——忆父亲章士钊》，《大地》，2002 年第十七期。

月，鲁迅参加完刘和珍和杨德群的纪念活动后，心情沉重，奋笔写下了著名的《纪念刘和珍君》。其中有一部分涉及杨荫榆：

她的姓名第一次为我所见，是在去年夏初杨荫榆女士做女子师范大学校长，开除校中六个学生自治会职员的时候。其中的一个就是她；但是我不认识。直到后来，也许已经是刘百昭率领男女武将，强拖出校之后了，才有人指着一个学生告诉我，说：这就是刘和珍。其时我才能将姓名和实体联合起来，心中却暗自诧异。我平素想，能够不为势利所屈，反抗一广有羽翼的校长的学生，无论如何，总该是有些桀骜锋利的，但她却常常微笑着，态度很温和。

远在京城的“三一八”惨案发生时，杨荫榆正在苏州城里，哥嫂恰好也在苏州，对她安抚照顾，有时还劝她找个人家嫁了。此时的杨荫榆已 42 岁，她终于远离了是非之地，以为自己可以开始新的人生阶段。但鲁迅的《纪念刘和珍君》推动了言论继续发酵，杨荫榆被指为制造“三一八”惨案的段祺瑞政府的帮凶，随即也成了依附北洋军阀、压迫学生、推行帝国主义和封建主义的代表人物之一。

鲁迅对杨荫榆的打击可以说是巨大的，从此她与“反动”一词有着洗脱不净的干系。杨荫榆羞愤出京后，回到苏州，赋闲了一阵子。1927 年，杨荫榆重出江湖，赴苏州女子师范学校任教，并在东吴大学兼授外语。但由于她的历史，苏州女子师范学校的学生并不待见她，更谈不上尊重。当时《苏州日报》文艺副刊编辑是鲁迅的学生，多次在报纸上指斥杨荫榆为“专制魔君”“女性压迫者”“教育界蟊贼”和“反革命分子”，使杨荫榆在苏州的处境狼狈、如临深渊。

三

杨荫榆是中国近代教育史上第一位女大学校长。她的侄女是著名的学者和作家杨绛，尽管彼此关系疏远，好感不多，但杨绛还是撰写了散文《回忆我的姑母》，描绘出杨荫榆鲜为人知的婚姻生活，让人们从另一个侧面了解杨荫榆，以及她为人何以如此：

三姑母皮肤黑黝黝的，双眼皮，眼睛炯炯有神，笑时两嘴角各有个细酒涡，牙也整齐。她脸型不错，比中等身材略高些，虽然不是天足，穿上合适的鞋，也不像小脚娘。我曾注意到她是穿过耳朵的，不过耳垂上的针眼早已结死，我从未见她戴过耳环。她不令人感到美，可是也不能算丑。即使她是个丑女儿，也不该把她嫁给一个低能的“大少爷”。当然，定亲的时候只求门当户对，并不知对方底细。据我父亲的形容，那位少爷老嘻着嘴，露出一颗颗紫红的牙肉，嘴角流着哈拉子。三姑母比我父亲小六岁，甲申年生，小名申官。她是我父亲留学日本的时期由祖母之命定亲结婚的。我母亲在娘家听说过那位蒋家的少爷，曾向我祖母反对这门亲事，可是白挨了几句训斥，祖母看重蒋家的门户相当。

我不知道三姑母在蒋家的日子是怎么过的。听说她把那位傻爷的脸皮都抓破了，想必是为自卫。据我大姐转述我母亲的话，她回了娘家就不肯到夫家去。那位婆婆有名的厉害，先是抬轿子来接，然后派老妈子一同来接，三姑母只好硬给接走。可是有一次她死也不肯再回去，结果婆婆亲自上门来接。三姑母对婆婆有几分怕惧，就躲在我母亲的大床帐子后面。那位婆婆不客气，竟闯入我母亲的卧房，把三姑母揪出来。逼到这个地步，三姑母不再示弱，索性撕破了脸，声明她怎么样也不再回蒋家。她从此就和夫家断绝了关系。那位傻爷是独子，有人骂三姑母为“灭门妇”；大概因为她不肯为蒋家生男育女吧？我推算她在蒋家的日子很短，因为她给婆婆揪出来的时候，我父亲还在日本。一九〇二年我父亲回国，在家乡同朋友一起创立理化会，我的二姑母、三姑母都参加学习。据说那是最早有男女同学的补习学校；尤其两个姑母都不坐轿子，步行上学，开风气之先。三姑母想必已经离开蒋家了。那时候，她不过十八周岁。

也许是不幸的婚姻早早破坏了杨荫榆的心境，这位被人咒为“老孤婆”“灭门妇”的女学究性格刻板，遇事较真，一点也不通融，总给人一种捉摸不透和格格不入的感觉，再加上她一次离婚、两次留洋的特殊经历，当时，一般男女都对她敬而远之。1935年盛夏，杨绛与钱钟书在苏州完婚，大喜之日，赋闲在家的杨荫榆前往道贺，她身穿一套新潮白夏布衣裙，足蹬无锡人认为很不吉利的白色皮鞋，装束打扮不伦不类，引得众人侧面诧怪。

杨荫榆一生可谓大起大落，她在1925年的“倒行逆施”帮她赢得了在《鲁迅全集》的注释中数十年不变的定性——“推行帝国主义和封建主义奴化教育的代表人物之一”。身为大学校长，杨荫榆强调校风校纪，反对女生分心于功课之外，这本无大错。但她昧于大势，不知权宜变通，办学手法欠缺灵活，独开招怨之门。

四

对照吴贻芳的情况，杨荫榆与其在经历上不无共同之处，她们都出身于书香门第、留学美国、毕业于名校，也都终生献身于教育。但她们的性格有较为明显的差异，杨荫榆过于刚烈，缺乏柔和，吴贻芳则具备宗教情怀，刚柔并济；她们的行事方式也不一样，杨荫榆遇到麻烦就一意孤行，不惜鱼死网破，以至于局面失控，无可收拾，吴贻芳则善于调动人脉资源，往往能将矛盾化解于始萌状态。唯其如此，她们的命运判若云泥，吴贻芳实现了自己的教育理想，活至期颐高寿，杨荫榆则一再受挫，事业无成，54 岁就横死于兽兵的枪口之下。

第4篇 鲁迅与“老虎总长”章士钊

章士钊（1881—1973），字行严，笔名黄中黄、青桐、秋桐，1881 年 3 月 20 日生于湖南省善化县（今长沙市）。清末任上海《苏报》主笔。1911 年后，曾任同济大学和北京大学的教授、北京农业学校校长、广东军政府秘书长、南北议和南方代表。北洋时代任段祺瑞政府的司法总长兼教育总长、中华民国国民政府国民参政会参政员等职。

1949 年后章士钊留在了大陆，成为著名的民主人士、教育家和社会活动家，曾任中央文史研究馆副馆长、第二任馆长，第二、三届全国政协常委，第三届全国人大常委。

鲁迅和那个时代的战争

一

在中国近现代史上，章士钊是一个特殊人物。他早年参加反清斗争，是国民党中的革命元老。他在段祺瑞执政府中担任过司法总长、教育总长、执政府秘书长。章士钊与袁世凯、段祺瑞、孙中山、黄兴、陈独秀、毛泽东等都有交往。孙中山曾说他“行严矫矫如云中之鹤，苍苍如山上之松，革命得此人，可谓万山皆响”，这可谓是一个高度的赞誉。

不过，同年出生、都曾在日本求学的章士钊与鲁迅，他们之间的关系却并不好。章士钊曾开除鲁迅在教育部的公职，后被鲁迅痛斥为“落水狗”。此后，为了恢复公职，鲁迅毅然起诉章士钊，并且最终胜诉，成就了20世纪一起著名的“民告官”胜诉的经典案例。

二

鲁迅与章士钊两人首先是在文化思想上的分歧很大。在当时，鲁迅积极倡导和竭力推行新文化运动，主张文学革命，倡导白话文；章士钊却提倡尊孔读经，以“捍卫国粹”之名极力反对新文化运动。

而章士钊免去鲁迅在教育部的公职，直接原因就是女师大风潮。1922年，鲁迅的好友许寿裳在卸任浙江两级师范学堂教务长后，被任命为北京女子高等师范学校（1923年改称北京女子师范大学）的校长。许寿裳聘请了一批北大教师来做兼职教师，其中包括在北大国文系兼任讲师的鲁迅。这时，北洋政府为控制女师大，煽动部分师生攻击许寿裳，逼迫他于1924年年初辞职。

1924年5月，北洋政府教育部任命杨荫榆为北京女子师范大学校长。杨荫榆到任后，一些行为引起了教职工的不满。早年离异的杨荫榆脾气有些古怪，她担任校长后，像婆婆一样管理女学生，强调秩序、学风，强调学校犹如家庭，需要一个稳定的局面。她要求学生只管读书，不要参加过问政治活动，把学生的爱国行为一律斥为“学风不正”，横加阻挠。

1924年11月，女师大国文系预科二年级有三个学生因为江浙战争，道路被阻隔，两个月内未能按时返校，被杨荫榆勒令退学。但她对和自己关系较好的学生却放过不问。女师大“学生自治会”要求杨荫榆收回成命，遭到拒绝。杨荫榆的顽固态度激怒了学生，1925年1月18日，女师大“学生自治会”召开紧急会议，决定从即日起不承认杨荫榆为女师大校长，发动“驱杨”运动。时任教育部佥事兼女师大讲师的鲁迅坚决支持学生的举动。女师大学潮愈演愈烈，许多教授、学者都卷入进去，一时间闹得京城沸沸扬扬。

当时的教育总长王九龄没有到职，由次长马叙伦代理部务，他曾经表示可以撤换杨荫榆。但是在章士钊上任后，情况就大变了。1925年4月14日，北洋政府任命已于1924年11月担任司法总长的章士钊兼任教育总长。章士钊上任后恢复《甲寅》周刊，一方面提倡尊孔读经，攻击新文化运动；一方面扬言“整顿学风”，支持杨荫榆镇压学生运动，并在国务会议上以女师大学生“不受检制，竞体忘形，啸聚男生，蔑视长上……学纪大紊，礼教全荒”为由，提请通过停办女师大令，并在国务会议上得以通过。8月10日，教育部正式下令停办女师大，另成立国立女子大学。

消息传出后，舆论大哗，特别是女师大学生，群情激愤，拒绝改组。8月10日，鲁迅等六名女师大教师发起成立女师大全体教员大会，宣布成立“女子师范大学校务维持委员会”。13日，鲁迅被推举为校务维持委员会委员兼总务主任。

“驱杨”运动升级为“驱章”运动，在全国引起强烈反响。北京、上海的学生组织纷纷函电支持女师大师生的斗争。北京大学评议会也于8月18日开会，通过决议案如下：“本校学生会因章士钊摧残一般教育及女师大事请本校宣布与教育部脱离关系事。议决：以本会名义宣布不承认章士钊为教育总长，拒绝接受章士钊签署之教育部文件。”

在下令解散女师大后，章士钊派教育部专门教育司司长刘百昭带领武装人员和流氓、打手，从8月19日起强行接收女师大。学生誓死抵抗，刘百昭一伙便施以武力，把学生强行拖出学校，使不少学生受伤。8月23日，刘百昭向学生发起第三次进攻，驱使“男女武将”强行将学生拖出校。坚守女师大的学生骨干刘和珍、许广平等13人被教育部派出的打手打伤。当刘百昭扬言要将学生政治领袖武装押送回原籍时，鲁迅又挺身而出，冒着风险掩护几名无处藏身的学生骨干，其中包括许广平。校舍被占之后，女师大校务维持会在西城南小街宗帽胡同找到了一处可以作为校舍的房屋，向社会募捐的收入足够半年的经费，授课教师都义务上课。

随着女师大风潮的升级，鲁迅与章士钊的矛盾激化。尽管如此，章士钊仍是先来软的，派人劝说鲁迅：“你不要闹，将来给你做校长。”他的封官许愿被鲁迅断然拒绝。章士钊一看软得不行，便来硬的，他以鲁迅身为教育部官员，竟参与学生闹事，并任维持会总务主任，支持学生对抗政府等为理由，于1925年8月12日呈请政府免去鲁迅教育部佥事的职务。

章士钊在呈函中说：“敬折呈者，窃查官吏服务，首在恪守本分，服从命令。兹有本部佥事周树人，兼任国立女子师范大学教员，于本部下令停办该校以后，结合党徒，附和女生，倡设校务维持会，充任委员，似此违法抗令，殊属不合，应请命令免去本职，以示惩戒（并请补交高等文官惩戒委员会核议，以完法律手续）。是否有当，理合呈请鉴核旅行。仅呈临时执政。”第二天，段祺瑞执政府就下令照准。

鲁迅被免职之后，许广平等学生来看他。鲁迅靠在躺椅上说：“章士钊将我免职，我倒并没有你似的觉得诧异；他那对于学校的手段，我也没有你似的觉得诧异。因为我本就没有预期章士钊能做出比现在更好的事情来。我们看历史，能够根据过去推知未来，看一个人的已往的经历，也有一样的效用。你先有了一种无端的迷信，将章士钊当作学者或知识阶级的领袖看，于是从他的行为上感到失望，其实是作茧自缚。”

随后，鲁迅写下了《费厄泼赖应该缓行》和《纪念刘和珍君》两篇檄文。文章中，鲁迅用火一样愤怒的语言斥责了章士钊的劣行，指出其是一只必须穷追猛打的“落水狗”。

论“费厄泼赖”应该缓行[①]

（一）解题

《语丝》五七期上语堂先生[②]曾经讲起“费厄泼赖”（fairplay），以为此种精神在中国最不易得，我们只好努力鼓励；又谓不“打落

① 本篇最初发表于1926年1月10日《莽原》半月刊第一期

② 林语堂在1925年12月14日《语丝》第五十七期发表文章说，“‘费厄泼赖’精神在中国最不易得，我们也只好努力鼓励，中国‘泼赖’的精神就很少，更谈不到‘费厄’，惟有时所谓不肯‘下井投石’即带有此义。骂人的人却不可没有这一样条件，能骂人，也须能挨骂。且对于失败者不应再施攻击，因为我们所攻击的在于思想非在人，以今日之段祺瑞、章士钊为例，我们便不应再攻击其个人。”

水狗"，即足以补充"费厄泼赖"的意义。我不懂英文，因此也不明这字的函义究竟怎样，如果不"打落水狗"也即这种精神之一体，则我却很想有所议论。但题目上不直书"打落水狗"者，乃为回避触目起见，即并不一定要在头上强装"义角"① 之意。总而言之，不过说是"落水狗"未始不可打，或者简直应该打而已。

（二）论"落水狗"有三种，大都在可打之列

今之论者，常将"打死老虎"与"打落水狗"相提并论，以为都近于卑怯②。我以为"打死老虎"者，装怯作勇，颇含滑稽，虽然不免有卑怯之嫌，却怯得令人可爱。至于"打落水狗"，则并不如此简单，当看狗之怎样，以及如何落水而定。考落水原因，大概可有三种：（1）狗自己失足落水者，（2）别人打落者，（3）亲自打落者。倘遇前二种，便即附和去打，自然过于无聊，或者竟近于卑怯；但若与狗奋战，亲手打其落水，则虽用竹竿又在水中从而痛打之，似乎也非已甚，不得与前二者同论。

听说刚勇的拳师，决不再打那已经倒地的敌手，这实足使我们奉为楷模。但我以为尚须附加一事，即敌手也须是刚勇的斗士，一

---

① "义角"即假角。陈西滢在《现代评论》第三卷五十三期（1925 年 12 月 12 日）《闲话》中攻击鲁迅说："花是人人爱好的，魔鬼是人人厌恶的。然而因为要取好于众人，不惜在花瓣上加上颜色，在鬼头上装上义角，我们非但觉得无聊，还有些嫌它肉麻。"意思是说：鲁迅的文章为读者所欢迎，是因为鲁迅为了讨好读者而假装成一个战斗者。

② 指吴稚晖、周作人、林语堂等人。吴稚晖在 1925 年 12 月 1 日《京报副刊》发表的《官钦——共产党钦——吴稚晖钦》一文中说：现在批评章士钊，"似乎是打死老虎"。周作人在同月七日《语丝》五十六期的《失题》中则说："打'落水狗'（吾乡方言，即'打死老虎'之意）也是不大好的事。……一旦树倒猢狲散，更从哪里去找这班散了的，况且在平地上追赶猢狲，也有点无聊卑劣。"林语堂在《插论语丝的文体——稳健、骂人、及费厄泼赖》一文中赞同周作人的意见，认为这正足以补充"'费厄泼赖'的意义"。

败之后，或自愧自悔而不再来，或尚须堂皇地来相报复，那当然都无不可。而于狗，却不能引此为例，与对等的敌手齐观，因为无论它怎样狂嗥，其实并不解什么“道义”；况且狗是能浮水的，一定仍要爬到岸上，倘不注意，它先就耸身一摇，将水点洒得人们一身一脸，于是夹着尾巴逃走了。但后来性情还是如此。老实人将它的落水认作受洗，以为必已忏悔，不再出而咬人，实在是大错而特错的事。

总之，倘是咬人之狗，我觉得都在可打之列，无论它在岸上或在水中。

（三）论叭儿狗尤非打落水里，又从而打之不可

叭儿狗一名哈吧狗，南方却称为西洋狗了，但是，听说倒是中国的特产，在万国赛狗会里常常得到金奖牌，《大不列颠百科全书》的狗照相上，就很有几匹是咱们中国的叭儿狗。这也是一种国光。但是，狗和猫不是仇敌么？它却虽然是狗，又很像猫，折中，公允，调和，平正之状可掬，悠悠然摆出别个无不偏激，惟独自己得了“中庸之道”似的脸来。因此也就为阔人，太监，太太，小姐们所钟爱，种子绵绵不绝。它的事业，只是以伶俐的皮毛获得贵人豢养，或者中外的娘儿们上街的时候，脖子上拴了细链子跟在脚后跟。

这些就应该先行打它落水，又从而打之；如果它自坠入水，其实也不妨又从而打之，但若是自己过于要好，自然不打亦可，然而也不必为之叹息。叭儿狗如可宽容，别的狗也大可不必打了，因为它们虽然非常势利，但究竟还有些像狼，带着野性，不至于如此骑墙。

以上是顺便说及的话，似乎和本题没有大关系。

（四）论不打“打落水狗”是误人子弟的

总之，落水狗的是否该打，第一是在看它爬上岸了之后的态度。

狗性总不大会改变的，假使一万年之后，或者也许要和现在不同，但我现在要说的是现在。如果以为落水之后，十分可怜，则害人的动物，可怜者正多，便是霍乱病菌，虽然生殖得快，那性格却何等地老实。然而医生是决不肯放过它的。

现在的官僚和土绅士或洋绅士，只要不合自意的，便说是赤化，是共产；民国元年以前稍不同，先是说康党，后是说革党[①]，甚至于到官里去告密，一面固然在保全自己的尊荣，但也未始没有那时所谓“以人血染红顶子”[②]之意。可是革命终于起来了，一群臭架子的绅士们，便立刻皇皇然若丧家之狗，将小辫子盘在头顶上。革命党也一派新气，——绅士们先前所深恶痛绝的新气，“文明”得可以；说是“咸与维新”[③]了，我们是不打落水狗的，听凭它们爬上来罢。于是它们爬上来了，伏到民国二年下半年，二次革命[④]的时

---

① 康党，指曾经参加和赞成康有为等发动变法维新的人。革党，即革命党，指参加和赞成反清革命的人。

② “以人血染红顶子”：清朝官服用不同质料和颜色的帽顶子来区分官阶的高低，最高的一品官是用红宝石或红珊瑚珠作帽顶子。清末的官僚和绅士常用告密和捕杀革命党人作为升官的手段，所以当时有“以人血染红顶子”的说法。

③ “咸与维新”，语见《尚书·胤征》：“歼厥渠魁，胁从罔治，旧染污俗，咸与维新。”原意是对一切受恶习影响的人都给以弃旧从新的机会。这里指辛亥革命时革命派与反动势力妥协，地主官僚等乘此投机的现象。

④ 二次革命，指 1913 年 7 月孙中山发动的讨伐袁世凯的战争。与辛亥革命相对而言，故称“二次革命”。在讨袁军发动之前和失败之后，袁世凯曾指使他的走狗杀害了不少革命者。

候，就突出来帮着袁世凯咬死了许多革命人，中国又一天一天沉入黑暗里，一直到现在，遗老不必说，连遗少也还是那么多。这就因为先烈的好心，对于鬼蜮的慈悲，使它们繁殖起来，而此后的明白青年，为反抗黑暗计，也就要花费更多更多的气力和生命。

秋瑾[①]女士，就是死于告密的，革命后暂时称为“女侠”，现在是不大听见有人提起了。革命一起，她的故乡就到了一个都督，——等于现在之所谓督军，——也是她的同志：王金发[②]。他捉住了杀害她的谋主[③]，调集了告密的案卷，要为她报仇。然而终于将那谋主释放了，据说是因为已经成了民国，大家不应该再修旧怨罢。但等到二次革命失败后，王金发却被袁世凯的走狗枪决了，与有力的是他所释放的杀过秋瑾的谋主。

这人现在也已“寿终正寝”了，但在那里继续跋扈出没着的也还是这一流人，所以秋瑾的故乡也还是那样的故乡，年复一年，丝毫没有长进。从这一点看起来，生长在可为中国模范的名城[④]里的杨

---

① 秋瑾（1879？—1907），字璇卿，号竞雄，别号鉴湖女侠，浙江绍兴人。1904年留学日本，积极参加留日学生的革命活动，先后加入光复会、同盟会。1906年春回国，1907年在绍兴主持大通师范学堂，组织光复军，和徐锡麟准备在浙、皖两省同时起义。徐锡麟起事失败后，她于同年7月13日被清政府逮捕，15日凌晨被杀害于绍兴轩亭口。

② 王金发（1882—1915），浙江嵊县人，原是浙东洪门会党平阳党的首领，后加入光复会。辛亥革命后任绍兴军政分府都督，二次革命后于1905年7月被袁世凯的手下浙江都督朱瑞杀害于杭州。

③ 谋主，据鲁迅此文所述情节，是指当时绍兴的大地主章介眉。他在作浙江巡抚增韫的幕僚时，极力怂恿掘毁西湖边上的秋瑾墓。辛亥革命后因贪污纳贿、平毁秋墓等罪被王金发逮捕，他用“捐献”田产等手段获释。脱身后到北京任袁世凯总统府的秘书，1903年二次革命失败后，他“捐献”的田产即由袁世凯下令发还，不久他又参与朱瑞杀害王金发的谋划。另按，秋瑾案的告密者是绍兴劣绅胡道南，他在1908年被革命党人处死。

④ 模范的名城，指无锡。陈西滢在《现代评论》第二卷第三十七期（1925年8月22日）发表的《闲话》中说：“无锡是中国的模范县。”

荫榆女士和陈西滢先生，真是洪福齐天。

（五）论塌台人物不当与“落水狗”相提并论

“犯而不校”[①] 是恕道，“以眼还眼以牙还牙”[②] 是直道。中国最多的却是枉道：不打落水狗，反被狗咬了。但是，这其实是老实人自己讨苦吃。

俗语说：“忠厚是无用的别名”，也许太刻薄一点罢，但仔细想来，却也觉得并非唆人作恶之谈，乃是归纳了许多苦楚的经历之后的警句。譬如不打落水狗说，其成因大概有二：一是无力打；二是比例错。前者且勿论；后者的大错就又有二：一是误将塌台人物和落水狗齐观，二是不辨塌台人物又有好有坏，于是视同一律，结果反成为纵恶。即以现在而论，因为政局的不安定，真是此起彼伏如转轮，坏人靠着冰山，恣行无忌，一旦失足，忽而乞怜，而曾经亲见，或亲受其噬啮的老实人，乃忽以“落水狗”视之，不但不打，甚至于还有哀矜之意，自以为公理已伸，侠义这时正在我这里。殊不知它何尝真是落水，巢窟是早已造好的了，食料是早经储足的了，并且都在租界里。虽然有时似乎受伤，其实并不，至多不过是假装跛脚，聊以引起人们的恻隐之心，可以从容避匿罢了。他日复来，仍旧先咬老实人开手，“投石下井”[③]，无所不为，寻起原因来，一

---

① “犯而不校”，这是孔丘弟子曾参的话，见《论语·泰伯》。

② “以眼还眼以牙还牙”，摩西的话，见《旧约·申命记》：“以眼还眼，以牙还牙，以手还手，以脚还脚。”

③ “投石下井”，俗作“落井下石”，语出唐代韩愈的《柳子厚墓志铭》：“一旦临小利害，仅如毛发，比反眼若不相识，落陷阱不一引手救，反挤之又下石焉者，皆是也。”林语堂在《插论语丝的文体——稳健、骂人、及费厄泼赖》一文中说：“不肯下井投石即带有费厄泼赖之意”。

部分就正因为老实人不“打落水狗”之故。所以，要是说得苛刻一点，也就是自家掘坑自家埋，怨天尤人，全是错误的。

（六）论现在还不能一味“费厄”

仁人们或者要问：那么，我们竟不要“费厄泼赖”么？我可以立刻回答：当然是要的，然而尚早。这就是“请君入瓮”法。虽然仁人们未必肯用，但我还可以言之成理。土绅士或洋绅士们不是常常说，中国自有特别国情，外国的平等自由等等，不能适用么？我以为这“费厄泼赖”也是其一。否则，他对你不“费厄”，你却对他去“费厄”，结果总是自己吃亏，不但要“费厄”而不可得，并且连要不“费厄”而亦不可得。所以要“费厄”，最好是首先看清对手，倘是些不配承受“费厄”的，大可以老实不客气；待到它也“费厄”了，然后再与它讲“费厄”不迟。

这似乎很有主张二重道德之嫌，但是也出于不得已，因为倘不如此，中国将不能有较好的路。中国现在有许多二重道德，主与奴，男与女，都有不同的道德，还没有划一。要是对“落水狗”和“落水人”独独一视同仁，实在未免太偏，太早，正如绅士们之所谓自由平等并非不好，在中国却微嫌太早一样。所以倘有人要普遍施行“费厄泼赖”精神，我以为至少须俟所谓“落水狗”者带有人气之后。但现在自然也非绝不可行，就是，有如上文所说：要看清对手。而且还要有等差，即“费厄”必视对手之如何而施，无论其怎样落水，为人也则帮之，为狗也则不管之，为坏狗也则打之。一言以蔽之:“党同伐异”[①] 而已矣。

满心“婆理”而满口“公理”的绅士们[②]的名言暂且置之不论不议之列，即使真心人所大叫的公理，在现今的中国，也还不能救助好人，甚至于反而保护坏人。因为当坏人得志，虐待好人的时候，即使有人大叫公理，他决不听从，叫喊仅止于叫喊，好人仍然受苦。然而偶有一时，好人或稍稍蹶起，则坏人本该落水了，可是，真心的公理论者又“勿报复”呀，“仁恕”呀，“勿以恶抗恶”呀……的大嚷起来。这一次却发生实效，并非空嚷了：好人正以为然，而坏人于是得救。但他得救之后，无非以为占了便宜，何尝改悔；并且因为是早已营就三窟，又善于钻谋的，所以不多时，也就依然声势赫奕，作恶又如先前一样。这时候，公理论者自然又要大叫，但这回他却不听你了。

但是，“疾恶太严”，“操之过急”，汉的清流和明的东林[③]，却

---

① “党同伐异”，语见《后汉书·党锢传序》。意思是纠合同伙，攻击异己。陈西滢曾在《现代评论》第三卷第五十三期（1925年12月12日）的《闲话》中用此语影射攻击鲁迅：“中国人是没有是非的。……凡是同党，什么都是好的，凡是异党，什么都是坏的。”同时又标榜他们自己：“在‘党同伐异’的社会里，有人非但攻击公认的仇敌，还要大胆的批评自己的朋友。”

② 陈西滢等人在女师大风潮中，竭力为杨荫榆辩护，后又组织“教育界公理维持会”，反对女师大复校。这里所说的“绅士们”，即指他们。参看《华盖集·“公理”的把戏》。

③ 清流，指东汉末年的大臣李膺、陈蕃等人。他们联合太学生，批评朝政，暴露宦官集团的罪恶，于汉桓帝延熹九年（166）为宦官所诬陷，以结党为乱的罪名遭受捕杀，十余年间，先后四次被杀戮、充军和禁锢的达七八百人，史称“党锢之祸”。东林，指明末的东林党。主要人物有顾宪成、高攀龙等。他们聚集在无锡东林书院讲学，议论时政，批评人物，对舆论影响很大。在朝的一部分比较正直的官吏，也和他们互通声色，形成了一个以上层知识分子为主的政治集团。明天启五年（1625）他们为宦官魏忠贤所屠杀，被害者数百人。

正以这一点倾败，论者也常常这样责备他们。殊不知那一面，何尝不“疾善如仇”呢？人们却不说一句话。假使此后光明和黑暗还不能作彻底的战斗，老实人误将纵恶当作宽容，一味姑息下去，则现在似的混沌状态，是可以无穷无尽的。

（七）论“即以其人之道还治其人之身”①

中国人或信中医或信西医，现在较大的城市中往往并有两种医，使他们各得其所。我以为这确是极好的事。倘能推而广之，怨声一定还要少得多，或者天下竟可以臻于郅治。例如民国的通礼是鞠躬，但若有人以为不对的，就独使他磕头。民国的法律是没有笞刑的，倘有人以为肉刑好，则这人犯罪时就特别打屁股。碗筷饭菜，是为今人而设的，有愿为燧人氏②以前之民者，就请他吃生肉；再造几千间茅屋，将在大宅子里仰慕尧舜的高士都拉出来，给住在那里面；反对物质文明的，自然更应该不使他衔冤坐汽车。这样一办，真所谓“求仁得仁又何怨”③，我们的耳根也就可以清净许多罢。

但可惜大家总不肯这样办，偏要以己律人，所以天下就多事。“费厄泼赖”尤其有流弊，甚至于可以变成弱点，反给恶势力占便宜。例如刘百昭殴曳女师大学生④，《现代评论》上连屁也不放，一到女师大恢复，陈西滢鼓动女大学生占据校舍时，却道“要是她们

① “即以其人之道还治其人之身”，语见朱熹在《中庸》第十三章的注文。

② 燧人氏，我国传说中最早钻木取火的人，远古的“三皇”之一。

③ “求仁得仁又何怨”，语见《论语·述而》。

④ 刘百昭，湖南武冈人，曾任北洋政府教育部专门教育司司长。1925年8月，章士钊解散女师大，另立女子大学，派刘百昭前往筹办，刘于22日雇用流氓女丐殴打女师大学生，并将她们强拉出校。

不肯走便怎样呢？你们总不好意思用强力把她们的东西搬走了罢？”① 殴而且拉，而且搬，是有刘百昭的先例的，何以这一回独独“不好意思”？这就因为给他嗅到了女师大这一面有些“费厄”气味之故。但这“费厄”却又变成弱点，反而给人利用了来替章士钊的“遗泽”保镳。

（八）结末

或者要疑我上文所言，会激起新旧，或什么两派之争，使恶感更深，或相持更烈罢。但我敢断言，反改革者对于改革者的毒害，向来就并未放松过，手段的厉害也已经无以复加了。只有改革者却还在睡梦里，总是吃亏，因而中国也总是没有改革，自此以后，是应该改换些态度和方法的。

一九二五年十二月二十九日

三

鲁迅起诉章士钊的胜诉，实在出乎人们的意料。

鲁迅的学生孙伏园曾撰文回忆鲁迅与章士钊打官司的情形：鲁迅被免职后，“当时教育部的许多同事都替鲁迅抱不平，主张鲁迅先生去平政院告章士钊。平政院院长汪大燮是一个弄旧学问的人，同鲁迅先生在学问上甚为交好。有一天，平政院的邵先生跑到鲁迅家

① 1925年11月，女师大学生斗争胜利，宣告复校，仍回原址上课。这时，陈西滢在《现代评论》第三卷第五十四期（1925年12月19日）发表的《闲话》中，说了这里所引的话，鼓动女子大学学生占据校舍，破坏女师大复校。

去，谈起这事，怂恿鲁迅先生对章士钊起诉，并且说汪院长也要亲自拜访一次鲁迅先生。汪的意思，以为章士钊是西洋留学生，一定是无父无君的；而鲁迅是一位研究中国学问的人，一定没有错处。鲁迅的被免职，一定是章士钊冤枉了他。然而，鲁迅先生的家里，却实在有很多的东西洋书籍，如果被汪大燮看到了，将不免影响到他对于鲁迅的印象。那时候我正去鲁迅先生家里，看见大批东西文书籍向外搬运。”

8月15日，鲁迅起草了一份起诉书，状告教育部总长章士钊。鲁迅在起诉书中说：“树人充教育部佥事，已十有四载，恪恭将事，故任职以来屡获奖叙。讵教育总长章士钊竟无故将树人呈请免职，查文官免职，系惩戒处分之一。依《文官惩戒条例》第十八条之规定，须先交付惩戒，始能依法执行。乃滥用职权，擅自处分，无故将树人免职，显违《文官惩戒条例》第一条及《文官保障法草案》第二条之规定。此种违法处分，实难自甘缄默。”

鲁迅在此抓住“程序违法”做文章，按照当年的惩戒程序，须先备惩戒文书交付“高等文官惩戒委员会”进行审查，章士钊虽然在呈函中说“补办”，但毕竟没有先行这一步骤。鲁迅紧紧抓住章士钊违反程序和认定超前的错误，为推翻章士钊呈请的“免职理由”提供了有力的依据。

那么，鲁迅所递交起诉书的平政院是怎么回事呢？平政院是袁世凯统治时期开始设立的行政裁判机关，负责弹劾和审理违法官吏，相当于前清的御史台。有意思的是，章士钊一直反对设立平政院。章士钊在英国留学五年，深受英国自由主义思想的影响，接受的是英国学者的观点，实行司法平等也是章士钊一贯的主张。他作为一个关心个人自由权利的人，看到了行政裁判制度侵犯人民权利的可能性。他认为，其与法律面前人人平等的原则不相符合，不利于司法平等。正是从保护个人权利和法律面前人人平等的原则出发，章士钊自1912年《临时约法》颁布之时起就反对设立平政院，而主张官民一律受制于普通法院，并在随后与赞成设立平政院者进行了十多年的论争。也正是这个章士钊所反对设立的平政院让章士钊输了和鲁迅的官司。

在收到鲁迅的诉状副本后，章士钊作了书面答辩，其答辩状甚长，罗列了鲁迅的许多不端行为，陈列了一通处置有理的辩说，但是，里面就是缺少诠释程序违法的答辩文字。

该答辩传交鲁迅后，鲁迅又进行了反辩。鲁迅说，章士钊所列诸项指控只能算教员鲁迅的行为而非官员鲁迅的行为，“在部则为官吏，在校则为教员，两种资格各有职责，不容牵混”。鲁迅反驳的另一条理由，是说他本人收到校务维持会委员委任状为8月13日，而章士钊呈免职状则在8月12日，未任先免，该罪项不能成立。

这时恰好随着南方革命运动蓬勃兴起，北京地区的革命运动声势逐渐浩大起来。1925年11月19日，章士钊在北京魏家胡同十三号的住宅被广大群众和学生捣毁，他无暇顾及与鲁迅的官司，匆匆逃到天津，教育总长的职务也被免去。

1925年12月31日，段祺瑞明令改组国务院，令原各部总长辞职，给各部任命了新的总长，新任命的教育总长是易培基（后任故宫博物院院长）。在刚刚过去的女师大风潮中，他是支持学生的。现在出任了教育总长，易培基不愿意趟前任的浑水，更无意维持前任所作的惩处鲁迅的决定，于是，在平政院还没有审理完鲁迅起诉章士钊非法免职案的情况下，就于 1926 年 1 月 16 日签发命令，恢复了鲁迅的职务。

1926 年 3 月 16 日，平政院裁决鲁迅胜诉。23 日，平政院下达了“教育部之处分取消之”的裁决书。裁决结束后，按照法律程序，还需要呈最高当局批准。1926 年 3 月 31 日，国务总理贾德耀签署了给教育总长易培基的训令（临时执政训令第十三号），批准撤销教育部对鲁迅的处分。

四

在军阀混战的 20 世纪 20 年代，作为教育部一个小小佥事的鲁迅，为自己被免职一事，不但将教育部和教育总长告上了法庭，而且胜诉，确实出人意料，在中国法治史上也是一个意义深远的经典案例。不过客观地来说，鲁迅胜诉的案子并不具有普遍性。曾在北洋政府担任过司法总长的罗文干在谈到当时检察官与权势的关系时坦言：“凡行政长官不喜之人，旦夕得而羁押之，检察官不敢不从也；凡行政长官袒护之人，不得逮捕之，检察官又不敢不从也。是所谓人权保护，悉凭有力者之喜怒，而有力者之喜怒，不得不假借检察官之权力以行之，羁押后又得任其宰割矣。”这说明，在民国时期，司法机关并不具有独立的司法权，受制于行政权。

鲁迅能打赢这场官司，与章士钊的态度当然是不无关系的。章士钊在当时身兼北洋政府的司法总长、教育总长，是段祺瑞的亲信人物，人称“老虎总长”。但是他毕竟受过西方资产阶级民主教育，受“西风”影响甚深。他没有利用自己的权势干预司法，未给平政院施加压力，而是尊重法律，接受裁决，这也是鲁迅胜诉的一个重要因素。此外，教育总长易培基同情学潮、同情鲁迅，而崇尚国学的平政院院长汪大燮也对鲁迅抱有好感，这一切，都成就了这起经典的“民告官”胜诉的案例。

新中国成立后，章士钊说：“鲁迅要是活到解放，我和他可能是朋友呢！”他和许广平都是历届全国人大代表，又都是大会主席团成员，后来还是常委会委员。由于“章”和“許”（繁体“许”字）两个姓氏笔画相同，二人常常毗邻而坐，相见时非常客气，谁也不提几十年前的事。服务员端上茶来，许广平把茶让给章士钊说：“您是我的师长，您先用。”章士钊说：“我和鲁迅的夫人都和解了，坐在一起开会，鲁迅如果活着，当然也无事了。”后来，章士钊的女儿问起当年他们之间如此敌对，他现在怎么看。章士钊微微沉思后缓缓地说：“拿你们现在的眼光看，对于学生运动的事，鲁迅支持学生当然是对的。”

第5篇 林语堂和鲁迅：要什么样的“幽默”

林语堂（1895—1976），福建龙溪（现福建省漳州市平和县坂仔镇）人。中国当代著名学者、文学家、语言学家。早年留学美国、德国，获哈佛大学文学硕士、莱比锡大学语言学博士。回国后在清华大学、北京大学、厦门大学任教。1945年赴新加坡筹建南洋大学，任校长。曾任联合国教科文组织美术与文学主任、国际笔会副会长等职。

林语堂于1940年和1950年先后两度获得诺贝尔文学奖提名。曾创办《论语》《人世间》《宇宙风》等刊物，作品包括小说《京华烟云》《啼笑皆非》。散文和杂文文集《人生的盛宴》、《生活的艺术》以及译著《东坡诗文选》《浮生六记》等。1966年定居台湾，1967年受聘为香港中文大学研究教授，主持编撰《林语堂当代汉英词典》。1976年逝世于香港。

一

林语堂和鲁迅都是文豪，他们在同一个时代放射各自的光芒，以自己的方式行走在那段岁月。他们曾经相得，也曾经相离。1936年鲁迅逝世后，林语堂在美国纽约写的悼念文章《鲁迅之死》，其中这样刻画他和鲁迅的相交："吾始终敬鲁迅；鲁迅顾我，我喜其相知，鲁迅弃我，我亦无悔。大凡以所见相左相同，而为离合之迹，绝无私人意气存焉。"言语中，对鲁迅的敬意在字里行间一一闪现。

1923年，林语堂获得博士学位，同年回国，任北京大学教授、北京女子师范大学教务长和英文系主任。林语堂留学回国到北京大学任教的时候，是他和鲁迅相识的开始。

当时北大的教授已经形成两派，一派是鲁迅和周作人兄弟为首，另一派以胡适为代表。尽管当年胡适对林语堂关照颇多，在林语堂留学海外经济窘困的时候，及时伸出援手，用私人钱以学校的名义资助林语堂，却从未向任何人提起，直到林语堂回国后才知道事情的具体真相。这是很深的个人情谊，但没有影响到林语堂的选择，林语堂站到鲁迅旗下，和鲁迅成为盟友。

1925年12月5日和6日，这两天，参加了语丝社、又领导着莽原社的鲁迅两次主动地给林语堂写信和约稿，然后是林语堂复信和交稿，这是两人"相得"的开始。后来，林语堂和鲁迅并肩战斗，写了许多文章，大谈政治。他还走上街头，拿竹竿和砖石，与学生一起，直接和军警搏斗，把他投掷垒球的技术也都用上了，这一次搏斗，给林语堂的眉头留下一个伤疤，这段经历让林语堂在年老的时候还时常得意地和女儿提起，成为过往岁月闪耀的亮点。

1926年，林语堂和鲁迅都上了当时军阀政府的黑名单。林语堂到了厦门大学，然后他邀请鲁迅到厦大任教，这段四个月的相处，让他们的友谊加深了。

在厦门大学，林语堂极力想照顾鲁迅，鲁迅在给许广平的信中，也屡屡提及林语堂的这种努力，包括林语堂夫人廖翠凤对鲁迅生活的照顾。当鲁迅在厦门大学不如意萌生去意的时候，鲁迅担心的也是对林语堂的影响，他们不仅仅是惺惺相惜，而是风雨同程。

当鲁迅离开厦门去广州然后到上海，而林语堂也离开厦门去武汉最后也到了上海，这两个曾经有过密切友谊的人又在一起，但相聚并没有太多友谊的加深，恰恰是他们之间裂痕的开始。

二

在上海，林语堂和鲁迅都以文为生，不过走的却是不同的路子。鲁迅“直面惨淡的人生”，把文学当作“匕首”和“投枪”刺向敌人。林语堂则借助幽默表现性灵闲适，曲折地表示自己的不满，他认为：“愈是空泛的，笼统的社会讽刺及人生讽刺，其情调自然愈深远，而愈近于幽默本色。”

这是不同的选择，不一定是背道而驰，但分道扬镳是肯定的事情。愈走愈远，既是无奈也是现实。

仔细观察鲁迅和林语堂等几个人在厦门后山上的那张合影，都是在爬山，林语堂是西装革履文明棍，而鲁迅则是长袍布鞋。也许这仅仅是生活细节，但细节有时候折射的是一种走向，林语堂和鲁迅的差异可见一斑。他们为文的风格和人生道路的不同从这样的细节也可以看出端倪。毕竟，林语堂是出生在乡村牧师的家庭，他从平和坂仔这偏僻乡村走向厦门、走向上海、走向外国留学，然后回国到北京，到厦门，到上海，生活有不顺心甚至有危险，但总体是向上发展的。在他的内心，欢乐多于忧愁，他坚持的是“人生要快乐”。而鲁迅出生在没落的地方望族，家道的衰败使鲁迅过早品尝到了生活的艰辛与世态炎凉。这深刻影响到他性格的形成，他秉持的是“一生都不宽恕”。

文学立场的不同，让林语堂和鲁迅之间的友谊也磕磕碰碰。开始，他们围绕“痛打落水狗”等有了论争，尤其是林语堂坚持自己的文艺观点，声称“欲据牛角尖负隅以终身”，而鲁迅却认为在生死斗争之中，是没有幽默可言的，“只要我活着，就要拿起笔，去回敬他们的手枪”。鲁迅认为，对林语堂“以我的微力，是拉他不来的”，开始对林语堂进行批判，先后写了《骂杀和捧杀》《读书忌》《病后杂谈》《论俗人应避雅人》《隐士》等，而林语堂则写了《作文与作人》《我不敢再游杭》《今文八弊》等文章来回敬，字里行间的锋芒颇有江湖间的刀光剑影。

不过，“南云楼风波”是他们之间的正面冲突，使他们从文字走到现实的争执。

在鲁迅的日记里，对此曾有记叙：“二十八日……晚霁。小峰来，并送来纸版，由达夫、矛尘作证，计算收回费用五百四十八元五角。同赴南云楼晚餐。席上又有杨骚、语堂及夫人、衣萍、曙天，席将终，林语堂语含讥刺。直斥之，彼亦争持，鄙相悉现。”而四十年后林语堂在《忆鲁迅》也回忆此事：“有一回，我几乎跟他闹翻了。事情是小之又小。是鲁迅神经过敏所至。那时有一位青年作家，……他是大不满于北新书店的老板李小峰，说他对作者欠账不还等等。他自己要好好的做。我也说了附合的话，不想鲁迅疑心我在说他。……他是多心，我是无猜。两人对视像一对雄鸡一样，对了足足两分钟。幸亏郁达夫作和事佬。几位在座女人都觉得无趣。这样一场小风波，也就安然流过了。”

真是公说公有理，婆说婆有理，如此的风波是过去了，但林语堂和鲁迅之间的裂痕却无法消除。尽管他们后来有次和解，但这样的和解并没有坚持多久，决裂却是紧随而来。鲁迅还曾写信劝林语堂别搞小品了，多翻译些英文名著。林语堂回信说“等老了再说”。鲁迅后来给曹聚仁写信，提到此事，认为林语堂是在暗讽他已经老了。这也许是话不投机半句多，也许平常人不以为意的一句寻常话，在心有芥蒂之人的心目中却能滋生出许多遐想。

从 1934 年起，左翼作家群体增强了对林语堂的批评，主要是攻击林语堂文学上的趣味主义和自由主义，斥责幽默刊物为“麻醉文学”。从这以后，两人再无来往，林语堂的名字，也从鲁迅日记里完全消失了。这两个曾经是盟友的人，走向了不同的方向，这样的方向不仅仅是各走各的阳关道，而且颇有对阵江湖的架势。

三

20 世纪前半期中国文学总体的美学特征是沉重而悲怆的。这当然和产生它的社会环境、时代特征有关。只要想一想 20 世纪中国走过的历史道路是多么艰难曲折、中华民族经历了多少奋争和磨难，对于20世纪中国文学的严肃的思想面貌和浓重的悲剧色彩也就不难理解了。也因此，鲁迅在20世纪30年代对林语堂以提倡幽默掩盖社会矛盾，“将屠户的凶残，使大家化为一笑，收场大吉”的批评就更容易让人理解了。

鲁迅公开申明过：“我不爱‘幽默’，并且以为这是只有爱开圆桌会议的国民才闹得出来的玩意儿，在中国，却连意译也办不到。”他还说过：“‘幽默’既非国产，中国人也不是长于‘幽默’的人民，而现在又实在是难以幽默的时候。”针对林语堂创办的《论语》《人间世》以幽默小品为统治者“帮闲”的倾向，鲁迅曾在一封信中说：“专读《论语》或《人间世》一两年，而欲不变为废料，亦殊不可得也。”

这些看起来像是否定和排斥幽默的痛乎言之的话，连同当时中国“炸弹满空，河水漫野”的现状一起，在一代文学青年中产生了强烈的思想震撼。无怪乎当时的青年作家吴组缃在接到日本人增田涉[①]因为编选《中国幽默文学选》而征求意见的信时，觉得很不以为然，作出了偏激而失礼的反应。

在近半个世纪后，吴组缃在北大的课堂上曾对这件往事有过回顾和反思，坦然承认自己当年一律抹杀幽默是片面的，没有准确理解鲁迅关于幽默的全部看法。他还在文章里公开作自我批评，指出：

---

① 增田涉（1903－1977），日本中国文学研究者，鲁迅的学生，《中国小说史略》日本语译者。毕业于东京帝国大学毕业，1931年到上海跟随鲁迅先生学习中国小说史，在鲁迅指导下将《中国小说史略》译成日本语，同时写了日文《鲁迅传》初稿，1935年与佐藤先生合译《鲁迅选集》。鲁迅去世后，参加了日本改造社版《大鲁迅全集》的翻译工作。历任岛根大学、大阪市立大学、关西大学教授。

"其实幽默与讽刺，往往很难区分；我对鲁迅那个警句的理解也不免简单化，随着岁月和阅历的增长，我知道看事不能从概念出发：幽默也有不同的内容，讽刺也有不同的观点，情况变化无定，笼统地看是不对的。"

到底鲁迅对幽默的全面的看法是什么呢？

早在 1924 年 5、6 月间，林语堂在《晨报副刊》上撰文《征译散文并提倡"幽默"》和《幽默杂话》，第一次将英语的 humour 译成"幽默"并加以提倡。humour 一词的含义是令人觉得有趣或可笑且又意味深长的言谈或举动。原来有人译为"酉鞡"。林语堂在文章中指出："素来中国人富于'诙摹'而于文学上不知道运用他及欣赏他，于是'正经话'与'笑话'遂截然不胫而走：正经话太正经，不正经话太无体。"因此，"我们应该提倡在高谈学理的书或大主笔的社论中不妨夹些无关紧要的玩意的话，以免生活太枯燥无聊。"

在这里，林语堂是把幽默作为当时的文学创作或文章中欠缺的一种美学要素来提倡的，这是颇有积极意义的，很快就得到了鲁迅的呼应。《论幽默》一文中有些观点，是被鲁迅接受并予以发挥的。其中主要观点有二：

第一，幽默应与人类的同情心相联系。日本学者鹤见祐辅[①]曾提出，"使幽默不堕于冷嘲，那最大的因子是在纯真的同情罢……幽默不

---

① 鹤见祐辅（1885—1972），日本评论家，曾留学美国。主要著作除《思想·山水·人物》外，还有《南洋游记》、《欧美名士印象记》、《拜仑传》等。他的杂文集《思想·山水·人物》于 1924 年由日本东京大日本雄辩会社出版，共收杂文三十一篇。鲁迅于 1925 年 2 月 13 日购得此书，嗣后即陆续选译，至 1928 年 4 月 3 日译讫。5 月由北新书局出版单行本。

怕多，只怕同情少。以人生为儿戏，笑着过日子的，是冷嘲。深味着人生的尊贵，不失却深的人类爱的心情，而笑着的，是幽默罢。”

鲁迅对这一见解是肯定的。1933年10月，他指出：“……中国向来不大有幽默。只是滑稽是有的，但这和幽默还隔着一大段，日本人曾译‘幽默’为‘有情滑稽’，所以别于单单的‘滑稽’，即为此。”鲁迅早就有“无情的冷嘲与有情的讽刺相去本不及一张纸”之说，“有情的讽刺”，其实即是幽默倾向于揭示社会实际情状中的可笑与荒谬的产物。这正是鲁迅希望幽默发展所趋的正路，而有别于林语堂关于“幽默只是一位冷静超远的旁观者”的主张的。

第二，幽默的运用要有一个严格的度。鹤见祐辅提出，“幽默是如文，如水，用得适当，可以使人生丰饶，使世界幸福，但倘一过度，便要焚屋，灭身，妨害社会的前进的。”鲁迅对这一见解实际上也是接受的。他不反对幽默在文学创作和社会生活中的积极作用，但反对幽默的泛滥。

他在《“滑稽”例解》中写道：“慨自语堂大师振兴‘幽默’以来，这名词是很通行了，但一普遍，也就伏着危机，正如军人自称佛子，高官忽挂念珠，而佛法就要涅槃一样。倘若油滑、轻薄，猥亵，都蒙‘幽默’之号，则恰如‘新戏’之入‘×世界’，必已成为‘文明戏’也无疑。”这就是说，幽默一旦泛滥逾度，势必变质为庸俗无聊。从幽默的度，鲁迅进一步阐发了讽刺艺术的度的重要性。他一则指出：“人说，讽刺和冷嘲只隔一张纸，我以为有趣和肉麻也一样。”[①]二则指出：“讽刺小说是贵在旨微而语婉的，假如过甚其辞，就失了文

① 《后记》，《朝花夕拾》，《鲁迅全集》第二卷，人民文学出版社，2005年版，P328。

艺上底价值”，“讽刺文学是不能死于自身的故意的戏笑的”。（见鲁迅《中国小说史略》）

总之，在 20 世纪 20 年代，鲁迅对幽默的理论主张并无反感，反而颇多同情。他不但在某种程度上与当时的友人林语堂同声相应，而且通过翻译鹤见祐辅的《说“幽默”》，学习、研究了幽默作为文学的美学要素所具有的某些关于其自身生存的根本特征，如幽默的根柢在同情，幽默的运用有其度等等，并颇多发挥。

1932 年 9 月，林语堂创办并主编的《论语》出版。林语堂和其他一些作家在这个刊物上发表了不少提倡、阐释“幽默”的文章，逐渐推衍为一股幽默文学思潮，在 30 年代的中国文坛产生不小的影响。鲁迅的幽默观，便在 30 年代特定的社会文化环境影响下有了新的发展变化，从一开始的与林语堂倡导的幽默文学思潮有某些契合之点，发展到与之渐成对峙，最后竟至完全仳离。这个时期，他们的分歧主要表现在三个方面：

第一，关于幽默存在和流行的前提。

林语堂认为幽默之风，存乎一心，欲求幽默，诉诸心境。他说：“欲求幽默，必先有深远之心境，而带一点我佛慈悲的念头，然后文章火气不太盛，读者得淡然之味。”但鲁迅却认为幽默存在和风行的前提是社会环境。

鲁迅认为，中国没有幽默的传统，中国过去流传较多的是历史上文人的笑话轶事，还有像金圣叹临死时说的那种以自我解嘲的方式来掩盖刽子手凶残的话语，而这样的东西和幽默是并无什么瓜葛的。更何况，当时黑暗的社会现实和尖锐的社会矛盾也使人们无意去讲什么幽默。针对有人攻击鲁迅坐着有版税可抽，而一年之中，竟“只闻其骚音怨音以及刻薄刁毒之音”，鲁迅反击说：“有版税的尚且如此，还能希望那些炸弹满空，河水漫野之处的人们来说‘幽默’么？恐怕连‘骚音怨音’也不会有，‘盛世元音’自然更其谈不到。”

鲁迅从社会环境去分析幽默之存亡的见解，体现了他一贯的直面现实的战斗精神，从根本上触及了林语堂的幽默论的玄虚之处。求幽默于心境，而欲求心境的平和冲淡，便只好闭目塞听，从哀鸿遍野、饿殍陈路的悲惨现实中逃出，“从血泊中寻出闲适来”。在鲁迅看来，这样的闲话幽默，只能成为替反动统治者“帮闲”的一种手段。

第二，关于幽默的泛滥的结果。

20 世纪 30 年代，中国的文化界由于《论语》的影响，出现了一批以登载幽默文字为主的杂志，如《谈风》《中庸》《聊斋》等，当时的情形真成了“东也是幽默，西也是幽默，大有风行之概”。文坛上刮起一股不大不小的林氏“幽默风”，鲁迅在杂文集《花边文学·一思而行》中说，“然而轰的一声，天下无不幽默和小品，幽默那有这许多，于是幽默就是滑稽，滑稽就是说笑话，说笑话就是讽刺，讽刺就是漫骂。油腔滑调，幽默也；‘天朗气清’，小品也；看郑板桥《道情》一遍，谈幽默十天，买袁中郎尺牍半本，作小品一卷。”结果只能是，“手拿黑漆皮灯笼，彼此都莫名其妙。总之，一个名词归化中国，不久就弄成一团糟。”幽默这个名目，自也难逃此厄运。

第三，关于幽默与讽刺的联系、界限与转化。

林语堂虽然承认幽默与讽刺在审美功用上有联系，却严幽默与讽刺之辨，竭力排除讽刺于幽默之外，不愿看到幽默向讽刺转化。他说：“其实幽默与讽刺极近，却不以讽刺为目的。讽刺每趋于酸腐，去其酸辣，而后达到冲淡心境，便成幽默。”又说：“愈是空泛的笼统的社会讽刺及人生讽刺，其情调愈深远，而愈近于幽默本色。”在林语堂看来，虽然幽默可能具有讽刺社会和人生的作用，但为葆其纯粹，却不能以讽刺为目的，即万万不能倾向于讽刺；而社会讽刺及人生讽刺，则只有避开切实具体的讽刺对象，趋于空泛笼统，使其情调深远，才有望近于幽默。总之，林语堂既不乐意看到幽默倾向于讽刺，又希望讽刺空泛化并复归于幽默。其对讽刺的憎嫌之态，跃然纸上。

而鲁迅与林语堂的看法正相反，他是乐于见到幽默倾向于讽刺的。在鲁迅看来，幽默通常是对可笑事物某种特点的诙谐的揭示，往往含有讽刺的成分。在难以幽默的社会环境中，幽默不可能有恒定的形态，一定会发生变迁、分化。“于是虽幽默也就免不了改变样子了，非倾于对社会的讽刺，即堕入传统的‘说笑话’和讨便宜。”

从以上三个方面的分歧看，鲁迅反对林语堂的幽默观，是切中要害的。他的声音一出，林氏幽默风顿时减色失势，幽默泛滥的局面也很快得到澄清。一时间批评和反对幽默又成潮流。

不过，当时鲁迅虽反对幽默的泛滥，但并不反对作为美学风格的幽默本身，而且，他对借骂幽默以名世的做法和简单化倾向，也非常反感。他说：“有些人既有以此起家之势，势必有想反此以名世之人，于是轰然一声，天下又无不骂幽默和小品。其实，则趁队起哄之士，今年也和去年一样，数不在少的。”他还幽默地写道：“去年是‘幽默’大走鸿运的时候，《论语》以外，也是开口幽默，闭口幽默，这人是幽默家，那人是幽默家。不料今年就大塌其台，这不对，那又不对，一切罪恶，全归幽默，甚至于比之文场的丑脚。

骂幽默竟好像洗澡，只要来一下，自已就会干净似的人。”

弄清楚了鲁迅对于幽默问题的全面而具体的见解之后，对于他在30年代帮助日本增田涉选编《世界幽默全集》中的中国部分一事，就很好理解了。从这件中日文学交流史上的佳话中，很可以见出鲁迅幽默见解的宽阔和精当。

总之，鲁迅心目中的幽默作家或幽默作品，大抵是含了讽刺的锋芒和滑稽的风格，能聊博一笑，但又“不是简单的只招人笑。一读自然往往会笑，不过笑后总还剩下些什么，——就是问题”。幽默作品所引发的笑，不是可以一笑就了的。也正因为这样，鲁迅所推崇的幽默作品，在艺术上要求是较高的。他对增田涉说：“迄今为日本所介绍的中国文章，大抵是较轻松易懂的东西；坚实而有趣的作品，如陶潜的《闲情赋》之类，一点也没有译。”这里，鲁迅对幽默作品提出了“坚实而有趣”的要求，这也可以视为对幽默文学作品中的精品的一个具体而适当的要求吧。

四

1936年，林语堂到美国从事写作，就在这一年，鲁迅因肺结核去世。四天后，林语堂写下了名为《鲁迅之死》的文章，其中有这样的文字：“鲁迅与我相得者二次，疏离者二次，其即其离，皆出自然，非吾与鲁迅有轻轩于其间也。吾始终敬鲁迅；鲁迅顾我，我喜其相知，鲁迅弃我，我亦无悔。大凡以所见相左相同，而为离合之迹，绝无私人意气存焉。”

鲁迅逝世使二人阴阳相隔，但是他们论争的影响并没有就此消失。林语堂在美国写的这篇文章中盛赞鲁迅的伟大。林语堂有旧文人浪漫优雅的一面，对社会底层人民有同情心。与此相比，鲁迅始终关注现实，对社会底层人民有更直接深刻的了解和同情，对所谓上层社会是持批判态度的。林语堂把鲁迅比做战士，对鲁迅私心终以长辈事之，通篇对鲁迅持肯定态度，不过，文中也有不少刻薄而有趣的话语。

第6篇 鲁迅与浪漫诗人徐志摩

徐志摩（1897—1931），现代诗人、散文家。原名章垿，字槱森，留学英国时改名志摩。徐志摩是新月派代表诗人，新月诗社成员。

他先后就读于上海沪江大学、天津北洋大学和北京大学。1921 年赴英国留学，入剑桥大学当特别生，研究政治经济学。在剑桥两年深受西方教育的熏陶及欧美浪漫主义和唯美派诗人的影响。奠定其浪漫主义诗风。

1923 年成立新月社，1924 年任北京大学教授，1926 年任光华大学、大夏大学和南京中央大学（1949 年更名为南京大学）教授。1930 年应胡适之邀，再度任北京大学教授，兼北京女子师范大学教授。1931 年 11 月 19 日因飞机失事罹难。代表作品有《再别康桥》《翡冷翠的一夜》等。

一

徐志摩是中国现代文学史上率直而热情的浪漫主义诗人，他年轻时代留学英伦三岛，秉承英国绅士的生活方式，追求有小资情调的闲适生活，后来在国内由于飞机失事，不幸结束了浓情而感伤的一生。与此相对的是，鲁迅被誉为中国现代文学史上的一面旗帜，他长期生活在批判和忧思中，对现实和人性有深刻的洞察，疾病的侵袭让他过早离开了人间。风格迥异的两人在文坛上的交锋虽不多，却折射出现代文学的复杂和人性中的矛盾。

在当时的中国文坛，徐志摩与鲁迅，一为“新月派”代表诗人，惊才绝艳，风骚文坛；一为左翼盟主，叱咤风云，执文坛之牛耳。二人虽相距十几岁（鲁迅大徐志摩十五岁），却同处一个时代。徐志摩总是风度翩翩，处事不温不火。对他的这种个性，英国友人汉学家魏雷曾在文章《我的朋友徐志摩》中说：“徐志摩虽然崇拜拜伦，但为人并没有多少拜伦作风，比如缺少拜伦之愤世嫉俗。”徐志摩不愿树敌，很少做出偏激行为。

最初，徐鲁二人也曾友好相处。1923 年，鲁迅曾主动将《中国小说史略》上册送了一本给徐志摩。徐志摩很珍视，在扉页上郑重地写下：“著者送我的，十三、一、一。”后来，他还在给魏雷写的一封信中极力推荐《中国小说史略》：“我们一个朋友新出一本《小说史略》颇好，我也买一本送给你。”这封信写于 1924 年 2 月 21 日，可见至少在此之前，徐志摩是把鲁迅当作“朋友”的。

但过了不久，鲁迅却突然写了一首打油诗《我的失恋》，挖苦了徐志摩。

二

我的失恋[①]

——拟古的新打油诗[②]

“我的所爱在山腰；
想去寻找她山太高，
低头无法泪沾袍。
爱人赠我百蝶巾；
回她什么：猫头鹰。
从此翻脸不理我，
不知何故兮使我心惊。
我的所爱在闹市；
想去寻找她人拥挤，
低头无法泪沾耳。
爱人赠我双燕图；
回她什么：冰糖葫芦。
从此翻脸不理我，

① 本篇最初发表于1924年12月8日《语丝》周刊第四期。

② 拟古的新打油诗：拟古，这里是模拟东汉文学家、天文学家张衡的《四愁诗》的格式。《四愁诗》共四首，每首都以“我所思兮在××”开始，而以“何为怀忧心××”作结，故称“四愁”。最早见于南朝梁昭明太子萧统所编的《文选》第二十九卷。打油诗，传说唐代人张打油所作的诗常用俚语，且故作诙谐，有时暗含嘲讽，被称为打油诗。

不知何故兮使我糊涂。

我的所爱在河滨；

想去寻她河水深，

歪头无法泪沾襟。

爱人赠我金表索；

回她什么：发汗药。

从此翻脸不理我，

不知何故兮使我神经衰弱。

我的所爱在豪家；

想去寻她兮没有汽车，

摇头无法泪如麻。

爱人赠我玫瑰花；

回她什么：赤练蛇。

从此翻脸不理我，

不知何故兮——由她去罢。”

这首诗发表在《语丝》第四期（出版日期是1924年12月8日）上。对于这首诗的创作动机，鲁迅在《我和语丝的始终》一文中说得很具体：“不过是三段打油诗，题作《我的失恋》，是看见当时‘阿呀阿唷，我要死了’之类的失恋诗盛行，故意做一首用‘由她去罢’收场的东西，开开玩笑的。这诗后来又添了一段，登在《语丝》上，再后来就收在《野草》中。”那么，鲁迅开的是谁的玩笑呢？诗中“赠我百蝶巾”和“赠我双燕图”二句透露了“玄机”：原来他开的是徐志摩的玩笑！当时林徽因曾赠送过百蝶巾、双燕图给徐志摩，诗中的“我”即徐志摩，“她”指林徽因。诗中不断出现的“想去寻找”意指徐志摩当时苦追林徽因。最后一句“我的所爱在豪家”意指林徽因已与梁启超的儿子梁思成订婚。

徐志摩那时专心做他的诗，还不曾倡导什么文学主张与观念，鲁迅突然作这样一首诗以挖苦之，并没有看在曾有的友情的份上留有情面，表面上看近乎寻衅找茬儿，像在“骂人”，但如果结合那时特定的社会环境和年代，便不难理解为什么鲁迅不喜欢徐志摩的原因：在鲁迅眼里，徐志摩的作品充满了沉湎于个人主义的梦幻情调，与那时北洋军阀统治下国家和人民的苦难现实毫不相干，这怎么能使心系民族苦难与命运的鲁迅爱得起来，而不加以挖苦讽刺呢？

所以鲁迅对于徐志摩，并非单纯的对其某种作品的爱憎，而是立足于民族命运和历史责任感所作出的理性取舍与评判。周作人也曾说：“我想其所以招致如此怨恨者也只是志摩的阶级之故。”知兄莫若弟，“阶级”二字，一语道破鲁迅“憎恶”徐志摩的天机。

此后，徐志摩“追捧”来华访问的印度诗人泰戈尔，又让鲁迅大大发挥了一番犀利的抨击。

三

1924年初，印度诗人泰戈尔来中国演讲，徐志摩陪伴左右充当翻译。当时，出于对泰戈尔的崇拜，徐志摩以他诗人独有的方式称赞泰戈尔说：

“他的人格我们只能到历史上去搜寻比拟，他的博大的温柔的灵魂我敢说是人类记忆里的一次灵迹。他的无边际的想象与辽阔的同情使我们想起惠特曼；他的博爱的福音与宣传的热心使我们记起托尔斯泰；他的坚韧的意志与艺术的天才使我们想起造摩西像的密仡郎其罗；他的诙谐与智慧使我们想象当年的苏格拉底与老聃；他的人格的和谐与优美使我们想念暮年的葛德；他的慈祥的纯爱的抚摩，他的为人道不厌的努力，他的磅礴的大声，有时竟使我们唤起救世主的心像；他的光彩，他的音乐，他的雄伟，使我们想念奥林必克山顶的大神。他是不可侵凌的，不可逾越的，他是自然界的一个神秘的现象。"

泰戈尔是伟大的，但他在徐志摩的眼中近乎"神"了。鲁迅认为一方面徐志摩将泰戈尔捧得过高，塑造成了天上的神仙；一方面觉得徐志摩如此"奴颜婢膝"的阿谀奉承，是为了使自己沾光，也变成诗哲。

于是他在《华盖集续篇.马上日记之二》中讥嘲道："这两年中，就我们所听到的而言，有名的文学家来到中国有四个。第一个自然是那最有名的泰戈尔即'竺震旦'，可惜被戴有印度帽子的震旦人弄得一塌糊涂，终于莫名其妙而去。后来病倒在意大利，还电召震旦'诗哲'前往，然而也不知道'后事如何'。"

鲁迅认为泰戈尔在中国的失败，是被徐志摩他们（戴印度帽子的震旦人）"捧"的。甚至十年后，鲁迅还在《骂杀与捧杀》一文中继续坚持这种观点，将"捧杀"解释得更清楚明白。

骂杀与捧杀①

署名：阿法

现在有些不满于文学批评的，总说近几年的所谓批评，不外乎捧与骂。

其实所谓捧与骂者，不过是将称赞与攻击，换了两个不好看的字眼。指英雄为英雄，说娼妇是娼妇，表面上虽像捧与骂，实则说得刚刚合式，不能责备批评家的。批评家的错处，是在乱骂与乱捧，例如说英雄是娼妇，举娼妇为英雄。

批评的失了威力，由于"乱"，甚而至于"乱"到和事实相反，这底细一被大家看出，那效果有时也就相反了。所以现在被骂杀的少，被捧杀的却多。

人古而事近的，就是袁中郎。这一班明末的作家，在文学史上，是自有他们的价值和地位的。而不幸被一群学者们捧了出来，颂扬，标点，印刷，"色借，日月借，烛借，青黄借，眼色无常。声借，钟鼓借，枯竹窍借……"② 借得他一榻胡涂，正如在中郎脸上，画上花脸，却指给大家看，啧啧赞叹道："看哪，这多么'性灵'呀！"对于中郎的本质，自然是并无关系的，但在未经别人将花脸洗清之前，这"中郎"总不免招人好笑，大触其霉头。

人近而事古的，我记起了泰戈尔。他到中国来了，开坛讲演，

① 本篇最初发表于1934年11月23日《中华日报·动向》

② 当时刘大杰标点、林语堂校阅的《袁中郎全集》断句错误甚多。这里的引文是该书《广庄·齐物论》中的一段；标点应为："色借日月，借烛，借青黄，借眼；色无常。声借钟鼓，借枯竹窍，借……"。曹聚仁曾在1934年11月13日《中华日报·动向》上发表《标点三不朽》一文，指出刘大杰标点本的这个错误。

人给他摆出一张琴，烧上一炉香，左有林长民①，右有徐志摩，各各头戴印度帽。徐诗人开始绍介了：纛！叽哩咕噜，白云清风，银磐……当！说得他好像活神仙一样，于是我们的地上的青年们失望，离开了。神仙和凡人，怎能不离开呢？但我今年看见他论苏联的文章，自己声明道："我是一个英国治下的印度人。"② 他自己知道得明明白白。大约他到中国来的时候，决不至于还胡涂，如果我们的诗人诸公不将他制成一个活神仙，青年们对于他是不至于如此隔膜的。现在可是老大的晦气。

以学者或诗人的招牌，来批评或介绍一个作者，开初是很能够蒙混旁人的，但待到旁人看清了这作者的真相的时候，却只剩了他自己的不诚恳，或学识的不够了。然而如果没有旁人来指明真相呢，这作家就从此被捧杀，不知道要多少年后才翻身。

十一月十九日

不过，鲁迅的几次讥讽似乎并没有在当时徐志摩的心中留下任何蒂芥，他既没有反击，也没有为自己做任何的辩解，仍然以他一贯的天真和热情积极地往鲁迅身边"靠"。但过了不久，又出现了一件"音乐事情"，令他们之间真正出现了裂隙。

---

① 林长民（1876—1925），"黄花岗七十二烈士"之一林觉民之兄、林徽因之父，曾任段祺瑞内阁司法总长等。

② 泰戈尔1930年访问苏联，著有《俄罗斯书简》（1931年出版），其中说过自己是"英国的臣民"的话。

四

1924年12月1日，由周作人、钱玄同和孙伏园创办的《语丝》杂志，刊登了徐志摩翻译波德莱尔诗集《恶之花》中的《死尸》一诗，在译诗之前，有一段徐志摩阐述音乐的文字：

“诗的真妙处不在他的字义里，却在他的不可琢磨的音节里；他刺戟着也不是你的皮肤（那本来就太粗太厚!）却是你自己一样不可琢磨的灵魂……我不仅会听有音的乐，我也会听无音的乐（其实也有音就是你听不见）。我直认我是一个干脆的mystic，为什么不？我深信宇宙的底质，人生的底质，一切有形的事物与无形的思想的底质一只是音乐，绝妙的音乐……无一不是音乐做成的，无一不是音乐。”

在这里，徐志摩所显现出的音乐观充满了泛神论的色彩，他阐述说，宇宙万物都有自己的节奏，诗歌更是如此。

鲁迅是《语丝》杂志的主要撰稿人，他看了徐志摩的文章后，觉得徐志摩将音乐性描述到了如此神秘的地步，有些夸张和扭曲。于是写下了《“音乐”?》一文，1924年12月15日刊登在《语丝》第五期上，对徐志摩高深莫测的“音乐观”加以调侃。鲁迅认为，能在生活中到处听到“绝妙的音乐”的人应该是神经出了问题，产生了幻觉，将其“送进疯人院”也不足为奇。

远在国外的刘半农，收到周作人从国内寄去的《语丝》，先看到徐志摩的高论，不禁生出几许异议，后又读到鲁迅的文章，于是写成《徐志摩先生的耳朵》一文。刘半农在海外学习音韵，对于文字的音乐性话题较敏感，他对徐志摩阐述音乐的文字不敢苟同，风趣地说，如果徐志摩高寿后百年归去，“我刘复幸而尚在，我要请他预先在遗嘱上附添一笔，将两耳送给我解剖研究”。

不过，鲁迅难道真的反感徐志摩阐述音乐的文字吗？以普通人的处理方式而论，一般不会无故讥笑别人的文章，除非文章的作者干扰了自己的清闲。

想当年，徐志摩从英国回国后，到处投稿，四处交友，崇尚爱情等等，这些行事作风与鲁迅格格不入。因此，恐怕不是徐志摩故意招惹鲁迅，而是鲁迅不喜欢像徐志摩这样的人，又反感徐志摩的夸张表达，才会去写文章调侃。用鲁迅自己的话说则是：“我更不喜欢徐志摩那样的诗，而他偏爱各处投稿，《语丝》一出版，他也就来了，有人赞成他，登了出来，我就做了一篇杂感，和他开了一通玩笑，使他不能来，他也果然不来了。”

至于徐志摩，我们从他后来评价鲁迅文章的文字中也能看出他对鲁迅态度的微妙变化。徐志摩在主持的《晨报副刊》上刊文《关于下面一束通讯告读者们》说：“鲁迅先生的作品，说来大不敬得很，我拜读过很少，就只《呐喊》集里三两篇小说，以及《热风》集里的几页。他平常零星的东西，我即使看也等于白看，没有看进去或是没有看懂。”其实这些话更非关懂不懂，而大概是一种“敬而远之”的态度吧。

五

1925 年，因为“女师大”风潮事件，鲁迅、周作人等人在《京报》上发表《对于北京女子师范大学风潮宣言》，公开支持学生正义斗争。不久，《现代评论》上发表了陈西滢的《闲话》一文，文中不无含影射沙地说：“以前我们常常听说女师大的风潮，有在北京教育界占最大势力的某籍某系的人在暗中鼓动，可是我们总不敢相信。这个宣言语气措辞，在我们看来，未免过于偏袒一方，不大平允。”

这种貌似“平允”实则为当局辩护的口吻，激起了鲁迅的强烈不满，他以异常的辛辣写了《我的“籍”和“系”》《并非闲话》等文反击了陈西滢。正当陈西滢与鲁迅交锋正炽的时候，徐志摩也不期然地卷入了进来。

1926年1月13日，《晨报副刊》上发表了徐志摩的《“闲话”引出来的闲话》一文。他的这篇文章本是为陈西滢赞美法国文学家法郎士写的一篇“闲话”文章捧场的，但他赞美陈西滢的一段话在鲁迅看来是客观上站在了陈西滢的一边：“他（陈西滢）学的是法郎士对人生的态度，在讥讽中有容忍，在容忍中有讥讽；学的是法郎士的‘不下海主义’，任凭当前有多少诱惑，多少压迫，多少威胁，他还是他的冷静，搅不混的清澈，推不动的稳固，他唯一的标准是理性，唯一的动机是怜悯。”

鲁迅如此回应道：“有一种所谓‘文士’而又似乎批评家的，则专是一个人的御前侍卫，托尔斯泰呀，托她斯泰呀，指东画西的，就只为做一个屏风。其甚者竟至于一面暗护此人，一面又中伤他人——就是只做侍卫的，也不配评选一言半语，因为这种工作，做的人自以为不偏而其实是偏的也可以，自以为公平而其实不公平的也可以，但总不可‘别有用心’于其间的。”

其中“所谓‘文士’而又似乎批评家的”，实际上是指徐志摩。

他也看不惯徐志摩和陈西滢互相之间的吹捧，在《无花的蔷薇》

中不无讽刺地说："中国现今'有根'的'学者'（指徐志摩赞美陈西滢的话）和'尤其'的思想家及文人（指陈西滢赞美徐志摩的话），总算已经互相选出了。"

但是，徐志摩是无心参与文战的，他在主编的《晨报副刊》上曾附记的一篇《关于下面一束通信告读者们》，文中坦陈自己为要不要登这些骂信而"踌躇了一晌"，他认为，"生性所近，每每妄想着拿理性与幽默来感除意气"，接下来他又在《结束闲话，结束废话》一文如此写道，"带住！让我们对着混斗的双方猛喝一声。带住！让我们对着我们自己不十分上流的根性猛喝一声。"

与此同时，徐志摩还在写给周作人的信中"诉苦"道："只有令兄鲁迅先生脾气不易捉摸，怕不易调和，我们又不易与他接近，听说我与他虽则素昧平生，并且他似乎嘲弄我几回我并不曾还口，但他对我还像是有什么过不去似的。我真不懂，惶惑极了。我极愿意知道开罪所在，要我怎样改过我都可以，此意有机会时希为转致。"但徐志摩这番"有机会时希为转致"的苦心却是白费了，因为其时周氏兄弟已经失和，两人连见面都不肯。

从中也可以看出徐志摩是对鲁迅心存敬畏之意而想在其中充当"和事佬"的，但鲁迅的孤标耿介，从不轻易与对手调和的态度，却令徐志摩颇为头痛。而且鲁迅依然不依不饶，愈战愈勇，在《我还不能"带住"》一文中，他针对徐志摩的话回敬：

"现在我还没有怎样开口呢，怎么忽然又要'带住'了？……只是还不能这样的谨听指挥，你要'带住'了，我也就'带住'。"针对徐志摩所说的这样闹下去要失了大学教授体面的观点，鲁迅说："可怜可怜，有臭赶紧遮起来。负有指导青年重责的前辈，有这么多的丑可以丢，有那么多的丑怕丢么？用绅士服将丑层层包裹，装着好面孔，就是教授，就是青年的导师么？”“倘有戴着假面，以导师自居，就得叫他除下来，……只要不再串戏，不再摆臭架子，忘却了你们的教授的头衔，且不做指导青年的前辈，将你们的‘公理’的旗插到‘粪车’上去，将你们的绅士衣装抛到‘臭毛厕’里去，除下假面具，赤条条地站出来说几句真话就够了。”

这种讽刺挖苦的回答口吻，不容回旋商量的强硬态度，徐志摩即使早有“鲁迅先生脾气不易捉摸，怕不易调和”的认识准备，怕也没有预料到的吧？

鲁迅曾说：“我自己也知道，在中国，我的笔要算较为尖刻的，说话有时也不留情面。但我又知道人们怎样地用了公理正义的美名，正人君子的徽号，温良敦厚的假脸，流言公论的武器，吞吐曲折的文字，行私利己，使无刀无笔的弱者不得喘息。倘使我没有这笔，也就是被欺侮到赶诉无门的一个；我觉悟了，所以要常用，尤其是用于使麒麟皮下露出马脚。”

综观鲁迅的一生，都在同各种意识形态作不妥协的斗争。具体针对徐志摩，他的出击手段也不一样，屡屡顺手一击，如：《并非闲话（三）》里对充当托尔斯泰侍卫的“文士”的讽刺；《有趣的消息》里对徐志摩吹捧陈西滢的讥评；《十四年的“读经”》里所谓“被卢币换去了良心”；在《无花的蔷薇（1）》中对徐志摩说新中国应该欢迎帝国主义的评击以及《评心雕龙》里模拟徐志摩的文字等。

这些文字在鲁迅手中，就如同武功绝世的高手手上发出的一道道力度巧妙而又犀利的剑气一样，令饶是轻灵飘逸天下无双的徐志摩，也无从躲闪，而只有默默品尝那切肤之感，“如人饮水，冷暖自知”。

六

鲁迅说徐志摩文笔“飘飘然”，当然是很有见地的批评。徐氏有着良好的艺术修养与素质，为诗为文，文笔空灵通脱，一如空中白云舒卷幻化，奇境迭出而又了无痕迹，为人所津津乐道，但他胚胎连接着上层社会，与当时中国社会的广阔生活相脱离，这成了他先天性的缺陷，导致他的作品中缺乏深入反映现实、震撼人心的力作，而只能供人们在茶后酩赏、怡心悦性，启发人们的审美情趣。当然，这也与他过早逝世有关。

因彼此风格观点的大异，徐志摩对鲁迅虽始终心存敬畏，但终不免高山仰止，不能拨开鲁迅冷峻的外貌而目睹庐山之真面目，无法理解鲁迅之思想。是以二位文坛名家，为世所重，却始终形同陌路，不为彼此所重，亦文坛一大憾事也。

鲁迅作为一个时代中的伟大存在，在“风沙扑面”“虎狼成群”的时代，始终以不妥协的战士的面目出现于世，肩扛黑暗的闸门、义无反顾。他厌恶风花雪月的小资情调与一切不相协调的优雅闲适，所以他与偏向于此道的徐志摩始终格格不入，这在当时的历史环境中是可以理解的。

以我们今天的眼光来看，从某种意义上说，很难去苛求那个年代的每个作家都去当“战士”，也应当允许有些作家去进行静观以及从自我意识出发进行精神创造。我们来看徐志摩《猛虎集序文》中的一段自白：

“你们不能更多的责备。我觉得我已是满头的血水，能不低头已算是好的。你们也不用提醒我这是什么日子；不用告诉我这遍地的灾荒，与现有的以及在隐伏中的更大的变乱，不用向我说今天就有千万人在大水里和身子浸着，或是有千千万人在极度的饥饿中叫救命；也不用劝告我说几行有韵或无韵的诗句是救不活半条人命的；更不用指点我说我的思想是落伍或是我的韵脚是根据不合时宜的意识形态的……，这些，还有别的很多，我知道，我全知道；你们一说到只是叫我难受又难受。我再没有别的话说，我只要你们记得有一种天教歌唱的鸟不到呕血不住口，它的歌里有它独自知道的别一个世界的愉快，也有它独自知道的悲哀与伤痛的鲜明；诗人也是一种痴鸟，他把他的柔软的心窝紧抵着蔷薇的花刺，口里不住的唱着星月的光辉与人类的希望，非到他的心血滴出来把白花染成大红他不住口。他的痛苦与快乐是浑成的一片。”

看了这一段，不禁让人们难以去苛责徐志摩曾在那个黑暗的年代总是那样不合时宜地轻飘飘地歌唱，以及固执地“为艺术而艺术”。固然，他不及鲁迅的伟大深刻，但他那在清明的反省中的呕心沥血的歌唱，也算得上是一种精神的高贵。他的传世诗篇《再别康桥》，曾创造了一种罕见的不食人间烟火般的“逸境”，超越了那个黑暗的年代，在悠远的时空里散发出巨大的艺术魅力，为人们所广泛接受和喜爱。

一个是朝夕晨昏沉浸在诗的灵园中不倦歌唱的新月下的夜莺，一个是随时竖立着利刺准备战斗的冷峻斗士，徐志摩和鲁迅二人从表面上看似乎无法并为一谈，但是，在20世纪初的那场新文化运动中，他们却共同承担着启蒙老师的角色。只不过徐志摩是美的启蒙，而鲁迅是思想的启蒙。

香港学者司马长风曾在其《中国新文学史》上卷中把徐志摩论作“现代诗仙”，认为李白的古典浪漫主义特征在现代徐志摩的新诗中最能得到具体体现。冠以“李白”名者，以志摩英年早陨，似为溢美，稍嫌夸大，但是放眼当时的文坛，除志摩外，“李白”的名号又有谁能当之？以至于有人说，徐志摩与鲁迅正是现代文学史上的“李白”与“杜甫”，代表了浪漫主义创作与现实主义创作的两个高峰。如果说鲁迅傲骨如山，徐志摩则柔情似水。山与水原本也是可以相依并存的，共同构成文学自然界的景观。

徐志摩率直而热情，敢于冲破旧观念的束缚、追求个人幸福，这是鲁迅性格所缺乏的，也是他的价值观所不认同的。正是这些原因导致鲁迅对徐志摩有了起初的反感。徐志摩与鲁迅二人的婚恋观也是世人喜欢比较和讨论的话题。很多人最不能释怀的是徐志摩对待婚姻的态度，离弃结发之妻张幼仪、追求有夫之妇陆小曼、念念不忘林徽因等，让人产生朝三暮四之感。徐志摩在英国时受到罗素婚恋观的影响，加上他总是循着感性的方向行事，在婚恋问题上，做出了招人非议的感情取舍。而鲁迅在婚姻问题上则遵循了传统礼教。

但若要论及二人在婚恋问题上孰是孰非，唯一能断定的就是他们两人对待婚姻与爱情的态度是不同的。

1931年10月19日，因飞机失事，一代诗人徐志摩以34岁的盛年不幸陨落，消息传来，震撼整个文坛。曾有笔墨相讽的鲁迅此时不避前嫌，从《时报》上剪下报道，留作纪念。也许在热爱青年的鲁迅心中，徐志摩虽然诸方面颇有些可议之处，但其才华横溢，英年早逝则不免格外令人痛惜。

第7篇 鲁迅与陈西滢影响深远的论战

陈西滢（1896—1970），江苏无锡人，原名陈源，字通伯，西滢是他为《现代评论》周刊“闲话”专栏撰稿时使用的笔名。1922 年，任北京大学外文系教授。1927 年与女作家凌叔华结婚，1929 年到武汉大学任教授兼文学院院长，1946 年，出任国民党政府驻巴黎联合国教科文组织首任常驻代表。1970 年因病去世。

在中国现代文学史上，陈西滢是一位争议颇大的人物。早在 1920 年代，有人尊他为现代评论派的“主将”。后来，梁实秋又将他与胡适、周氏兄弟、徐志摩并称为“五四”以来“五大散文家”之一。1924 年在胡适支持下，与徐志摩等人创办《现代评论》周刊，任文艺部主编，在该刊开辟《闲话》专栏，发表许多杂文，另外还翻译了屠格涅夫等人的小说。

一

在鲁迅的笔战史上，陈西滢要算是第一个论敌。大凡知道陈西滢这个名字，多是因为他被鲁迅骂过。照中国人惯常的理解，和好人打架的肯定是坏人，于是，各种读物乃至中学教科书里都把他视为坏人。这便是陈西滢“名气”的由来。

陈西滢有着多年的留英经历，也许是看惯了英国文化中的理智和有序，这使陈西滢对当时中国的一切都带着几分看不入眼。他对旧时代中国人的劣根性十分不满，但是，又同鲁迅“哀其不幸，怒其不争”的态度有区别。人们从陈西滢文章的字里行间总能读出一种理智的态度，和一种傲慢的神情，但是，他的文字却让人感到缺少和时代相呼应的热度。回顾当年陈西滢与鲁迅的论战，无论从结局上还是道义上，陈西滢都是一个失败者，“失败得让人难以同情”。而失败的结果是，他至今仍是中国新文化运动史上的一名“反派”角色。

不过，在鲁迅一生的论敌中，陈西滢不说是略高一筹，至少和鲁迅是个旗鼓相当的对手。学者韩石山在他的著作《少不读鲁迅 老不读胡适》一书中这样认为：

“后世的论者，多说在这场驳难中，陈西滢始终处于被动挨打，没有还手之力的地位，这是过分看重鲁迅的战斗力了。若陈氏真是这样窝囊的对手，鲁迅也就不能说多么高明了。前面曾引过胡适一句话，说‘鲁迅终身不能忘此仇恨’，虽是指抄袭事件，却不能说与陈西滢在整个论战中给鲁迅精神上造成的损伤没有一点关系。公允地说，说抄袭固然应当结仇，但仇结到后来那个地步，只要一提起陈西滢就咬牙切齿，毋宁说整个论战中陈西滢对鲁迅的震撼力、冲击力和杀伤力太大了。”

二

陈西滢一直以来被定性为一个面目可憎的坏人。他大大有名，这名气却让许多人不屑一顾。中国现代文学馆研究员傅光明对此颇为“惋惜”，他说：“坏人的文章也就不值一读了，这实在令人惋惜，倒不是为陈西滢，而是为那些因此不读他文章的人。”

有人认为，得益于深悟英国散文之妙谛，在陈西滢一生的文字生涯中，他唯一的一本《西滢闲话》就足以使他跻身中国现代散文大家之列。他的朋友梁实秋说，西滢笔下如行云流水，有意态从容的趣味；才女苏雪林则赞为文笔晶莹剔透，更无半点尘滓绕其笔端。在傅光明看来，陈西滢的行文非常独特，一件普通人眼中习以为常的事，经他七扭八拐地一说，就显得荒诞和不公平了；一个人人痛恨、力争铲除而多年未果的社会现象，由他轻笔点拨几句便将其深藏不露的根挖了出来，总之，“他的书实在是非常好看！”不过也有另一种声音。学者阎晶明认为，在《西滢闲话》里，有不少观点互相矛盾、难以自圆其说，从文章的角度讲，陈西滢的作文之道还没有完全进入火候。

《西滢闲话》是陈西滢在五四时期的主要作品结集。身为北京大学外文系教授，他的这些随笔本来确为“闲话”，但是，他在“闲话”之中，往往忍不住要对时政发表议论，这又使他的这些文章成为了与大是大非相关的论题，所以又绝非一个“闲”字了得。

他的文集中的部分篇目确为无关“大局”的“闲话”，比如他对西方戏剧的介绍和对中国“文明戏”的评介（《小戏院的试验》《观音与国剧》）；对东西方文化的具体比较（《东西文化及其冲突》《拆了火炉搭凉篷》《中国式的外国医院》）等等。陈西滢文集中的这一类文章，很像当今出国访问归来的文化人写下的观感文章，虽说充满了“布尔乔亚”[①] 式的情调，但并无过于让人生厌的刺眼之处。但是陈西滢的“闲话”内容还远不止这些，他常常忍不住要对中国的时势发言。由于多年来中国文化界所形成的对陈西滢的政治态度的认知，人们意识中总认为他是在政治上与军阀站在一边的。而《西滢闲话》告诉我们，事实上，陈西滢对当时处于军阀混战中的中国充满痛恨，他在文章中对于军阀统治的批判也是锋芒显露。他看出了军阀开战其实是“抢饭碗”，从而反对中国民众参与其中（《吃饭与火拼》）；他对军阀统治者的腐败大加指斥（《捞油水》）；对腐败政府为了“讨好洋人”，在“各国开会委员”到来之前，洗刷“取消不平等条约”等标语的行径，做了毫无保留的批判。这是陈西滢作为新文化运动中的知识分子所体现出来的时代精神。“闲话”不闲，这既是陈西滢的思想观念使然，也是他的社会责任感使然。

① 布尔乔亚，英文为 bourgeoisie，指资产阶级，是根据一些西方经济学思想学派，尤其是马克思主义，为资本主义社会所做的阶级划分中的富有阶级之一。

不过，陈西滢的“闲话”却并非因这些出名，而是他与新文化运动主将之一鲁迅的争论，才引起了时人及后来者的特别关注。

正如文首所说，有过英留经历的陈西滢看惯了英国文化的有序和理智，对中国的一切都有三分看不入眼。他读中国报纸上的外国消息时，为这些消息的多处谬误所不齿，例如中国翻译者把意大利“作曲家”当成了“文豪”，把发自柏林的关于“英国外相”的消息当成了“德国外相”，把德国的政治家路德（Luther）当成了英国的罗素（Russell）等等。陈西滢认为，“中国报纸的外闻里，没有一天没有笑话或谬误”（《中国报纸的外闻》）。应该说，陈西滢指出的这些错误确实存在，但他文章里那种理智的态度和不以为然的神情，又多少让人觉得少有五四青年的热血。他认为中国的“文艺出版物”少得可怜，只相当于英国的十之一二，可他很少想到当时的中国文化才刚刚走上现代化的路途。他看到了中国诸多问题，这些问题也并非不实，但处于五四运动那样一个特别的时期，陈西滢过于理智的态度以及对新文化运动显示出不高的热情，就难让人接受了。

陈西滢毕竟是一名现代中国的知识分子，无论是“闲话”还是“闲话的闲话”，他都不可能不触及时代的脉搏，他不可能完全成为一个旁观者。当他以自己英国博士的身份和气质谈论国事、时事时，往往就在反帝反封建的同时（他的确也是这样做的），同当时的新文化运动主调形成程度不同的抵牾。他对中国人的劣根性十分不满，不过又同鲁迅“哀其不幸，怒其不争”的态度有质的区别，他的态度里少有热爱。他认为“中国的国民实在是‘程度不够’”；“国民的程度这样幼稚，有人还要主张同外国人火拼”；“中国的没出息，还是一般国民的责任”。（《智识阶级》）应当说陈西滢已经看到一些问题的实质，但他不拿出解决的方案、甚至少有同情，而只有不屑的姿态。他也正是看到了国民素质的可悲，所以不主张同外国人去火并，让人家杀到我们的“末一个人”。可他也不愿看到帝国主义的屠刀放在中国人的脖子上。究竟如何是好，陈西滢自己也没有答案。

让陈西滢真正捅出篓子的，还是1925年女师大风潮及“三一八”惨案，这成了他同鲁迅等五四运动主将的思想分水岭。

三

在20世纪20年代，鲁迅与陈西滢的论战是中国现代文学史上一次轰动而影响深远的论战。这场论战前后主要围绕“女师大风潮”、“五卅惨案”、“剽窃案”、“三一八惨案”等事件展开。在这场口诛笔伐中，论战双方都受到不同程度的打击，鲁迅被卷入“剽窃”之嫌长达十余年才被平反，而陈西滢被鲁迅冠之以“叭儿狗”、“正人君子”的骂名，成为人们眼中反动文人的代表。

1925年，鲁迅在这一年间遇到多事之秋，“女师大风潮”中他因公开支持学生反对校长杨荫榆而被革职，后与陈西滢发生了文坛上的锋芒相见。“女师大风潮”就是鲁迅与陈西滢之间最初的导火线，两人之间的交锋也由此展开。

由于鲁迅在女师大风潮中始终站在同情和支持学生这一边，并逐渐卷入到这场漩涡中来。他多次以不同方式公开支持女师大学生运动，尤其对杨开除许广平、刘和珍等六名“学生自治会”成员的行为，给予了公开的谴责。鲁迅与陈西滢对这场风潮在思想上的对立，拉开了他们之间激烈文争的帷幕。

那么，陈西滢何以卷入这场风潮中，并与鲁迅发生文场上的锋芒之争呢？

鲁迅与陈西滢的第一次真正交锋，是1925年5月30日《现代评论》发表陈西滢的专栏文章《闲话》后，鲁迅于当日就写下了题为《并非闲话》的反驳文章，并于6月1日即发表在《京报副刊》上。从此展开了一场闲话与并非闲话的论战。以20年代中国社会的综合水平，鲁迅如此迅速地做出回应，一方面可以看出陈西滢文章对鲁迅的影响，另一方面也足见鲁迅的有话要说到了何等急迫的程度。

那么，陈西滢的文章里说了什么呢？他在《现代评论》第一卷第二十五期（1925年5月30日）的《闲话》中说："《闲话》正要付印的时候，我们在报纸上看见女师大七教员的宣言。以前我们常常听说女师大的风潮，有在北京教育界占最大势力的某籍某系的人在暗中鼓动，可是我们总不敢相信。这个宣言语气措辞，我们看来，未免过于偏袒一方，不大公允，看文中最精采的几句就知道了。……这是很可惜的。我们自然还是不信我们平素所很尊敬的人会暗中挑剔风潮，但是这篇宣言一出，免不了流言更加传布得厉害了。"

陈西滢文中所说的某籍，就是指浙江；某系指当时北京大学国文系。因为，发表宣言的七人（马裕藻、沈尹默、周树人、李泰棻、钱玄同、沈兼士、周作人）中，除李泰棻外，都是原籍浙江人且都是北京大学国文系教授。

以下就是鲁迅的回应：

并非闲话[1]

凡事无论大小，只要和自己有些相干，便不免格外警觉。

即如这一回女子师范大学的风潮，我因为在那里担任一点钟功课，也就感到震动，而且就发了几句感慨，登在五月十二的《京报副刊》上。自然，自己也明知道违了“和光同尘”[2]的古训了，但我就是这样，并不想以骑墙或阴柔来买人尊敬。

三四天之后，忽然接到一本《现代评论》[3]十五期，很觉得有些稀奇。这一期是新印的，第一页上目录已经整齐（初版字有参差处），就证明着至少是再版。我想：为什么这一期特别卖的多，送的多呢，莫非内容改变了么？翻开初版来，校勘下去，都一样；不过末叶的金城银行的广告已经杳然，所以一篇《女师大的学潮》[4]就赤条条地露出。我不是也发过议论的么？自然要看一看，原来是赞成杨荫榆校长的，和我的论调正相反。做的人是“一个女读者”。

---

① 本篇最初发表于1925年6月1日《京报副刊》。

② “和光同尘”，语出《老子》：“和其光，同其尘。”随和的意思。

③ 《现代评论》，综合性周刊，1924年12月创刊于北京，1927年移至上海出版，1928年底出至第九卷第二〇九期停刊。主要撰稿人有胡适、陈西滢、王世杰、唐有壬、徐志摩等，当时被称为“现代评论派”。

④ 《女师大的学潮》，这是一篇署名为“一个女读者”给《现代评论》记者的信，载于该刊第一卷第十五期（1925年3月21日）。主要意思是说：女师大学生迭次驱杨的“那些宣言书中所列举杨氏的罪名，既大都不能成立罪名……而这回风潮的产生和发展，校内校外尚别有人在那里主使”，又说，“女师大是中国唯一的女子大学；杨氏也是充任大学校长的唯一的中国女子……我们应否任她受教育当局或其他任何方面的排挤攻击？我们女子应否自己还去帮着摧残她？”

中国原是玩意儿最多的地方，近来又刚闹过什么“琴心是否女士”[1]问题，我于是心血来潮，忽而想：又捣什么鬼，装什么佯了？但我即刻不再想下去，因为接着就起了别一个念头，想到近来有些人，凡是自己善于在暗中播弄鼓动的，一看见别人明白质直的言动，便往往反噬他是播弄和鼓动，是某党，是某系；正如偷汉的女人的丈夫，总愿意说世人全是忘八，和他相同，他心里才觉舒畅。这种思想是卑劣的；我太多心了，人们也何至于一定用裙子来做军旗。我就将我的念头打断了。

此后，风潮还是拖延着，而且展开来，于是有七个教员的宣言[2]发表，也登在五月二十七日的《京报》上，其中的一个是我。

这回的反响快透了，三十日发行（其实是二十九日已经发卖）的《现代评论》上，西滢先生就在《闲话》的第一段中特地评论。但是，据说宣言是“《闲话》正要付印的时候”才在报上见到的，所以前半只论学潮，和宣言无涉。后来又做了三大段，大约是见了宣言之后，这才文思泉涌的罢，可是《闲话》付印的时间，大概总

---

① “琴心是否女士”，1925年1月，北京女师大新年同乐会演出了北大学生欧阳兰所作的独幕剧《父亲的归来》，其内容几乎完全抄袭日本菊池宽所著的《父归》。经人在《京报副刊》上指出后，除欧阳兰本人作文答辩外，还出现了署名“琴心”的女师大学生也作文为他辩护。不久，又有人揭发欧阳兰抄袭郭沫若译的雪莱诗，这位“琴心”和另一“雪纹女士”又一连写几篇文字替他分辩。但事实上，所谓“琴心”女士，是欧阳兰的女友夏雪纹（当时在女师大读书）的别号，而署名“琴心”和“雪纹女士”的文字，都是欧阳兰自己作的。

② 七个教员的宣言，即由鲁迅起草的《对于北京女子师范大学风潮宣言》（收入《集外集拾遗补编》）。它是针对杨荫榆开除学生自治会职员和她的《对于暴烈学生之感言》而发的，由马裕藻、沈尹默、周树人、李泰棻、钱玄同、沈兼士、周作人七人署名。文中说：“六人学业，俱非不良，至于品行一端，平素又绝无惩戒记过之迹，以此与开除并论，而又若离若合，殊有混淆黑白之嫌。”

该颇有些耽误了。但后做而移在前面，也未可知。那么，足见这是一段要紧的“闲话”。

《闲话》中说，“以前我们常常听说女师大的风潮，有在北京教育界占最大势力的某籍某系的人在暗中鼓动，可是我们总不敢相信。”所以他只在宣言中摘出“最精彩的几句”，加上圈子，评为“未免偏袒一方”；而且因为“流言更加传布得厉害”，遂觉“可惜”，但他说“还是不信我们平素所很尊敬的人会暗中挑剔风潮”。这些话我觉得确有些超妙的识见。例如“流言”本是畜类的武器，鬼蜮的手段，实在应该不信它。

又如一查籍贯，则即使装作公平，也容易启人疑窦，总不如“不敢相信”的好，否则同籍的人固然惮于在一张纸上宣言，而别一某籍的人也不便在暗中给同籍的人帮忙[①]了。这些“流言”和“听说”，当然都只配当作狗屁！

但是，西滢先生因为“未免偏袒一方”而遂叹为“可惜”，仍是引用“流言”，我却以为是“可惜”的事。清朝的县官坐堂，往往两造各责小板五百完案，“偏袒”之嫌是没有了，可是终于不免为胡涂虫。假使一个人还有是非之心，倒不如直说的好；否则，虽然吞吞吐吐，明眼人也会看出他暗中“偏袒”那一方，所表白的不过是自已的阴险和卑劣。宣言中所谓“若离若合，殊有混淆黑白之嫌”者，似乎也就是为此辈的手段写照。而且所谓“挑剔风潮”的“流言”，说不定就是这些伏在暗中，轻易不大露面的东西所制造的，但我自然也“没有调查详细的事实，不大知道”。可惜的是西滢先生虽

① 给同籍的人帮忙，指陈西滢给杨荫榆帮忙，他们都是江苏无锡人。

说“还是不信”，却已为我辈“可惜”，足见流言之易于惑人，无怪常有人用作武器。但在我，却直到看见这《闲话》之后，才知道西滢先生们原来“常常”听到这样的流言，并且和我偶尔听到的都不对。可见流言也有种种，某种流言，大抵是奔凑到某种耳朵，写出在某种笔下的。

但在《闲话》的前半，即西滢先生还未在报上看见七个教员的宣言之前，已经比学校为“臭毛厕”，主张“人人都有扫除的义务”了①。为什么呢？一者报上两个相反的启事已经发现；二者学生把守校门；三者有“校长不能在学校开会，不得不借邻近的饭店招集教员开会的奇闻”。但这所述的“臭毛厕”的情形还得修改些，因为层次有点颠倒。据宣言说，则“饭店开会”，乃在“把守校门”之前，大约西滢先生觉得不“最精彩”，所以没有摘录，或者已经写好，所以不及摘录的罢。现在我来补摘几句，并且也加些圈子，聊以效颦——

“……迨五月七日校内讲演时，学生劝校长杨荫榆先生退席后，杨先生乃于饭馆召集校员若干燕饮，继即以评议会名义，将学生自治会职员六人揭示开除，由是全校哗然，有坚拒杨先生长校之事变。……”

---

① 陈西滢比女师大为“臭毛厕”的议论，原话是说：“女师大的风潮，究竟学生是对的还是错的，反对校长的是少数还是多数，我们没有调查详细的事实，无从知道。我们只觉得这次闹得太不像样了。同系学生同时登两个相反的启事已经发现了。学生把守校门，误认了一个缓缓驶行的汽车为校长回校而群起包围它的笑话，也到处流传了。校长不能在学校开会，不得不借临近饭店招集教员会议的奇闻，也见于报章了。学校的丑态既然毕露，教育界的面目也就丢尽。到了这种时期，实在旁观的人也不能再让它酝酿下去，好像一个臭毛厕，人人都有扫除的义务。在这时候劝学生们不为过甚，或是劝杨校长辞职引退，都无非粉刷毛厕，并不能解决根本的问题。我们以为教育当局应当切实的调查这次风潮的内容……万不可再敷衍姑息下去，以至将来要整顿也没有了办法。”

《闲话》里的和这事实的颠倒，从神经过敏的看起来，或者也可以认为“偏袒”的表现；但我在这里并非举证，不过聊作插话而已。其实，“偏袒”两字，因我适值选得不大堂皇，所以使人厌观，倘用别的字，便会大大的两样。况且，即使是自以为公平的批评家，“偏袒”也在所不免的，譬如和校长同籍贯，或是好朋友，或是换帖兄弟，或是叨过酒饭，每不免于不知不觉间有所“偏袒”。这也算人情之常，不足深怪；

但当侃侃而谈之际，那自然也许流露出来。然而也没有什么要紧，局外人那里会知道这许多底细呢，无伤大体的。

但是学校的变成“臭毛厕”，却究竟在“饭店招集教员”之后，酒醉饭饱，毛厕当然合用了。西滢先生希望“教育当局”打扫，我以为在打扫之前，还须先封饭店，否则醉饱之后，总要拉矢，毛厕即永远需用，怎么打扫得干净？而且，还未打扫之前，不是已经有了“流言”了么？流言之力，是能使粪便增光，蛆虫成圣的，打扫夫又怎么动手？姑无论现在有无打扫夫。

至于“万不可再敷衍下去”，那可实在是斩钉截铁的办法。

正应该这样办。但是，世上虽然有斩钉截铁的办法，却很少见有敢负责任的宣言。所多的是自在黑幕中，偏说不知道；替暴君奔走，却以局外人自居；满肚子怀着鬼胎，而装出公允的笑脸；有谁明说出自己所观察的是非来的，他便用了“流言”来作不负责任的武器：这种蛆虫充满的“臭毛厕”，是难于打扫干净的。丢尽“教育界的面目”的丑态，现在和将来还多着哩！

五月三十日

鲁迅的行文中，特别注重陈西滢文章中出现的词语，“流言”“公理”“偏袒”“可惜”“名流”“某系”“某籍”等无不成为鲁反击陈的有力武器，例如，“流言是畜生的武器，鬼蜮的手段”“至于流言，则现已说过，正是陈西滢教授首先发明的专卖品，唯独他听到过许多”“惨象，已使我目不忍视了；流言，尤使我耳不忍闻”。

此时的陈西滢在鲁迅的文字面前真可谓是小巫见大巫，鲁迅的笔尖总能刺穿陈西滢的表面而直至心脏，从而给对方狠狠地一击。

四

后来学者的研究表明，陈鲁论战，既有“公理”又有“私仇”。[①] 陈西滢为何最终在论战中失败？有人认为，陈西滢在论战过程中缺乏像鲁迅那样一种对学术的严谨态度。由于当时陈西滢正在追求凌淑华，而凌淑华当时又卷入鲁迅挑拨起的“剽窃”之嫌当中，陈西滢为其辩护，污蔑鲁迅也有“剽窃”之嫌。因而，又有人认为，陈西滢在这场风波中理亏是因为爱情，甚至怀疑其人品。

学者张翠丽在《陈源（即陈西滢）在论战中为何败给鲁迅》一文中，从三个方面论述了陈西滢的文化性格，以及在这场论战中所持观点和立场，及失败的原因。她的观点是较为深刻的。

---

① 徐广海，李淑敏：《“呸！”来“呸！”去的学者文人——鲁迅与陈西滢的几个回合争斗》，《内蒙古大学学报》，2002 年。

（一）陈西滢的文化焦虑

作为20世纪上半叶颇有名气的知识分子，陈西滢具有自己独特的文化气质。一方面，他出身于中国传统的富裕家庭，从小接受了良好的中国式教育，深受传统文化和礼教的熏陶，因而具有中国文人士大夫的儒雅与潇洒，热爱并推崇中国传统文学艺术。另一方面，他16岁赴英留学，在爱丁堡大学、伦敦大学专攻政治经济学与文学，1922年26岁的陈西滢就获得了博士学位，旋即回国任教于北京大学外文系。在他留英的十年间，深受西方启蒙主义和自由主义的影响，追求西方的启蒙主义和自由主义所推崇的自由、平等、博爱、正义，连他自己都说自己中了“英国自由主义的毒”。

众所周知的是，中国传统的文化和礼教所固有的保守、人格的圣贤化追求，与西方自由主义中所提倡的保护人的个性自由，这二者完全是两种截然不同的风格和文化趋向。当中西两种文化的养分同时在陈西滢的血液里流淌时，或许连他自己也产生了一种晕眩，心态在这两种文化中摇摆。钱穆曾把中西文化之间的差距比喻成一条鸿沟，他说，陈西滢“既不在鸿沟的这一边，也不在鸿沟的那一边”，他是徘徊不定的。[①] 于是，陈西滢在面对文艺、文化时显示出一种既革新又保守的矛盾和焦虑。

西方的启蒙主义和自由主义赋予陈西滢大刀阔斧进行文艺改革的勇气。他非常赞赏罗曼·罗兰的精神和信仰，想用为了信仰而牺牲一切的精神，创作出有价值的艺术品。但是，陈西滢理念中的革

---

① 范玉吉：《陈西滢文化心态初探》，《江南大学学报》，2003年。

新又不是激进的革新，而是理性的革新。他主张在看戏听音乐的“娱乐”中去启发、训练、节制情感，开启国人的民智。这是一种在文艺中用理智来节制情感的方式，体现着他对理性的宣扬。

虽然如此，陈西滢同样受中国传统文化和礼教的影响，这可以从他的文艺主张中看到。例如，在新文化运动中有“反对文言文，提倡白话文”口号，有的人态度极端，一味推崇白话文的好处，全盘否定文言文。例如，陈西滢的表舅吴稚晖，当时就主张把古代文言文的线装书扔进“茅厕”里。但陈西滢主张不要对文言文采取全盘否定的态度，指出文言文对丰富白话文的积极作用，他主张学生应该读一定量的线装书。

又如对待中医的态度。当时中国深受民主和科学思想影响的知识分子认为，中医是没有科学依据的、是巫术。例如留欧回来的著名地质学家丁文江，回国后抵死不肯看中医，只看西医。这一类人对待中国传统大都比较激进。尤其是鲁迅，当年就是因为觉得中医不科学，才赴日本留学，学习现代医学。但是陈西滢认为，中医是在实践中经过无数次反复实验和实践后才得到的结果，“他们的方法也是实验，不仅是经验，也是理性的判断，不仅是本能的触发”，他说：“与其攻击，还不如‘充分地研究’一番，也许经了一番科学的探察之后，中国在世界医学上也会有些微的贡献。”陈西滢的这种观点即使放到今天来看，也仍然是可贵的。

再如，在政治思想上，当时知识分子普遍的看法是“中国是君主专制，西方是民主自由”的，而陈西滢在《中山先生大殡给我的感想》一文中却借用威尔思和萧伯纳的话指出，“民主专政并不是万能的圣药”，而中国固有的科举制度和弹劾制度却很符合“民主精神”。可见，陈西滢对待中国传统所持的观点在当时来讲是独到的，异于“革命”主流，显现他出对中国传统的推崇甚至偏爱。

这样一来，在中西文化的混合冲击下，陈西滢既想“牺牲一切”去革新，但又不愿突破传统，所以在他的文化意识中产生了一种文化紧张与焦虑，这种紧张与焦虑使他产生了一种文化危机感。在这种危机的压力之下，他努力加强自己文化认同的策略便是积极去发掘自己传统文化中存在的合理因素。

这样，我们就很容易理解陈西滢在与鲁迅的论战中，在“女师大风潮”中反对学生运动；在“五卅运动”中站在资产阶级立场，批评国内群众运动。而鲁迅对这些事件的看法是战斗性的，与鲁迅战士般的激进精神相比，与当时大多数知识分子的激进相比，陈西滢的保守难免格格不入，所以陈西滢在论战中背负了骂名。

（二）《现代评论》与政治立场

学者黄乃江在《从〈现代评论〉的两度“变风”看“现代评论”派》一文中，把“现代评论”派分为“攻讦期”“论战期”“分化期”。而陈西滢与鲁迅的论战正是处于“现代评论”派的“论战期”。

《现代评论》创刊初期，由于其近于“攻讦”的批评态度不为段祺瑞政府所容忍，受到了当局的一系列封杀举措。例如，京师警察厅把1925年3月21日出版的第十五期《现代评论》周刊“尽数搜去”，第十六、十七期也“因警厅干涉，不能如期邮寄”。在这以后《现代评论》受到重挫，失去了战斗精神。后来孙伏园在《京报副刊》上全面分析评价当时“中国定期出版”的报刊时说，“……

第15期被扣后，尝到了段政府威严，于是退缩因循，日甚一日。因杨荫榆而诬证女师大，因章士钊而反捧‘段执政’，事迹昭然若揭。”

陈西滢当时作为《现代评论》周刊的主要撰稿人，在段祺瑞政府的政治压迫下，开设了一种较为远离政治的“闲话”栏目，以表达自已的观点和想法。这个时期，“闲话”是陈西滢开展论战的主要武器，其思想观点和政治态度主要就是通过它传达出来的。这样的政治形势，也影响了陈西滢的政治立场，他选择了因循退缩，因而在“女师大风潮”中采取了袒护章士钊、杨荫榆的立场。在“三一八”事件中，他更是颠倒是非，认为请愿的群众是盲目的、群众领袖应负“道义上的责任”；杨德群女士“原本不愿去”，是受人“怂恿”才不幸罹难的。迫于政治形势而发表的这些不当言论，让陈西滢背上了骂名。

（三）20世纪20年代言论空间的局限

中国20世纪20年代的言论空间有很大的局限性，导致陈西滢的言论不被接受甚至全盘否定。范玉吉在《被窒息的空间——以陈西滢为个案分析20年代中国言论空间开创的尝试》一文中指出了20年代自由主义知识分子在开创中国言论空间的过程中遇到的局限性主要有如下四个方面：

其一，“精英文化”的优越感使自由主义知识分子们画地为牢，脱离了更为广大的知识群体，从而失去了他们在整个中国知识界的号召力和更为广阔的批评空间。

其二，各派知识分子力量悬殊，建立批评空间的呼声被别的嘈杂之音淹没了。

其三，在“救亡压倒启蒙”的时代大潮中，愤怒的阴云遮蔽着理性的光芒，破坏的冲动代替了建设的可能，建立批评规则的设想像一张刚刚规划好的蓝图，被一场突然而至的救亡暴雨淋得面目全非。

其四，最为重要的一点是政治生活的不民主，限制、压制了自由主义知识分子建立批评空间的积极性，从而也挫伤了批评规则“公正”的可能性。

由以上四点可以看出，事实上，自由主义思想与当时中国的社会主流思潮是格格不入的。陈西滢作为一名深受自由主义影响的知识分子，很想通过言论来变革社会，但是由于以上种种言论空间的局限，使他的立场和观点不被人们所接受。

总的说起来，陈西滢在论战中败给鲁迅的原因是复杂的，一方面源于陈西滢在中西文化的徘徊中产生的文化焦虑感，另一方面，还因为当时的政治势力的阻碍以及当时言论空间的局限等。陈西滢在这些论战中的很多言论在当时看来不合时宜，但不能因为这次论战而否定陈西滢有价值的言论，今时今日的我们更应该辩证地看待论争、辩证地看待陈西滢。

四

1927 年，陈西滢发表了《新文学运动以来的十部著作》一文，是他向读者推荐的新文学杰作。他对鲁迅小说及杂文的评价颇有意味。陈西滢所列十部著作包括：胡适的《胡适文存》、吴稚晖的《一个新信仰的宇宙观与人生观》、顾颉刚的《古史辨》、郁达夫的小说《沉沦》、鲁迅的小说集《呐喊》、郭沫若的诗集《女神》，徐志摩的《志摩的诗》、西林的戏剧《一只马蜂》、杨振声的长篇小说《玉君》以及冰心的小说集《超人》。应当说，陈西滢对这些作品的评价总体较为冷静客观，并无拔高之嫌，但态度也不均衡。尤其对鲁迅小说的评价，与后人对鲁迅小说的评价出入较大。

陈西滢认为《孔乙己》《风波》《故乡》是鲁迅“描写他回忆中的故乡的人们风物，都是好作品。”但他又说，小说里的“乡下人”“虽然口吻举止，惟妙惟肖，还是一种外表的观察，皮毛的描写”。也就是说，陈西滢即使只肯定了这些小说的描写风土人情的好处，也不忘大打折扣。他同时更不忘表示对鲁迅杂文的不恭，在文后的说明中，陈西滢说了一段别有意味的话：“我不能因为我不尊敬鲁迅先生的人格，就不说他的小说好，我也不能因为佩服他的小说，就称赞他其余的文章。我觉得他的杂感，除了《热风》中二三篇外，实在没有一读的价值。”

陈西滢对鲁迅作品的评价至少说明，一个批评家要真正做到“好处说好，坏处说坏”不是一件容易的事，一个作家，其在作品之外的观点、立场，常常会成为左右批评标准的因素。

五

陈西滢是个什么样的人？有的人说，他的眼睛总是清澈明亮，那里面好像各种优点都有——洞察、理解、敏捷、机智，唯独缺乏善意。也有的人说，他其实是个外冷内热的人，对家人骨肉的情感是很深挚的。他虽自小留学西洋，脑子里中国伦常的观念却保留得相当深厚；他孝于父母，也笃于友人，对待朋友是不负责则已，既负责则负责到底，任何艰难在所不顾。如上是同时代的人对他的两段迥异的评价，似乎很难说这是一个好人还是坏人。

当代著名作家叶兆言在他回忆民国文化人的《陈年旧事》中，曾这样回忆陈西滢的性情，以及他最后的结局：

“印象中的陈西滢，老实，很无用，是个老好人。先说家庭，他的妻子是凌叔华，既是作家，也是画家，标准的才女。家有才女往往好坏参半，难免有麻烦，有难言之隐，会有这样那样的矛盾。有矛盾很正常，然而作为名人，拿出来让别人八卦，便有些不堪。

“陈西滢与傅斯年同岁，虽然都有留学英国的背景，却一点都不强悍。这或许就是江南人和山东人的区别，他身上没匪气，更没霸气。觉得自己文章写得不错，也明白靠这个未必能养活一家老小，毕竟他不是英国的文豪。据说在国外的那份差事，也是凌叔华帮他讨来，由此可见，除了不强悍，还不能干。

“作为国民党政府的公职人员，陈西滢忠心耿耿，可怜一片老臣心。由于蒋介石已失去了大陆，台湾在国际上的活动空间日益受到挤压。1964 年，法国与大陆建交，关闭了台湾驻巴黎的大使馆。‘驻法大使’不得不黯然下旗回台湾，留下陈西滢以‘联合国中国代表’名义驻馆看守。法国人不讲交情是有历史的，翻脸不认人，巴黎冬天很冷，既然断交，那就将暖气也停了。陈西滢孤身留守，相当狼狈，连吃喝都没有一个着落。两年以后，法国人又玩幺蛾子，要收回使馆，陈西滢据理力争，倚老卖老，最后被巴黎军警强行架出。陈西滢大病一场，然后便去伦敦养老，走完生命中最后一段路。”

第8篇 鲁迅与周扬的矛盾始末

周扬（1908—1989），原名周运宜，字起应。现代文艺理论家、翻译家、社会活动家。1928 年毕业于上海大夏大学，同年冬留学日本。1930 年回上海投身左翼文艺运动。1937 年到延安，历任陕甘宁边区教育厅长、鲁迅艺术文学院副院长、延安大学校长等。

新中国成立后，任中共中央宣传部副部长、文化部副部长等。“文革”中受批判并被监禁。“文革”结束后复出，任中国社会科学院副院长兼研究生院院长、中国科学院哲学社会科学学部委员，中国文联主席、党组书记，中国作协副主席等。

一

在以革命为时代主题的 20 世纪二三十年代，中国共产党十分重视在国统区的文艺战线上的斗争。为了组建一个在党领导下的革命爱国作家团体，使作家们团结起来用文艺武器反抗国民党政府，在征得鲁迅同意后，1929 年，中国共产党的文艺委员会决定，以鲁迅为领袖、以左翼作家和围绕在鲁迅周围的青年作家为核心，组建一个革命文学团体，这就是“中国左翼作家联盟”，简称“左联”。

鲁迅和周扬都是 20 世纪 30 年代初“左联”的创建人，鲁迅为“左联”的成长倾注了大量的心血。当时，由于党的对敌斗争经验还很不足，在领导“左联”的斗争中做出了一些错误的决定，导致了当时一些青年作家被国民党政府逮捕或牺牲，致使“左联”的力量遭受了严重挫折。面对这种情况，鲁迅除了提出中肯批评之外，还为“左联”提供了很多经济上的援助。

在当时，“左联”的最高权力由党团书记掌握，鲁迅作为“精神领袖”存在，并无实权。1933 年 5 月，周扬接任了“左联”党团书记。虽然这时的“左联”成立仅一年多，并处在国民党当局的高压之下，却卓有成就。自此，鲁迅与周扬有了较多的合作机会，但是，两人的矛盾也由此逐渐产生和展开。

二

1932 年 11 月，周扬主编《文学月报》，浙江宁波人邱九如以

“芸生”笔名创作了长诗《汉奸的供状》，在《文学月报》第四期上发表。在诗中，为了讽刺“自由人”胡秋原和“第三种人”苏汶，芸生使用了大量侮辱、恐吓甚至下流的语言，比如“×你的妈，当心，你的脑袋一下就会变做剖开的西瓜”等，诸如此类。

鲁迅在看到这首诗后认为有批评的必要，便以致《文学月报》编辑周扬一封信的形式发表自己的看法，即著名的《恐吓和侮辱绝不是战斗》，以表达了鲁迅对《文学月报》文风的批判。他在文章中说，“现在有些作品，往往并非必要，而偏要在对话里写上许多骂语去，好像以为非此便不是无产者作品似的。……至于骂一句爹娘，扬长而去，还自以为胜利，那简直是‘阿Q’的战法了……战斗的作者应该注重于‘论争’。……使敌人因此受伤或致死，而自己并无卑劣的行为，观者也不以为污秽，这才是战斗的作者的本领。”

辱骂和恐吓决不是战斗①

——致《文学月报》编辑的一封信

起应兄：

前天收到《文学月报》第四期，看了一下。我所觉得不足的，并非因为它不及别种杂志的五花八门，乃是总还不能比先前充实。但这回提出了几位新的作家来，是极好的，作品的好坏我且不论，最近几年的刊物上，倘不是姓名曾经排印过了的作家，就很有不能登载的趋势，这么下去，新的作者要没有发表作品的机会了。现在

① 本篇最初发表于1932年12月15日《文学月报》第一卷第五、六号合刊。

打破了这局面，虽然不过是一种月刊的一期，但究竟也扫去一些沉闷，所以我以为是一种好事情。但是，我对于芸生先生的一篇诗，却非常失望。

这诗，一目了然，是看了前一期的别德纳衣的讽刺诗[①]而作的。然而我们来比一比罢，别德纳衣的诗虽然自认为“恶毒”，但其中最甚的也不过是笑骂。这诗怎么样？有辱骂，有恐吓，还有无聊的攻击：其实是大可以不必作的。

例如罢，开首就是对于姓的开玩笑[②]。一个作者自取的别名，自然可以窥见他的思想，譬如“铁血”，“病鹃”之类，固不妨由此开一点小玩笑。但姓氏籍贯，却不能决定本人的功罪，因为这是从上代传下来的，不能由他自主。我说这话还在四年之前，当时曾有人评我为“封建余孽”，其实是捧住了这样的题材，欣欣然自以为得计者，倒是十分“封建的”的。不过这种风气，近几年颇少见了，不料现在竟又复活起来，这确不能不说是一个退步。

尤其不堪的是结末的辱骂。现在有些作品，往往并非必要而偏在对话里写上许多骂语去，好像以为非此便不是无产者作品，骂詈愈多，就愈是无产者作品似的。其实好的工农之中，并不随口骂人的多得很，作者不应该将上海流氓的行为，涂在他们身上的。即使有喜欢骂人的无产者，也只是一种坏脾气，作者应该由文艺加以纠正，万不可再来展开，使将来的无阶级社会中，一言不合，便祖宗

---

① 别德纳衣的讽刺诗指讽刺托洛茨基的长诗《没工夫唾骂》（瞿秋白译，载1932年10月《文学月报》第一卷第三期）。

② 对于姓的开玩笑，原诗开头是：“现在我来写汉奸的供状。据说他也姓胡，可不叫立夫”。按胡立夫是1932年“一·二八”日军侵占上海闸北时的著名汉奸。

三代的闹得不可开交。况且即是笔战，就也如别的兵战或拳斗一样，不妨伺隙乘虚，以一击制敌人的死命，如果一味鼓噪，已是《三国演义》式战法，至于骂一句爹娘，扬长而去，还自以为胜利，那简直是“阿Q”式的战法了。

接着又是什么“剖西瓜”①之类的恐吓，这也是极不对的，我想。无产者的革命，乃是为了自己的解放和消灭阶级，并非因为要杀人，即使是正面的敌人，倘不死于战场，就有大众的裁判，决不是一个诗人所能提笔判定生死的。现在虽然很有什么“杀人放火”的传闻，但这只是一种诬陷。中国的报纸上看不出实话，然而只要一看别国的例子也就可以恍然，德国的无产阶级革命②（虽然没有成功），并没有乱杀人；俄国不是连皇帝的宫殿都没有烧掉么？而我们的作者，却将革命的工农用笔涂成一个吓人的鬼脸，由我看来，真是鲁莽之极了。

自然，中国历来的文坛上，常见的是诬陷，造谣，恐吓，辱骂，翻一翻大部的历史，就往往可以遇见这样的文章，直到现在，还在应用，而且更加厉害。但我想，这一份遗产，还是都让给叭儿狗文艺家去承受罢，我们的作者倘不竭力的抛弃了它，是会和他们成为“一丘之貉”的。

不过我并非主张要对敌人陪笑脸，三鞠躬。我只是说，战斗的作者应该注重于“论争”；倘在诗人，则因为情不可遏而愤怒，而笑

---

① “剖西瓜”原诗中有这样的话：“当心，你的脑袋一下就要变做剖开的西瓜！”

② 德国的无产阶级革命即德国十一月革命。1918年至1919年德国无产阶级、农民和人民大众在一定程度上用无产阶级革命的手段和形式进行的资产阶级民主革命。它推翻了霍亨索伦王朝，宣布建立社会主义共和国。随后，在社会民主党政府的血腥镇压下失败。

骂，自然也无不可。但必须止于嘲笑，止于热骂，而且要“喜笑怒骂，皆成文章”，使敌人因此受伤或致死，而自己并无卑劣的行为，观者也不以为污秽，这才是战斗的作者的本领。

刚才想到了以上的一些，便写出寄上，也许于编辑上可供参考。总之，我是极希望此后的《文学月报》上不再有那样的作品的。

专此布达，并问

好。

鲁迅　十二月十日

应该说，鲁迅写这封信，目的是要确保“左联”用正确、正当的方式进行斗争，使其既拥有充沛的战斗力，又具有端正的文风。对于主编周扬，鲁迅写这封信既是批评，也包含了期望。这封信被周扬发表在1932年12月15日《文学月刊》第一卷第五、六期的合刊里。随后，周扬以貌似缄默的方式向鲁迅的意见提出挑战，从而把鲁迅推上了论争和矛盾的焦点。

次年的1933年2月3日，“左联”刊物《现代文化》出现了公开反驳鲁迅的文章，即《对鲁迅先生的〈恐吓和侮辱绝不是战斗〉有言》。这篇文章讽刺鲁迅“带有浓厚的右倾机会主义色彩”，“无形中已对敌人陪笑脸三鞠躬”。1934年，《大晚报》又指责鲁迅的杂文《倒提》有“买办意识”。

这使鲁迅感到“左联”内部的复杂性，有人存心与他暗中为敌。1935年，鲁迅曾对萧军和萧红说，“敌人不足惧，最令人寒心而且灰心的，是友军中的从背后来的暗箭；受伤之后，同一营垒中的快意的笑脸”。同年，鲁迅在给萧军的信中写道，“那个杂志（即《文学月报》）的文章难作得很，我先前也曾从公意作过文章，但同道中人，却用假名夹杂着真名，印出公开信来骂我……我真好像见鬼，怕了”。此信中的“同道中人”暗指“左联”的党团领导周扬等人。鲁迅在《答〈戏〉周刊编者》一文中还写道：“倘若有同一营垒中人，化了装从背后给我一刀，则我对他们的憎恶和鄙视，是明显在敌人之上的。”可见周扬主持下的“左联”在内部对鲁迅的斗争，也可以看到鲁迅所承受的压力和强烈的隐忍之情。

还有一件事情也引来了鲁迅的愤怒。当时，“左联”有一份内部刊物《文学生活》，每期都要寄给鲁迅、茅盾等“左联”的领导人。但不知何故，其中有一期未寄给鲁迅。后来鲁迅找来这期刊物，发现这一期的内容是总结1934年全年工作的报告，其中对“左联”工作中的问题提得很尖锐，而作为领导人的鲁迅却一无所知。1935年1月26日，他在致曹靖华的信中表示不满：“这里的朋友的行为，我真不知道是什么意思，出过一种刊物，将去年为止的事情，听说批评的一文不值，但又秘密起来，不寄给我看。”

1935年9月12日，鲁迅在给胡风的信中写道：“以我自已论，总觉得缚有一条绳索，由一个公头在背后用鞭子打我，无论我怎么起劲地做，也是打，而我回过头去问自己的错处时，他却拱手客气地说，我做得好极了，他和我的感情好极了，今天天气哈哈哈……这真令我手足无措。”

1936年，鲁迅在《答徐懋庸并关于抗日统一战线问题》中第一次提出“四条汉子”的称谓，明确表达对周扬的反感：“而对于周起应之类，轻易诬人的青年，反而怀疑以至憎恶起来了。”

另外，鲁迅很看好萧军《八月的乡村》这部作品，帮助出版，并为之作序。但此书出版后，周扬却写了一篇书评，对其多有指责。鲁迅对此也较为生气，在上文中他又对徐懋庸说：“……现在我们的人，对一个新出的作家的很有意义的作品，百般挑剔，而对于资产阶级作家，却很客气，这不是同那奴隶总管一样的么?”

经过这一系列的事情，鲁迅与周扬的矛盾公开化了。在鲁迅的眼中，周扬将“左联”渐渐演变为一个政治机构和组织，内部有着完整的权力结构，不允许不同意见的存在，而周扬个人则在竭力建立个人权威，志在做“文坛皇帝”。在鲁迅看来，这是建立在同志之上的一种新的阶级关系，根本上还是压迫和被压迫的关系。

三

1935年下半年，中国共产党确定了建立抗日民族统一战线的政策，促进了抗日高潮的到来。当时，中国共产党驻共产国际代表团委托著名作家萧三写信给“左联”领导人，认为“左联”已不能适应新的形势，建议解散“左联”，建立新的文学团体。而周扬等人也认为“左联”存在“左”的关门主义和宗派主义倾向，应解散“左联”，成立以抗日救亡为宗旨的“文艺家协会”。

鲁迅虽赞成组建新的文学团体，但不支持解散“左联”，理由有如下几点：①“左联”是革命文学青年们用鲜血和生命战斗来的，解散“左联”意味着要抹杀血的记忆，放弃先前的战斗原则。②由

“左联”的外部力量或上级而不是“左联”的成员决定它的存亡，本身是不能接受的。③“左联”的作家们还很幼稚，同资产阶级作家讲统一战线，有丧失独立性的危险。得知“左联”不得不解散后，鲁迅提出建议，就是发表一篇解散“左联”的对外宣言，声明“左联”的解散是在新的形势之下组织抗日统一战线的需要，以避免外界的各种猜测，但是这个简单的要求也没有被采纳。

1936 年 2 月 18 日，当鲁迅得知“左联”已解散时非常失望，“脸色一沉，不发一言”。后来他对冯雪峰说，“就这么解散了，毫不重视这条战线”。客观地说，周扬在解散“左联”这件事上没有郑重地征求和听取鲁迅的意见，这是一个不可原谅的错误。这也使鲁迅对周扬的看法雪上加霜。

随后，周扬等人所鼓吹的“国防文学”口号，在宣传中出现了片面强调必须以“国防文学”作为共同的创作口号和忽视无产阶级在统一战线中的领导作用的倾向。于是，鲁迅与胡风、冯雪峰等人提出了“民族革命战争的大众文学”的口号，作为对左翼作家的要求和其他作家的希望。这两个口号提出后，革命文艺界围绕着两个口号进行了尖锐的争论。周扬等对鲁迅等人提出的口号进行了猛烈抨击。后来鲁迅提出两个口号可以并存的设想，但周扬等人不但不予理会，更对胡风和冯雪峰进行了坚定不移的斗争。当冯雪峰站出来说口号是他提的时，周扬说：“我还以为是鲁迅提出来的，反对时有所顾忌，现在既知是你提出来的，那我就要大反特反。”

此时，已身患重病的鲁迅深深感到，必须超越这无谓的争吵，整体地看待中华民族的苦难，寻找新生的路。他在《半夏小集》里写道："用笔和舌，将沦为异族的奴隶之苦告诉大家，自然是不错的。但要十分小心，不可使大家都得着这样的结论：那么，到底还不如我们似的做自己人的奴隶好。"他要告诉世人，在任何时候都不要做异族或"自己人"的奴隶，这是原则和立场。鲁迅的这些话无疑是激愤而深刻的。

四

在延安的毛泽东是怎样看待这个问题的呢？

后来在 1938 年赴延安，"左联"领导人之一的徐懋庸到达延安不久，毛泽东约见徐懋庸并同他谈了关于"左联"解散及"两个口号"的论争等问题，并对此作了具体指示和明确结论。毛泽东说："关于两个口号论争的问题，我们基本上有所了解，听了你所谈的，有些情况使我们更清楚一些，具体一些。这次争论的性质是革命阵营内部的争论，不是革命与反革命的争论，你们这边不是反革命，鲁迅那边也不是的。这都是由于在革命阵营内部理论水平不平衡，认识有分歧，就要发生争论，这是不可避免的，也是有益的。真理愈争愈明。大家认识一致，事情就好办了……"①

毛泽东对徐懋庸说："但是你们是有错误的，就是对鲁迅不尊重。……鲁迅是中国文艺运动的旗手，你们应该尊重他……"接着，毛泽东话锋一转，"你的那封信，写得很不好。当然，在某些具体问

① 白岩：《被鲁迅"痛斥"之后的徐懋庸》，《百年潮》，1999 年第 9 期。

题上鲁迅可能会有误会，有些话也说得不一定恰当。那是因为他当时处境不自由。既然如此，你们为什么不对他谅解呢？但错了不要紧，只要知道错了，以后努力学习改正。照正确的道理办理，前途是光明的。”①

由于毛泽东亲自找徐懋庸谈话并作出了结论，徐懋庸才没有因为鲁迅的文章中怀疑他“是敌人所派遣”这一句话，而被认作是“反革命”。显然，毛泽东所说的“鲁迅可能有误会，有些话也说得不一定恰当”即所指此言。

关于鲁迅与周扬的矛盾，1957 年毛泽东谈到鲁迅时又说：“（鲁迅）他是书香门第出身，人家说他是封建余孽，说他不行。我的同乡成仿吾他们，对他就不好。国民党压他，我们上海的共产党员也整他，两面夹攻，但鲁迅还是写。”②

这里话虽然只有几句，却涉及鲁迅生平的两件大事。一件是成仿吾他们对鲁迅不好，是说 1928 年关于革命文学的论战中，创造社、太阳社对鲁迅的攻击。毛泽东在这里点了成仿吾的名，此外，当时郭沫若化名“杜荃”，在《创造月刊》中发表攻击鲁迅的文章，题目就叫《文艺战线上的封建余孽》。毛泽东说的这话，表示他不赞成郭沫若、成仿吾当年对鲁迅的态度，在那场论战中，他是支持鲁迅的。

毛泽东所说的第二件事，“我们上海的共产党员也整他”，说的是“左联”的党员领导人周扬他们同鲁迅的关系，这关系，用鲁迅

① 刘益涛：《毛泽东在延安十年纪事》，中共党史出版社，2007 年版。

② 吴江：《毛泽东 1957 年谈鲁迅事》，载《同舟共进》，2003 年第 8 期。

自己的说法是："这两年我给他们摆布得可以！"也可以看出鲁迅对"整他"的那些"上海的共产党员"的反感有多深。毛泽东的这些话，表明他同情和支持是在鲁迅这一方，而对"我们上海的共产党员"对鲁迅的态度是持否定态度的。

接着毛泽东又说："你们赞成不赞成鲁迅？鲁迅的文章就不太软，但也不太硬，不难看。有人说杂文难写，难就难在这。有人问，鲁迅现在活着会怎样？我看鲁迅活着，他敢写也不敢写。在不正常的空气下面，他也会不写的，但更多的可能是会写。俗话说得好：'舍得一身剐，敢把皇帝拉下马'……"①

在那场"文革"中，周扬陷于牢狱长达九年，而其罪名之一就是"反对鲁迅"，这是令人大大始料不及的。不过，毛泽东说过："假如鲁迅活着，也不会赞成把周扬长期关押起来。"1957年和1975年，毛泽东两次谈到"假如鲁迅还活着"的话题。在毛泽东那里，鲁迅与周扬是对立的，按照这个思路，鲁迅假如活着，鲁迅的命运如何呢？历史是不容假设的，结果究竟如何，也就不得而知了。

① 吴江：《毛泽东1957年谈鲁迅事》，载《同舟共进》，2003年第8期。

第9篇 “反革命”鲁迅与“流氓”郭沫若

郭沫若（1892—1978），原名郭开贞，字鼎堂，生于四川省乐山县铜河沙湾，毕业于日本九州帝国大学，是中国现代具影响力的诗人、历史学家、古文字学家、考古学家、剧作家、社会活动家。1914 年，郭沫若留学日本，在九州帝国大学学医。1921 年，发表第一本新诗集《女神》。1930 年，他撰写了《中国古代社会研究》。1949 年，郭沫若当选为中华全国文学艺术会主席。

曾任中国科学院哲学社会科学部主任、历史研究所第一所所长、中国人民保卫世界和平委员会主席、中日友好协会名誉会长、中国科学技术大学校长、中国文联主席等要职，当选中国共产党第九、十、十一届中央委员，第二、第三、第五届全国政协副主席。1978 年在北京逝世。

一

鲁迅逝世后，郭沫若曾作一挽联：“方悬四月，叠坠双星，东亚西欧同殒泪；钦诵二心，憾于一面，南天北地遍招魂。”鲁迅先生逝世十年后，郭沫若又著文纪念，再一次为自己未能与鲁迅谋面而追悔莫及，“自己实在有点后悔，不该增上傲慢，和这样一位值得请教的大师，在生前竟失掉了见面的机会”，“我与鲁迅的见面，真的可以说是失之交臂”。

他们究竟为什么失之交臂，个中缘由确实耐人寻味。

1920年10月，郭沫若在《学灯》增刊上第一次读到鲁迅的小说，那就是《头发的故事》。读过之后，他认为鲁迅的观察很深刻，笔调很简练，又“觉得他的感触太枯燥，色调暗淡，总有点和自己的趣味相反驳”。郭沫若后来说，他对鲁迅文风的这种感觉“直到他的《呐喊》为止”才改变。正因如此，当时郁达夫劝郭沫若读鲁迅的《故乡》和《阿Q正传》时，他没有再去读了。郭沫若说：“但我终是怠慢了，失掉了读的机会。以后的著作便差不多连书名都不清楚了。”

不过，郭沫若在评价鲁迅小说和周作人译作时，明显地尊重鲁迅的小说，认为小说为“处女”，译文为“媒婆”，“处女应当尊重，媒婆应当稍加遏抑”。

鲁迅曾说，郭沫若的主张，“我是见过的，但意见不能相同，总以为处女并不妨去做媒婆”。“我终于并不藐视翻译”。鲁迅还由此谈到了郭沫若的翻译风格，委婉地批评道，“我对于郭沫若先生的翻译，不大放心，他太聪明，又胆大。”

1921 年，郭沫若、成仿吾、郁达夫等成立创造社。成仿吾等青年作家年轻气盛，撰文批评了鲁迅的第一本小说集《呐喊》。而鲁迅看到这些批评文章后则回应说，“他的‘庸俗’的罪名，几斧砍杀了《呐喊》，只推《不周山》为佳作——自然也仍有不好的地方。”在《呐喊》二版出版时，鲁迅故意删去成仿吾所肯定过的《不周山》，以“向这位‘魂灵’回敬了当头一棒”。

1924 年，鲁迅在《论照相之类》中谈到：“近来则虽是奋战忿斗，做了这许多作品的如创造社诸君子，也不过印过很小的一张三人的合照。”所谓“三人”便是郭沫若、成仿吾、郁达夫。又说，创造社同人在“还未‘革命’的时候，就已经将‘语丝派’中的几个人看作眼中钉”。这几个人中便有鲁迅。

1926 年 10 月 27 日，在广州女子师范学校执教的许广平致信鲁迅，盼望他速来广州中山大学任教，鲁迅回信说，“今天看见中大考试委员会名单，文科中人多得很”，“郭沫若、郁达夫也在，那么，我的去不去也似乎没有多大关系，可以不必急急赶到了”。后来，鲁迅又去信向许广平解释：“其实我也还有一点野心，也想到广州后，对于绅士们仍然加以打击……第二是与创造社联合起来，造一条战线，更向旧社会进攻，我再勉力写些文字。”

鲁迅终究没有成行，他告诉许广平，与郭沫若及创造社间的关系，是因为有好事者从中挑拨所致，如狂飙社的高长虹，“捏造许多会话（如说我骂郭沫若之类）”。一直到 1927 年 1 月中旬，鲁迅才离开厦门来到广州，而此时郭沫若早已离开广州。

二

1927年10月，鲁迅偕许广平从广州来到上海。经过一段时间的思考，他已有意与创造社和好，他在致李霁野的信中说：“创造社和我们，现在感情似乎很好。他们在南方颇受压迫了，可叹。看现在文艺方面用力的，似只有创造，未名，沉钟三社，别的没有，这三社若沉默，中国全国真成了沙漠了。”他们终于想到一起，都主张恢复《创造周报》，以“作为共同园地”，共同开展新文化运动。

创造社的领袖是郭沫若，鲁迅知道他参加过北伐，因此对于自己与郭沫若及创造社合作充满信心。到上海不久，鲁迅就与创造社联络。11月7日，郭沫若也很快指派创造社三位成员郑伯奇、蒋广慈、段可情与鲁迅洽谈，并达成合作意向和方式，决定恢复出版《创造周报》，发表联合声明。12月3日，在《时事新报》上刊登了《创造周报》复刊广告，由鲁迅、郭沫若、蒋广慈、冯乃超、张资平等三十余人为特约撰述员。合作的准备工作非常顺利，鲁迅满怀期待。可是事情突然发生了变化。

1928年1月15日，预定复刊的《创造周报》没有出版，却出版了创造社新创办的刊物《文化批判》，以突然袭击的方式对鲁迅进行猛烈的批判，其中有冯乃超的《艺术与社会生活》、成仿吾的《打发他们去！》、钱杏邨的《死去了的阿Q时代》等。

对于鲁迅的批判，创造社方面的成员没有对鲁迅作任何解释，原来联络的人也都不愿意再与鲁迅见面。鲁迅一下子被搞懵了，他先是保持沉默，静观事态发展。但是接踵而来的批判火力越来越猛，调子也越来越高，鲁迅不得已起而回击，写了《“醉眼”中的朦胧》等一系列文章。

在创造社批判鲁迅的文章中，要算郭沫若以杜荃为笔名在《创造月刊》二卷一期所发表的《文艺战线上的封建余孽——批评鲁迅的〈我的态度气量和年纪〉》一文措辞最为严厉，态度最为激烈，几近于恶毒谩骂和人身攻击。文章骂鲁迅是“资产阶级以前的一个封建余孽”，“像这样尊重籍贯，尊重家族，尊重年纪，甚至于尊重自己的身体发肤，这完全是封建时代的信念！”“资本主义对于社会主义是反革命，封建余孽对于社会主义是二重的反革命”，“鲁迅是二重性的反革命人物”。

创造社责难鲁迅的文章，一篇接着一篇，甚至以鲁迅的籍贯、家族等作为奚落的资料。他们强加于鲁迅的是“代表着有闲的资产阶级，或者睡在鼓里的小资产阶级”，甚至使用漫骂的语言，“惹出了我们文坛的老骑士鲁迅出来献一场乱舞。现在就让我们来看他这老态龙钟的乱舞罢”。

鲁迅和陈西滢、高长虹争论时，郭沫若还多少理解一点鲁迅，可此时的郭沫若反说他们都是非正义的，甚至意气地将鲁迅和陈西滢、高长虹的论战，喻之为“帝国主义者间因利害冲突而战”，是“猩猩和猩猩战，人可以从旁批判它们的曲直，谁个会去帮助哪一个猩猩?”为逞一时之快，他甚至对鲁迅作出这样的结论：“一位不得志的FASCIST（法西斯谛）”。

郁达夫看了都气愤不过，认为创造社和郭沫若等情绪化的行为，太令人失望，便仿杜甫《戏为六绝句》，作了一首诗赠与鲁迅，以示声援：

醉眼朦胧上酒楼，呐喊彷徨两悠悠。
蚍蜉撼树不自量，不废江河万古流。

鲁迅心中虽然也不免凄婉，但还是采取了冷静的态度，所进行的反击也仅仅是只言片语，而不是连篇累牍，终不失为仁者风度、长者胸怀。

关于为什么一夜之间盟友变敌手的问题，郭沫若和其他创造社成员后来都作了解释，说是当时一批创造社的年轻成员如成仿吾等陆续从日本回国，他们在当时受国际共产主义运动的“左”倾思潮影响，认为鲁迅等五四时期的作家都是“旧作家”，必须进行“全面的批判”。郭沫若认同了这一观点，虽然他为了躲避国民党的追捕于1928年2月亡命日本，但仍然遥控指挥这场论战。

这场在中国文学史上有名的所谓“革命文学论争”，持续了近两年。中共中央知道这个情况后，出面干预，周恩来、李富春都明确指出，批评鲁迅从原则上讲是不正确的，应该争取鲁迅、团结鲁迅。后来潘汉年到上海，按照中央领导的指示，平息了这场论争，从此创造社基本上停止对鲁迅的攻击。

至今，鲁迅和郭沫若之间还有一段难以厘清的悬案。20世纪20年代初，法国作家罗曼·罗兰致鲁迅信，因寄创造社而了无着落。1933年12月19日，鲁迅在致姚克的信中谈及此事：“罗兰的评语，我想将永远找不到。据译者敬隐渔说，那是一封信，他便寄给创造社——他久在法国，不知道这就是很讨厌我的——请他们发表，而从此就永无下落。”后来，他还向增田涉谈及此事。增田涉在《台湾文艺》发表《鲁迅传》，披露此事。郭沫若读后极为恼怒，立刻在

《台湾文艺》发表《鲁迅传中的误谬》，以自作辨正。鲁迅在未读到此文前，即料到郭沫若的态度，他写信告诉增田涉：“《台湾文艺》我觉得乏味。郭君要说些什么罢？这位先生是尽力保卫自己光荣的旧旗的豪杰。”

三

1936年，鲁迅的肺病日见深重、体质每况愈下，就在这时出现了“民族革命战争的大众文学”和“国防文学”的两个口号之争。“国防文学”的口号是周扬、夏衍等人最早提出，并将之作为上海进步文艺界的统一政策。

最初，郭沫若对“国防文学”的口号，也有不甚了了之处，认为“国是蒋介石统治着”，所以，“用‘国防’二字来概括文艺创作，恐怕不妥”。但他最终还是接受了“国防文学”口号，而不同意“民族革命战争的大众文学”的口号，并认为鲁迅等人“标新立异”所提出的口号，“是错误了的理论和举动”。

鲁迅等在提出“民族革命战争的大众文学”口号时，本想和郭沫若商量，但是，正如鲁迅所说，由于“郭沫若先生远在日本，被侦探监视着，连去信商问也不方便”。

这年8月上旬，鲁迅写了《答徐懋庸并关于抗日统一战线问题》一文，对两个口号之争发表了系统的意见。鲁迅信中的一段话说：“我和郭沫若、茅盾两位，或相识，或未尝一面，或未冲突，或曾用笔墨相讥，但大战斗却都为着同一的目标，决不日夜记着个人的恩怨。然而小报却偏喜欢记些鲁比茅如何，郭对鲁又怎样，好象我们只在争座位，斗法宝。”

郭沫若读后深感愧疚，对鲁迅“态度很鲜明，见解也很正确”的观点，表示“彻底佩服”。8月30日，郭沫若不畏酷暑，打着赤膊，在大汗淋漓中写成《搜苗的检阅》，有意向鲁迅表示歉意，他说：“我自己究竟要比鲁迅先生年轻些，加以素不相识，而又相隔很远，对于先生便每每妄生揣测，就如这次的纠纷吧，我在未读到那篇万言书之前，实在没有摩触到先生的真意。读了之后才明白先生实在是一位宽怀大量的人，是‘决不日夜记着个人的恩怨’的。因此我便感觉着问题解决的曙光。”

相逢一笑泯恩仇。他们间的误解本可以烟消云散，可是，死神却一步步地逼近鲁迅，10月19日凌晨5时25分，鲁迅在上海寓所病逝。郭沫若和鲁迅终未谋面，他们之间的隔阂也没能冰释，这成为郭沫若一生的悔恨。

可以说，鲁迅与郭沫若是居于同一政治立场的，而在思想境界、艺术与学术的水平上各自达到了空前的高度，占有了同时代其他人难以比拟的文化制高点。他们都是伟人，都是巨匠，都是民族的骄傲，且都各有千秋，不能互相替代。

至于他们个人之间的关系，则是有所演变的。所谓曾互以笔墨相讥，大体是从鲁的《上海文艺之一瞥》和郭的《创造十年·发端》开始的，此前的表现不很明显。明显也罢，不明显也罢，总都是同一阵营内部人的互相误会和逞强。看来是各有是非，难决轻重。即便是把杜荃骂鲁迅的话加到郭沫若头上，也是郭骂了鲁的“反革命”，鲁也骂了郭的“流氓”。一个从思想上全盘否定，一个从人格上彻底颠覆，份量都够了。虽然这儿的“反革命”和“流氓”有其不同一般的解释。

然而谁骂得对呢？很难说其中有一个是对的。因为鲁迅不是“反革命”，郭沫若也不是“流氓”。他们都是革命的激进派，也都是人格高尚的人。否则，鲁迅不会说出他与郭“大战斗却都为着同一目标，决不日夜记着个人的恩怨”的话，郭沫若也不会以文以联痛悼鲁的逝世，并接过其旗帜继续战斗到最后。

四

鲁迅与郭沫若都是近现代中国文化界造成了巨大影响的人物，在文学方面都做出过重要贡献，对他们两位进一比较研究，是有一定意义的。

（一）鲁迅与郭沫若类似的地方

1. 出身

鲁迅与郭沫若同出生在清末，两人的年龄相差一岁。他们都曾生活在传统的大家庭中，在童年时都处于家道衰落的境地。鲁迅的爷爷周福林出身翰林，并在京城做官，后来家中发生两次变故，大家庭逐渐破落，使少年时代的鲁迅饱尝世态炎凉；而郭沫若也是出生在四川一个没落的封建大地主家庭，早期的经历是类似的。

2. 早期的悲剧婚姻相似

1）鲁迅：有一个因父母之命而成婚的有名无实的妻子朱安。像许多中国女人一样，朱安具备了懂规矩和性情好的传统美德，1906年鲁迅和朱安结为夫妻，但婚后第四天，鲁迅就回了日本。1923年，鲁迅的学生许广平走进了他的生活，陪伴他走完了人生之路；而朱安用自己的一生侍奉着公婆。

2）郭沫若：同样有因父母之命而成婚的有名无实的妻子张琼华，郭沫若发现新娘是个并不漂亮的、会抽水烟的小脚村姑时，转身而去，张琼华空守了一夜洞房。几天后，郭沫若不顾家里阻挠去了日本，在那里遇到了佐藤富子即安娜，并和自己生活21年；抗日战争爆发后，他决定回国参加抗日战争，而富子是日本人，两人只好分开。郭沫若回国后与比他小24岁的于立群又走到了一起，走完他最后的40年人生历程。

3. 求学经历相同

鲁迅与郭沫若都受到传统文化和民间文化的熏陶，都留学日本，最初立志学医，走医学救国之路。后来都经历了“弃医从文”的转折。鲁迅认识到：医生至多不过是医治患者肉体上的疾病，要使祖国早日觉醒站起来斗争，必须创立新文学。郭沫若一直对文学都有着浓厚的兴趣，加之早年赴日本留学，后接受斯宾诺沙、惠特曼等人思想的影响，决心弃医从文。

4. 在新文化运动中影响相同

周恩来评价他们：“鲁迅是新文化运动的导师，郭沫若便是新文化运动的主将。鲁迅如果是将没有路的路开辟出来的先锋，郭沫若便是带着大家一道前进的向导。”①

5. 创作领域相同

鲁迅和郭沫若都涉足小说创作、历史小说创作和杂文撰写。鲁

① 周恩来：《我要说的话》，1941年11月16日，重庆《新华日报》第1版和第2版。

迅的《呐喊》与《彷徨》是中国现代小说的开端与成熟标志。20世纪20年代，沈雁冰曾这样评价鲁迅的小说："在中国新文坛上，鲁迅君常常是创造新形式的先锋。"在鲁迅的《故乡》中，最震动人心的不是闰土的贫穷，而是多年不见后一声"老爷"所展示的闰土心灵的麻木；《祝福》的深刻性在于描写了祥林嫂在封建神权下所感到的恐怖；《伤逝》描写了五四运动时期涓生和子君的爱情，他们敢于冲出旧家庭，却因社会经济的压力，最终只能回到旧家庭中，在高唱"反封建"的五四时期，这无疑给人们敲响了警钟。郭沫若则怀着改造社会和振兴民族的热情，从事文学活动，于1919年开始发表新诗和小说。1920年出版了与田汉、宗白华通信合集《三叶集》。1921年出版的诗集《女神》，以强烈的革命精神、鲜明的时代色彩、浪漫主义的艺术风格，创作出豪放的自由诗，开创了一代诗风。

二、鲁迅与郭沫若的不同之处

1. 参加的文学社团不同

五四运动后，郭沫若为了推动新文艺运动的开展，与郁达夫、成仿吾等人组织了"创造社"，创办《创造季刊》《创造周报》，在文艺思想上倾于浪漫主义，希望"本着我们内心的要求，从事于文艺的活动……"郭沫若还认为，"艺术本身是无所谓目的"。

鲁迅与周作人、钱玄同等人组织了"语丝社"，在《语丝》发刊词上表明其主张和态度"想冲破一点中国的生活和思想界的浑浊停滞的空气"，"提倡自由思想，独立判断，和美的生活"。鲁迅被称为"语丝派"的主将。以鲁迅为首，语丝社对北洋军阀政府、封建复古派及现代评论派进行了坚韧的斗争，鲁迅说《语丝》的基本特色是“任意而谈，无所顾忌，要催促新的产生，对于有害于新的旧物，则竭力加以排挤”。此外，鲁迅还领导支持了“未名社”“朝花社”等文学团体。

2. 文艺思想不同

鲁迅对东欧的小民族的作家作品和俄国批判现实作家的作品比较重视，文艺思想上，对日本批判家厨川白材等人的文艺观点很是赞赏；此外，鲁迅也受过达尔文进化论的影响，曾用生物进化的观点解释社会的发展，相信将来胜于过去，青年胜于老年，旧的会死亡，新的会诞生，积极理解“物竞天择”的含义，要中国人发奋图强，适应世界潮流；托尔斯泰的博爱思想也对鲁迅产生了深刻影响。总的而言，鲁迅的文艺思想主要是批判现实主义。

郭沫若喜欢陶渊明、李白、王维的诗，尤其喜爱庄周、屈原的诗，也很欣赏歌德的诗歌和小说，对于俄屠格涅夫和陀思妥斯等人的作品也很喜欢，挪威作家易卜生的剧作、美诗人惠特曼的诗歌等也对郭沫若有深刻影响。庄周奇诡恣肆的文学风格和屈原想落天外、豪放瑰丽的诗作风格深深影响了郭沫若的创作，此外，他还受到泰戈尔宇宙和谐、人类一体泛爱思想的影响。在文艺思想上，受尼采浪漫主义思想的影响。

3. 创作风格不同

鲁迅描写“上流社会的堕落和下层社会的不幸”，注重描写底层人民的日常生活状况和精神状况，他笔下的主要是华老栓、单四嫂子、阿Q、祥林嫂、爱心这样一些最普通人的最普通的悲剧命运。鲁迅说：“我的取材，多采自病态社会的不幸人们中，意思是在揭出病苦，引起疗救的注意。”（《南腔北调集·我怎么做起小说来》）他的作品贯穿着批判现实主义精神，从而奠定了中国现代文学的现实主义基础。

郭沫若的作品憧憬着革命思想和强烈激情，洋溢着浪漫主义精神，他认为“生命是文学的本质，文学是生命的反映”，从而奠定了中国现代文学的浪漫主义基础。

4. 创作领域不同

郭沫若还涉及新诗和历史剧创作，这是他对中国现代文学的独特贡献。并且郭沫若在流亡日本期间，开始研究甲骨文、金文，1930年撰写了《中国古代社会研究》。而鲁迅创造了“内外两面，都和世界的时代思潮合流而又并未梏亡中国的民族性”，并具有独特的个人风格的“现今想要参与世界上的事业的中国人”的文学。

郭沫若的《女神》摆脱了传统诗歌的束缚，是“五四”狂飙突进精神的典型体现，它燃烧着对旧秩序、旧传统、旧礼教的大胆否定和无情诅咒，它的思想主要表现在这三个方面：个性解放的强烈要求、反抗叛逆与创造精神的歌唱、爱国情思的抒发。此外，《女神》在中国文学史上开拓了新一代诗风，是当代最优秀的革命浪漫主义诗作，也为诗歌的革新和创造树立了榜样。《屈原》塑造了一个伟大的爱国者和有远见的政治家的崇高形象，它以特有的沉郁情思、鲜明的人物形象和历史与时代悲剧的精神震撼了重庆剧坛，成为郭沫若历史剧的代表作。

第⑩篇 成仿吾与鲁迅：相逢一笑泯恩仇

成仿吾（1897—1984），原名成灏，笔名石厚生、芳坞、澄实，出生于湖南省新化县澧溪村一个知识分子家庭。是新文化运动的重要代表、教育家和社会科学家、文学家、翻译家。1921年7月，成仿吾与郭沫若、郁达夫等人在日本东京建立了著名的革命文学团体“创造社”，还创办了多种文学刊物，创作和翻译了大量论文、小说、诗歌。1928年留学法国前，他是中国文坛极为活跃的人物，对推动新文化运动和文学革命起了很大的作用。

1949年后，曾任中国人民大学、东北师范大学和山东大学校长等职。任全国教育学会的名誉会长，一至五届全国人大代表，中共七大、八大、十二大代表，第一届全国政协委员、五届政协常委，山东省政协副主席，山东省文联主席、中国文联委员、鲁迅研究学会顾问等职。

一

在成仿吾的评论生涯中，最值得注意的是他对鲁迅作品的评论。他和鲁迅的关系先是对立，后成朋友，最后是崇敬。1924 年 2 月他写了《〈呐喊〉的评论》，发表在《创造季刊》上，文中对鲁迅小说的否定多于肯定。鲁迅看到后并不以为然。茅盾曾在回忆文章中说，鲁迅“劝我们不要写文章与之辩论，因为如果辩论，也不过是聋子对话”。当然，鲁迅在《三闲集》中，也还是进行了一些反批评。

后来，成仿吾和鲁迅有过合作。1927 年鲁迅、成仿吾等联名发表了《中国文学家对于英国知识阶级及一般民众宣言》，抗议英帝国主义在革命时期出兵侵犯我国领土。1933 年成仿吾在上海时，鲁迅帮助他与地下党接上了关系。鲁迅逝世后，1936 年成仿吾写了《纪念鲁迅》一文，称赞鲁迅是“爱国的、革命的作家”，他的功绩是“划时代”的。

二

成仿吾在 1924 年至 1927 年期间，任广东大学（后改名中山大学）物理学教授兼黄埔军校教官。1925 年加入国民党。1926 年 3 月，成仿吾来到当时的革命中心广州，任教于广东大学，同时兼任黄埔军校兵器处代处长，接触了毛泽东、周恩来、恽代英、刘少奇、孙炳文等许多共产党人，以及鲁迅等革命文化人士。大革命失败后，成仿吾经上海、日本，流亡欧洲，坚持革命，学习马克思主义。

1928 年 8 月，成仿吾在巴黎加入中国共产党，主编中共柏林、巴黎支部机关刊物《赤光》。

1931 年 9 月成仿吾回国后，参与中国左翼作家联盟活动。于 11 月初到达鄂豫皖根据地，任中共鄂豫皖省委常委、宣传部长及省苏维埃文化委员会主席、教育委员会主任，后又兼任红安中心县委书记。1933 年到江西瑞金中央苏区。1934 年 1 月，成仿吾到瑞金参加全国苏维埃第二次代表大会，被选为苏维埃中央政府执行委员、中华苏维埃中央政府教育委员，任党校政治教员兼高级班主任。从事宣传教育工作并主持中央党校，是当时中央党校唯一的政治教师。会后，成仿吾留在中央宣传部和中央党校工作。1934 年 10 月，随中央红军参加长征。他曾同毛泽东、周恩来、徐特立等同志一起倡议成立延安鲁迅艺术学院。

1935 年 10 月到陕北后，任中央党校高级班教员、教务主任。1937 年抗日战争爆发后，大批革命青年从全国各地奔赴延安。中央决定成立陕北公学，成仿吾任校长。1939 年，他带领几千名青年学生奔赴敌后，创建华北联合大学，先后任华北联合大学校长、晋察冀边区参议会议长、中共晋察冀中央局委员、华北大学副校长等。成仿吾从 1934 年在瑞金中央党校任教以来，一直从事党的教育事业。他精通德、英、日、法、俄五种语言，长期致力于宣传和捍卫马克思主义。在延安时期，与徐冰合译《共产党宣言》。晚年，重新翻译《共产党宣言》，并校译了《哥达纲领批判》《社会主义从空想到科学》《反杜林论》等马克思主义经典著作，为准确地宣传马克思主义做出了重要贡献。他倡导革命文学，创作了许多作品，对推动新文化运动起了重要作用。

1949 年中华人民共和国成立后，成仿吾任中国人民大学副校长、校长、名誉校长，东北师范大学和山东大学校长等职。从 1958 年 8 月到 1966 年 8 月，他主持山东大学的工作长达八年之久。他知识广博，了解教育工作的规律。他强调要结合各个历史时期的革命需要办学。提倡实事求是和独创精神，主张办适合中国国情有中国特色的教育。重视学生德智体全面发展、又红又专。他坚持学校工作要在党的领导下，发挥各级组织的作用和师生员工的积极性。尤其重视师资的培养和提高，要求教师言传身教、教书育人。

1984 年 5 月 17 日，成仿吾在北京病逝。逝世后得到这样的评价："成仿吾的一生是为共产主义永远进击的一生，是为无产阶级教育事业艰苦开拓和创造的一生，是为马克思列宁主义、毛泽东思想的传播鞠躬尽瘁的一生。"

三

创造社是"五四"新文学运动中异军突起的一个文学社团。鲁迅作为新文学运动的主将，曾与创造社有过论战，但他一直把创造社视为革命文学的团体，对创造社的绝大部分成员，特别是郭沫若、郁达夫、成仿吾等主要成员，都视为革命者或进步作家看待。

创造社当年本来和鲁迅有合作的意愿，并与鲁迅有过积极的接触。早在 1926 年，鲁迅去广州之前给许广平的信中表示过，要"与创造社联合起来，造一条战线更向旧社会进攻"。

鲁迅在广州时，和创造社成员有过接触。1927 年 4 月 1 日，成仿吾和鲁迅、王独清、何畏等人联名发表了一个重要宣言——《中国文学家对于英国知识阶级及一般民众宣言》，刊登在创造社办的《洪水》半月刊第三卷第三十期上，《宣言》愤怒地控诉了英、法帝国主义势力帮助军阀孙传芳残杀中国工人阶级的血腥罪行，声明中国人民的革命斗争总是向着资本帝国主义的，呼吁“世界无产民众赶快起来结合去打倒资本帝国主义”。1927年9月24日，鲁迅离开上海前夕到创造社门市部选购书刊，创造社人员执意免费赠送。

郭沫若回到上海以后，通过郑伯奇和蒋光慈找鲁迅商谈合作事宜，商议准备创办新的文学刊物，请鲁迅领衔为特约撰述员。鲁迅欣然表示同意，但不主张另办刊物，说可以恢复《创造周报》，作为一个共同园地。

1927年12月3日，上海《时事新报》发表《创造周报》复刊广告，公布《创造周报》编辑委员为成仿吾、王独清、郑伯奇、段可情，特约撰述员为鲁迅、麦克昂（郭沫若）、蒋光慈、冯乃超、张资平等30余人。1928年1月1日，《创造月刊》第一卷第八期发表一文《〈创造周报〉复活了》。

可惜这个合作计划没有实现，合作未成，反而引来一场论战。

后期创造社成员李初犁、冯乃超、彭康、朱镜我等人从日本回国后，情绪高涨，他们和郭沫若的计划接不上头，就像是日本的火碰到上海的水，呈现相持局面。郭沫若主张催回当时正在日本的成仿吾，于是发了电报。

但是成仿吾回国后，和李初犁、冯乃超等人一样反对恢复《创造周报》，认为其使命已经完成。

1928年1月15日，创造社新办刊物《文化批判》创刊号出版。2月1日，《创造月刊》第一卷第九期出版。创造社在表明正式举起无产阶级革命文学大旗的同时，点名批评了鲁迅、郁达夫等人。在成仿吾、冯乃超、李初梨等人看来，他们不是对着某个人，而是在文化领域里进行总的批判。

《文化批判》发表了冯乃超的《艺术与社会生活》、李初梨的《怎样建设革命文学》和《请看我们中国人的 Don Quixote de（按：即“唐·吉诃德”）的乱舞》。5 月 1 日，成仿吾更以“石厚生”为笔名，发表《毕竟是“醉眼陶然”罢了》，论述了“闲暇，闲暇，第三个闲暇”的观点，认为鲁迅的“闲暇”是“更深更不可救药的没落”。

鲁迅对此十分反感。1932 年 4 月 24 日深夜，鲁迅在《〈三闲集〉序言》里愤然写道：“成仿吾以无产阶级之名，指为‘有闲’，而且‘有闲’还至于有三个，却是至今还不都完全忘却的。我以为无产阶级是不会有这样锻炼周纳法的，他们没有学过‘刀笔’。编成而名曰《三闲集》，尚以射仿吾也。”

这次论争持续到 1929 年初。由于党组织出面干涉，创造社、太阳社与鲁迅的论争平息了。

1928 年 7 月 20 日，鲁迅作《上海文艺之一瞥》讲演，评述了 1928 年革命文学运动兴起的社会原因及功过，指出创造社等在这场运动中的错误是由于“他们对于中国社会，未曾加以细密的分析，便将在苏维埃政府权力下才能运用的方法，来机械的运用了”。鲁迅又说：“创造社的这一战，从表面来看，是胜利的，许多作品，既和当时的自命才子们心情相合，加以出版者的帮助，势力雄厚起来了。势力一雄厚，就看见大商店如商务印书馆，也有创造社员的译著的出版，——这是说，郭沫若和张资平两位先生的稿件。这以来，据我所记得，是创造社也不再审查商务印书馆出版物的误译之处，来作专论了。这些地方，想是也有些才子加流氓式的。”

鲁迅尽管受到攻击，然而他高瞻远瞩，说过这样的话：“对于为了远大的目的，并非因个人之利而攻击我者，无论用怎样的方法，我全都没齿怨言。”这是多么宽广的胸怀！

四

1928 年 5 月，成仿吾离开上海，经过日本，到了莫斯科，于 8 月到达巴黎，遵照张闻天的嘱咐，同中国共产党在巴黎的负责人取得了联系，不久参加了中国共产党，并接手编辑中共柏林巴黎支部机关刊物《赤光》。旅欧三年后，成仿吾于 1931 年秋回到上海，10 底奉党中央指示，到鄂豫皖根据地工作，任省委宣传部长、省苏维埃文化委员会主席、教育委员会主任等。

1932 年 10 月，张国焘率红四方面军主力越平汉路而去，把根据地四部电台全带走了。从此，鄂豫皖根据地同党中央失去了联系。1933 年 10 月，由鄂豫皖省委书记沈泽民支持召开省委第三次扩大会议，决定派成仿吾代表省委向中央汇报根据地的严重情况。省委派一个 400 多人的团掩护，并派一个 40 多人的便衣队护送，经过一个多月的游击，终于突破敌人的封锁线。11 月底，成仿吾从武汉乘船抵达上海，在福州路找了一家便宜的小旅馆住下。

成仿吾这时病得很厉害，害疟疾已 8 个月，可长期无药医治。更麻烦的是，原来接头的党的联络机关，已经过了半年时间，按地下工作规定不能再使用了。等了一个月，找了一个月，不知道怎么才能找到党中央。他还不知道此时中央机关已迁到江西瑞金去了。

一天，成仿吾从国民党官办报纸上看到骂鲁迅是“准共产党”的文章。他眼前一亮，决定去找鲁迅。

成仿吾知道上海内山书店老板内山完造和鲁迅交谊很深，而他过去与内山完造也很熟，他便去了内山书店。

内山完造见到他，很惊讶：“哎呀，你还活着？”原来，当时国民党的报纸上已好几次宣布成仿吾死了。

成仿吾回答：“病了，到上海来养病。鲁迅先生怎样？”

“他还在上海。”

“我想见见他。”

内山完造让成仿吾过一天来听回话。过了一天，内山完造告诉成仿吾，鲁迅约他第二天下午在北四川路一家白俄开的咖啡馆会面。

成仿吾按约定的时间到达这家咖啡馆时，鲁迅已在等候。鲁迅站起来向前迎了两步，和成仿吾紧紧地握住了手。

成仿吾穿一件旧棉袍，打扮像一个乡下的小学教师。鲁迅看他这身打扮和又黑又瘦的脸，亲热而又机警地说：“从家里来的吧！”

成仿吾从鲁迅的目光和话语里觉出鲁迅是了解自己身份的，于是回答道：“是啊！从湖南老家来的。”

鲁迅说着，让成仿吾坐下喝咖啡。

成仿吾说：“我看到前天的报纸在骂你……”

鲁迅明白是指国民党报纸在骂他“准共产党”。他微微一笑，接着幽默地指了一下成仿吾，低声说：“你也死过几次了。”

过了一会，成仿吾凑近鲁迅，低声说：“我是来请你帮助的。我想找一个党员，你有办法吗？“

鲁迅望着他，郑重地回答说："可以！你来得正巧，再过几天，就困难了。"接着，鲁迅问成仿吾住在什么地方？安全不安全？生活上有没有困难？

成仿吾把他的住址告诉了鲁迅，并约定了接头的暗号。

第二天，一个人来到了成仿吾住的小旅馆，接上了暗号，来人就是中共中央上海分局组织部内交通主任。通过党的联络站，成仿吾终于和党中央取得了联系，于 1933 年底离开上海，1934 年 1 月到达江西瑞金中央苏区。

成仿吾后来在回忆起这段愉快的往事时，深情地说："鲁迅是个伟大的文学家，也是个伟大的共产主义战士。可惜他逝世得太早了，不然，还可以为党做更多的事，写出更辉煌的作品！在白色恐怖下，鲁迅当时的处境是很困难的，过着半地下的生活。敌人对他不断地跟踪、搜捕，但他却不顾个人安危，冒着风险帮助我找到了共产党。"

鲁迅的夫人许广平 1959 年写的《鲁迅回忆录》中谈到："一般人只知道鲁迅和成仿吾同志有过一次笔墨之争，但不知道和成仿吾同志之间还有过一段非常愉快的故事。记得有一天，鲁迅回来，瞒不住的喜悦总是挂上眉梢，我忍不住问个究竟，他于是说，今天见到了成仿吾，从外表到内里都成了铁打似的一块，好极了。我才知道他欢喜的原因所在。前不久，我有机会见到了成仿吾同志，问起他是否在上海见过鲁迅？他说：'是的，并且通过鲁迅和党接上了关系……。'这件事情使人非常感动。成仿吾同志和鲁迅有过文学之争，这是谁都知道的，但由于革命的目标一致，思想、政见的一致，他们两人之间的争论终于统一了起来，意见一致了起来，这时看到鲁迅毫无芥蒂地像接待亲人一般地会见了成仿吾同志，真使在他旁边的我，都要为之高兴不已。”

1936年10月19日，鲁迅溘然长逝。这时，成仿吾在延安担任中共中央党校教务主任。对鲁迅的不幸早逝，他十分悲痛，写下了《纪念鲁迅》一文，高度评价了鲁迅作品的价值和意义，他由衷地写道：“关于过去创造社与鲁迅的争论问题，今天已经没有再提起的必要了。自一九三三年以来，我们是完全一致了，我们成为战友了。我们的和好，可以说是团结统一的模范，同时，从此他成了拥护统一的最英勇的战士。一九三三年底我与他在上海见面时，我们中间再没有什么隔阂了。”

毋庸讳言，成仿吾和鲁迅曾有过笔墨之争和某种误会，但在革命事业的旗帜下，他们消除了彼此之间的芥蒂，留下了深深的情谊。

第11篇 鲁迅与“文坛孟尝君”邵洵美

邵洵美（1906—1968），祖籍浙江余姚，出生于上海，散文家、出版家、翻译家。他出身官宦世家，是新月派诗人。1923年初毕业于上海南洋路矿学校，同年冬，赴欧洲留学，入英国剑桥大学攻读英国文学。1927年回国，与有“中国实业之父”之称的盛宣怀的孙女盛佩玉结婚。

1928年开办金屋书店，并出版《金屋月刊》。1930年11月“国际笔会中国分会”成立，当选为理事，并任会计，1933年编辑《十日谈》杂志，并发表第一篇小说《贵族区》。1934年编辑《人言》杂志。1936年3月至1937年8月主持《论语》半月刊编务。晚年在中国大陆从事外国文学翻译工作，译有马克·吐温、雪莱、泰戈尔等人的作品。其个人诗集有《天堂与五月》《花一般的罪恶》。

一

提起邵洵美，很多人的第一印象都来源于高中语文课本里鲁迅那篇著名的《拿来主义》一文。

拿来主义①

中国一向是所谓“闭关主义”，自己不去，别人也不许来。自从给枪炮打破了大门之后，又碰了一串钉子，到现在，成了什么都是“送去主义”了。别的且不说罢，单是学艺上的东西，近来就先送一批古董到巴黎去展览，但终“不知后事如何”；还有几位“大师”们捧着几张古画和新画，在欧洲各国一路的挂过去，叫作“发扬国光”。听说不远还要送梅兰芳博士到苏联去，以催进“象征主义”，此后是顺便到欧洲传道。我在这里不想讨论梅博士演艺和象征主义的关系，总之，活人替代了古董，我敢说，也可以算得显出一点进步了。

但我们没有人根据了“礼尚往来”的仪节，说道：拿来！

当然，能够只是送出去，也不算坏事情，一者见得丰富，二者见得大度。尼采就自诩过他是太阳，光热无穷，只是给与，不想取得。然而尼采究竟不是太阳，他发了疯。中国也不是，虽然有人说，掘起地下的煤来，就足够全世界几百年之用，但是，几百年之后呢？几百年之后，我们当然是化为魂灵，或上天堂，或落了地狱，但我

① 本篇最初发表于1934年6月7日《中华日报·动向》，署名霍冲。

们的子孙是在的，所以还应该给他们留下一点礼品。要不然，则当佳节大典之际，他们拿不出东西来，只好磕头贺喜，讨一点残羹冷炙做奖赏。

这种奖赏，不要误解为“抛来”的东西，这是“抛给”的，说得冠冕些，可以称之为“送来”，我在这里不想举出实例。

我在这里也并不想对于“送去”再说什么，否则太不“摩登”了。我只想鼓吹我们再吝啬一点，“送去”之外，还得“拿来”，是为“拿来主义”。

但我们被“送来”的东西吓怕了。先有英国的鸦片，德国的废枪炮，后有法国的香粉，美国的电影，日本的印着“完全国货”的各种小东西。于是连清醒的青年们，也对于洋货发生了恐怖。其实，这正是因为那是“送来”的，而不是“拿来”的缘故。

所以我们要运用脑髓，放出眼光，自己来拿！

譬如罢，我们之中的一个穷青年，因为祖上的阴功（姑且让我这么说说罢），得了一所大宅子，且不问他是骗来的，抢来的，或合法继承的，或是做了女婿换来的。那么，怎么办呢？我想，首先是不管三七二十一，“拿来”！但是，如果反对这宅子的旧主人，怕给他的东西染污了，徘徊不敢走进门，是孱头；勃然大怒，放一把火烧光，算是保存自己的清白，则是昏蛋。不过因为原是羡慕这宅子的旧主人的，而这回接受一切，欣欣然的蹩进卧室，大吸剩下的鸦片，那当然更是废物。“拿来主义”者是全不这样的。

他占有，挑选。看见鱼翅，并不就抛在路上以显其“平民化”，只要有养料，也和朋友们像萝卜白菜一样的吃掉，只不用它来宴大宾；看见鸦片，也不当众摔在茅厕里，以见其彻底革命，只送到药房里去，以供治病之用，却不弄“出售存膏，售完即止”的玄虚。只有烟枪和烟灯，虽然形式和印度，波斯，阿剌伯的烟具都不同，确可以算是一种国粹，倘使背着周游世界，一定会有人看，但我想，除了送一点进博物馆之外，其余的是大可以毁掉的了。还有一群姨太太，也大以请她们各自走散为是，要不然，“拿来主义”怕未免有些危机。

总之，我们要拿来。我们要或使用，或存放，或毁灭。那么，主人是新主人，宅子也就会成为新宅子。然而首先要这人沉着，勇猛，有辨别，不自私。没有拿来的，人不能自成为新人，没有拿来的，文艺不能自成为新文艺。

六月四日

在这篇文章中有这样的句子：“某些人……因为祖上的阴功，得了一所大宅子，且不问他是骗来的……或是做了女婿换来的”。对于这句话，文章里一般都有这样的注释：“这里讽刺的是做了富家翁的女婿而炫耀于人的邵洵美之流。”

其实，以鲁迅惯有的文风，他在文中也不见得是完全针对邵洵美个人的人品，而更多的是因事论事，因事论人。本来相互抨击对方的时候，有时在用词上多有夸张之词，而未必全是实有所指，但后来在长期非白即黑的革命文化中，邵洵美的形象大大地被扁平、简单化了，更在后来极端左倾的政治风气下，一切被过分地政治化解读，从而重塑和扭曲了邵洵美的面目。

显赫的家世、复杂的交往，特别是鲁迅与邵洵美之间那段说不清道不明的“公案漩涡”，使得邵洵美在新中国成立后的现代文学研究中，长期处于边缘地位。即使是在20世纪80年代，很多被“掩埋”的中国作家纷纷“出土”，邵洵美也还是默默无闻。直到最近几年来，这个曾经在20世纪三四十年代中国文坛上活跃一时的新月派主将，有着“小孟尝”之名的诗人、散文家、翻译家、出版家，才开始引起各方面的注意，但其人其事还是笼罩在扑朔迷离的烟雾之中。

邵洵美到底是一个什么样的人呢?

二

邵洵美是“纨绔子弟”吗?

确实，眉清目秀、长发高额、有“希腊式完美的鼻子”的美男子邵洵美，有点“纨绔子弟”的味道。邵洵美有一部显赫的家史，虽到他这一代已日见衰落，但祖宗给他留下大笔遗产，因此，他有足够的财力助人为乐。早在18岁留学英国剑桥大学时，他的乐善好施就出了名，包括徐志摩、徐悲鸿都得到过他的帮助。以至当中国留学生的经济发生困难，去找大使馆求助时，大使馆也会介绍他们去找邵洵美。留学生们风传他是“活银行”。1928年夏衍在上海生活困难，托人将译稿介绍邵洵美，邵爽快地接受了，并立即预付稿酬，解夏衍经济上的燃眉之急。邵洵美为人热情、坦诚、仗义。在三四十年代上海滩文艺界多元格局并存的情况下，邵洵美拥有一大批“左”、“中”、“右”的朋友。胡也频遇难后，沈从文要陪丁玲带着刚生下不久的婴儿离开上海去湖南避难，可身无分文，邵洵美慷慨解囊，送了1000元给丁玲，并声明不需还。这种例子不胜枚举，因此被朋友们称为“文坛孟尝君”。郁达夫说得有趣：邵洵美家里经常是“座上客常满，樽中酒不空”。“钞票用得光，交情用不光”，这是邵洵美的一句名言。直到自己贫困潦倒时也如此。

邵洵美夫人盛佩玉晚年回忆，她和邵洵美青梅竹马，自相识、结婚到他62岁病逝的四十多年的共同生活，自认为她丈夫并非“纨绔子弟”，从不吃喝嫖赌，一生除了读书、买书、写书、译书、出版书，别无他求。她的丈夫重友情，轻金钱，物质财富在他眼中微不足道，为了接济朋友，甚至是不相识的文人，他赔光了自己继承的家产。她说她的丈夫是一个“书呆子”。

曾和邵洵美在同一战线的老作家章克标把邵洵美概括为三重人格的人：一是诗人，二是大少爷，三是出版家。“他一生在这三个人格当中穿梭往来，盘回往复，非常忙碌，又有矛盾，又有调和，因之，他这个人实在是很难以捉牢的，也就是很难以抒写的。”

鲁迅没有经历抗战，他于1936年秋天去世。而邵洵美是经历了抗战的，在这场全民族抗击外敌的战争中，邵洵美表现的也并不是像鲁迅说的，是一个无耻的“富家儿”的模样，他手里的钱，主要用来创办文化事业了。

抗战前，邵洵美就办过金屋书屋、时代图书公司和第一出版社，先后有《狮吼》《金屋月刊》《时代画报》《时代漫画》《时代电影》《文学时代》《万象》《声色画报》《论语半月刊》《十日谈旬刊》和《人言周刊》等十一种杂志，还有新月书店出版的《新月月刊》和《诗刊》。关于这些刊物，老画家黄苗子说：“《时代画报》《时代漫画》和《万象》对中国漫画的发展起很大的作用，漫画的发展也影响到绘画的发展。如果没有邵洵美，没有时代图书公司，中国的漫画不会像现在这样发展。”

抗战开始后，邵洵美先是出版宣传抗战的刊物《自由谭》，后来，邵洵美又在英文版的《直言评论》上刊发了毛泽东《论持久战》的译文并出版单行本。更为可贵的是，邵洵美的弟弟当了汉奸后要拉邵洵美下水，邵洵美义正词严地拒绝了，一直坚持到抗战胜利。解放前夕，胡适曾劝邵洵美离开上海，他没有听从。叶公超提出愿意帮助邵洵美将他的时代印刷厂整体搬迁到台湾，时代印刷厂是邵洵美在 1930 年斥巨资向德国购买的当时世界上最先进的全套影写版印刷机而开办的。对于叶公超的美意，邵洵美也婉拒了。邵洵美在等待着新中国的成立。

上海解放后，夏衍代表政府与邵洵美商谈，将他的影写版印刷机卖给国家，连同工人全部迁到北京，印制即将出版的《人民画报》。邵洵美痛痛快快地答应了。仅邵洵美的这一功劳，鲁迅当初接连呵斥邵洵美也是有失详查的。

三

邵洵美的身上，有着新月派诗人、散文家、出版家、翻译家等这些名号。

邵洵美是怎样评价自己的呢？早在 1936 年，他在一首名为《你以为我是什么人》的诗里说过：你以为我是什么人？是个浪子，是个财迷，是个书生，是个想做官的，或是不怕死的英雄？你错了，你全错了，我是个天生的诗人。

现代作家韩石山评论他：“是一位真正的中国文人，也是中国现代文化史上的一位英才。”“那一茬文化人中，论身世，数他最高贵，至少也是不多的几个高贵者中的一个；论家产，数他最富有；论学历，国内国外上的都是名校；论才华，少年时便显现无遗；论功业，中国唯美主义诗歌的擎旗人，中国文化史上著名的编辑家与出版家。然而，数他的人生最为坎坷，数他的命运最为乖蹇，数他的结局最为悲惨，铁石人知晓了，也会洒一掬同情的泪水。造成这一奇崛变化的，大的说，是时势的移易；小的说，则是人际的因缘。”

如果把因被历史的尘土埋没起来，如今又重新被发掘出来的文人称为“出土文人”的话，那邵洵美算是一个。最近，上海书店出版社首次完整公开出版“邵洵美作品系列”九本，使这位声名湮没已久的作家、翻译家、出版家重见天日。

“即使到了现在，对于鲁迅与我父亲的纠葛是如何源起的，我还是不太清楚。”邵洵美之女邵绡红后来回忆说，“除了文章中你来我往的交锋外，在我的印象中，我的父亲与鲁迅除了在1933年萧伯纳访问上海的欢迎笔会上见过一次面外，他们并没有太多的直接交往。”母亲盛佩玉回忆，当天邵洵美傍晚回家时，曾把白天的经过讲给佩玉听，他说，这次是他第一次见到鲁迅先生。活动结束后下起了雨，天很冷，他见鲁迅站在屋檐下，像是在等车，冻得脸都发青了，于是他还主动上前邀请他上自己的汽车送他回去。

“鲁迅先生所指的‘富家翁的女婿’，当然是指爸爸娶了妈妈——盛宣怀的孙女盛佩玉。实际上，这样的评语，对爸爸来说是很不公平的。”邵绡红说，“首先，邵氏家族在上海也是一个大家。我的太爷爷（即邵洵美的爷爷）邵友濂官至一品，曾任湖南巡抚、台湾巡抚。爸爸从小被过继给大伯邵颐，而邵颐的夫人李氏是李鸿章视为己出的侄女，当年以中堂大人的千金之名嫁到邵家，从谱系上讲，李鸿章也是爸爸的外祖父。其次，很多人不了解的是，爸爸和妈妈是姑表亲。爸爸的生母是盛宣怀的四女儿，爸爸不仅是盛宣怀的孙女婿，其实更是他的亲外孙。”盛宣怀则是中国近代史上著名的洋务运动倡导者，中国近代的第一代实业家。他一生创下了多个第一：第一家银行（中国通商银行）、第一家电讯企业（天津电报局）、第一条南北干线铁路（芦汉铁路）、第一所工业大学（北洋大学）等。

四

导致鲁迅把投枪投向邵洵美的，完全由于邵洵美自己。

1933 年 8 月，在邵洵美的《十日谈》第二期，他写文批评“文人无行”。他和梁实秋的观点一样，认为文学是属于“有产的少数人”的，即好的作品永远是少数人的专利品，大多数人永远是蠢的，永远是与文学无缘的。穷小子而要登上文坛，就必然“在文坛里胡闹”了。

邵洵美文章中的这些话激怒了当时的鲁迅。用鲁迅的话说，是邵洵美“飘飘然的论起‘文人无行’来了”。用大富豪的口气，去奚落贫穷的文人。于是，鲁迅写了多篇文章，例如《各种捐班》《登龙术拾遗》《帮闲法发隐》等予以回击。其实，鲁迅的文章发表后，也有人在报上发表文章表达不同意见，认为“做一个富家的女婿并非罪恶”。

当然，鲁迅对邵洵美的论点还另有一些背景。此前，早在 1930

年春鲁迅出席左翼作家联盟（简称“左联”）成立大会，正式成为左翼文化阵线的掌门人，他开始不停顿地向上海的右翼文化阵线如新月派的作家发起了论战。此时，上海新月派文人一个一个像候鸟似的飞走了：胡适1930年11月回北平任北大文学院长，梁实秋在1930年秋去青岛大学任外文系主任兼图书馆长，徐志摩在1931年初去北京大学任教授。新月派是鲁迅论战的死对头，既然新月派的头面人物如胡适、徐志摩、梁实秋等人都远走高飞了，那么作为新月派小字辈的邵洵美就水落石出，一下子暴露在鲁迅的论战范围之内了。

在上海，鲁迅和邵洵美的关系原本是很正常的。1933年2月，英国大文豪萧伯纳来上海，邵洵美自己出钱，在上海功德林饭店订了一桌素菜席，送到宋庆龄的府上，宴请萧伯纳。当时，参加这次宴席作陪的就有鲁迅以及蔡元培、林语堂等人。宴席结束后，又举行了一些活动。活动结束后，见鲁迅回去时没有车，邵洵美就用自己的汽车把鲁迅送回了家。

然而，这次事情过去半年后，邵洵美发表了一篇题为《文人无行》的小文章，鲁迅开始就邵洵美的这篇《文人无行》的小文章而持续写文章对邵洵美接连大加呵斥，说邵洵美是无耻的“富家儿”，“开一只书店，拉几个作家，雇一些帮闲，出一种小报”，就自以为是文学家了。

鲁迅写文章直指邵洵美的这场文坛官司，好多人都写过，而且，鲁迅写的这些直指邵洵美的文章都收到了他的文集里，很容易看到，而邵洵美写的那篇《文人无行》的小文章，到现在也可以看到了。邵洵美的《文人无行》是奚落当时上海滩上的“左倾”文人，比如

“……游学几年，一无所获，回国来仰仗亲戚故旧，编张报屁股，偶然写些似通非通的小品文。……离开学校，没得饭吃，碰巧认识了一位拔尖人物，一方面正需要宣传，一方面则饿火中烧：两情脉脉，于是一个出钱，一个出力，办个刊物捧捧场。”不过，对于鲁迅接连著文的呵斥，邵洵美并没有做出什么激烈的反应，其中的缘由不得而知。

五

邵洵美的女儿邵绡红历时十余载，在走访了当年曾与邵洵美有过接触的施蛰存、秦鹤皋、许国璋、萧乾以及项美丽等人后，于2005年出版了《我的爸爸邵洵美》一书。她曾谈到了邵洵美与徐志摩等人的交往。

“人们总以为邵洵美与徐志摩的深交缘于他们都是三十年代写作新诗的诗人。”邵绡红说，“实际上，我爸爸和徐志摩的相识，是一段鲜为人知的奇缘。”

故事始于1925年，当时年轻的邵洵美负笈英伦，在剑桥大学的伊曼纽学院攻读经济。暑假时，与他一同住在导师家里的留学生刘纪文邀他去巴黎，从而结识了张道藩、徐悲鸿及夫人蒋碧薇等一批在法留学生。奇怪的是，徐悲鸿等人一见到邵洵美就说他长得极像徐志摩，一个中国诗人，而在此之前，在剑桥市中心有个摆旧书摊的老人，每次见到他也总是问他是不是姓“Hsu”，说有个要翻译《拜伦全集》的中国人和他有着同样的面貌。邵洵美感到“一定是天意要把他和徐志摩拉在一起”。巧的是，没过几天，他和徐志摩竟在路上巧遇了。徐志摩一见邵洵美，就亲热地拉着他的手说：“弟弟，我找得你好苦!”原来，徐志摩也听到了许多关于邵洵美的事，也在四处打听他。

邵洵美后来与陆小曼一直有往来。解放后，还曾一起参加政协组织的活动。邵绡红回忆说，1957 年，她在南京上大学，有一次回家时，还碰上陆小曼前来邵家做客。“她和电影里的陆小曼完全不一样，我记得她写的字非常漂亮。”有一次，听说陆小曼要来，为了替她祝寿，囊中羞涩的邵洵美还托好友将一枚祖传的吴昌硕的印章代为转让，以筹得宴请之款。这枚珍贵的印章当时仅换了 10 元钱。

六

除了显赫的身世和传奇的人生，邵洵美最为人津津乐道的，还包括他与美国作家项美丽的一段恋情。当时，项美丽和邵洵美的爱情在 20 世纪 30 年代的文坛是公开的，也称得上是当时的一桩“倾城之恋”。

对于父亲与项美丽的这段感情，邵绡红并不讳言。她澄清了一些传记里强调邵洵美的财富和挥霍，以及这位白人女子是一位中国男人的“妾”的说法：“项美丽并不是我父亲的小妾，他们只是情人关系，是互相欣赏对方的文才而走到一起的。”在她看来，他们之间在文学上的来往与合作，比男女之情更深切一些。

1935 年，埃米莉·哈恩从美国来到上海，当时她的身份是美国《纽约客》杂志社的通讯记者。“那个年代，能涉足洋人生活圈子的中国人很少，我爸爸是其中之一。让埃米莉吃惊的是，她发现我父亲除了具有文学的天才外，还能用英文写诗。遇到这么一个能说一口纯正英语，又写得漂亮的中英文文章的中国同行，她能够很方便地去了解中国，而且结识了不少上海文化界的人士。”邵绡红说。邵洵美给埃米莉取了个中文名字“项美丽”，这是从她的英文名字音译过来的。

当时，项美丽的寓所在宁波路江西路口的一座大楼内，和邵家在同一个弄堂。邵绡红回忆说，在抗战期间，邵洵美和项美丽一起出版了中文版《自由谭》和英文版《Candid Comment》（《直言评论》），邵洵美经常前往项美丽的寓所，而项美丽和邵家上下相处得也很融洽。“她不是很妖艳的那种人，对人很亲热，穿着也很朴素，她喜欢带着她的宠物猴子。那时候我五六岁左右，经常和她一起去看电影，记得有一次我坐在她身上看电影，还尿在她身上了。”

邵绡红甚至觉得她母亲盛佩玉对项美丽也没有敌意，有一次项美丽的一只小猴子死了，还帮着她一起埋葬。邵洵美在出席笔会的各种活动时，陪伴身边的人常常是项美丽。盛佩玉也不干涉。

邵洵美是“八一三”事变当天下午 3 点方从上海杨树浦寓所逃出的，战争使邵的家产蒙受重大损失。为了挽救部分书和印刷材料，项美丽让邵洵美的一位律师朋友作证，证明她与邵洵美是夫妻关系，从而因为她的美国人身份，使得印刷设备得以从日本人手里搬出来。而邵洵美也成就了项美丽的事业，让她成名的《宋氏姊妹》一书，得以写成完全靠了邵洵美的牵线。原来宋霭龄是邵洵美的五姨妈的英文老师，因着这层关系，经由邵洵美的引介，项美丽得以和宋霭龄见面，并由宋霭龄劝服了宋庆龄和宋美龄两位姊妹让项美丽写她们的传记。项美丽花了几近两年的时间在香港与重庆两地和宋美龄共处了长段的时间。《宋氏姊妹》于1940年在美国出版，立刻引起轰动，之后，项美丽又将她在上海、重庆以及后来香港的战时经验写成了另一本畅销自传《我所知的中国》。不过，在1939年离开上海之后，项美丽从此结束了在邵洵美身边的日子，于1943年返回了美国。

1995年，为了搜集父亲的有关文章，邵绡红在美国拜访了项美丽。“那时她已经90岁了，胖了很多，但我还能认出她来。”她说，见面时，两人激动相拥。项美丽应她的要求，给她复印了1938年与邵洵美一起出版的《直言评论》月刊。使邵绡红惊讶的是，她在上面发现了毛泽东撰写的《论持久战》的英译文。虽然她与邵洵美只生活了5年，但她一生出版了52本书，其中有10本是写中国的。而10本中又有4本是以邵洵美为主角。

邵洵美生命中的另外一个重要的女性是盛佩玉，她是盛宣怀的孙女，比邵洵美大一岁。她四姑母的儿子就是邵洵美。因为盛家是个大家庭，子女很多，不在一起居住，平时很少见面。邵洵美与盛佩玉这对表姐弟是在陪送盛宣怀的灵柩到苏州安葬时才见面的。安葬好盛宣怀之后亲戚们都到杭州散心，住在清泰第二旅馆。邵洵美自从见到比自已年长一岁的盛佩玉之后，就陷入单相思。他在旅馆的走廊上偷偷为盛佩玉拍了张照片，接着又写了首《偶然想到的遗忘了的事情》，表露了他对盛佩玉的恋情。不久，又将他的本名“云龙”改为“洵美”，意取《诗经·郑风·有女同车》中的“佩玉锵锵，洵美且都”。这一举动更表明他对盛佩玉的钟情。

1923年邵洵美赴英留学前，乞求母亲向盛家求婚。之后，确定了这桩婚事。随后，他们拍了一张合影，作为订婚纪念。盛佩玉为邵洵美编织了一件白毛线背心。邵洵美为此写了一首《白绒线马甲》发表在《申报》上，作为对盛佩玉定情物的回报。

盛佩玉后来在自己的著作《盛氏家族·邵洵美与我》中回忆丈夫:“洵美给我的印象是个聪明的人。文字好，人长得并不俊，长脸，身材矮了些。家里人说他七岁就能对出他外公盛杏荪的对子。……原先我以为他们年龄比我大，故称他们为大表哥、二表哥。其实，洵美比我小一岁。云芝比我小四岁，她和我很好，所以我去了当然在她房中。谈话时间不多，洵美追求我，从名字上就知道了。因我名佩玉，他就将原名‘云龙’改为‘洵美’，意取《诗经·郑风》中《有女同车》的‘佩玉锵锵，洵美且都’之句。要家庭好，就首先要丈夫好。我便向洵美提出了条件：不可另有女人（玩女人）；不可吸烟；不可赌钱。他这时是很诚心的，答应能办得到。凡是一个人在一心要拿到这样东西的时光，是会山盟海誓的。我呢，当然是守他回来。我为什么提出这三件事呢，因为我的家里和他的家里危害性最大的就是这些，我心中反对的也是这些。”

在赴英途中，邵洵美每到一地，就选购精美的明信片，写上几句思念的短诗，寄给佩玉。回国后，又将这些短诗编成一本诗集《天堂与五月》出版，扉页上印有“赠给佩玉”几个字，使佩玉倍感爱的温馨。

1927 年 12 月，他们在上海大光明舞厅举行了盛大的婚礼。此后他们相濡以沫地走过了 41 年的旅程，直到 1968 年 5 月邵洵美在贫病交加的困境中永别了人间，盛佩玉为他举行了草草的丧礼。1989 年 9 月 24 日，盛佩玉逝世，享年 84 岁。

七

经邵绡红多年的搜寻，初步发现邵洵美的诗作百余篇、文章近三百篇、著作及译作十五部，大部分收入《邵洵美系列作品》。邵洵美生前出版过三本诗集，分别是1927年的《天堂与五月》，1928年的《花一般的罪恶》及1936年的《诗二十五首》，此次收入《诗歌卷·花一般的罪恶》中；邵洵美小说中最值得注意的是两大“类型小说”，即“赌博小说”和“影射小说”，前者以《赌》《赌钱人离了赌场》《三十六门》和《输》为代表，后者以《贵族区》《安慰》和《玛女士》为代表，此次收入《小说卷·贵族区》之中。陈子善先生认为，其“文学史价值是毋庸置疑的，理应纳入中国现代文学史家的研究视野”；《一个人的谈话》为“邵洵美作品系列”艺文闲话卷。作者写过很多关于文艺方面的评论，本书收集的是其中精华部分。最为令人注目的是作者称为“有连续性的备忘录”的《一个人的谈话》，被沈从文称赞为“诗一般的散文”；《一朵朵玫瑰》为“邵洵美作品系列·译作卷”，收录所译诗集《一朵朵玫瑰》《琶亚词侣诗画集》和《我的死了的生活的回忆》《和尚的情史》《逃走了的雄鸡》等十余篇短篇小说，及戏剧《夫妇之间》，并附有邵译长篇译作存目。

邵洵美的译文以畅达妥帖的文字贴合原文，精准地传达了原著的意趣。其翻译水平高超，享誉中外，以致时有“北查（查良铮）南邵（邵洵美）”之说。此外，还有《随笔卷·不能说谎的职业》《回忆录·儒林新史》《编辑随笔卷·自由谭》《时评卷·时代讲话》。他的文学成就毋庸置疑。

邵洵美在近代中国的出版事业中有什么样的贡献呢？

自1928年到1950年的22年中，邵洵美的全部精力都用在了出版事业上。先成立金屋书店，后是上海时代图书公司，再是第一出版社。为徐志摩、郁达夫、胡适、沈从文、巴金、老舍、潘光旦、施蛰存、陶亢德、章克标、张若谷、滕固、朱维琪以及夏衍等一大批朋友出了书。他先后办了《狮吼》、《金屋》月刊、《时代画报》、《时代漫画》、《时代电影》、《文学时代》、《万象》月刊、《论语》半月刊、《十日谈》旬刊、《人言》周刊、《声色画报》，达11种之多。还和友人合作出版过《新月》月刊、《诗刊》。

著名画家黄苗子说：“《时代画报》《时代漫画》和《万象》对中国漫画的发展起很大的作用，漫画的发展也影响到绘画的发展。如果没有洵美，没有时代图书公司，中国的漫画不会像现在这样发展。”

1934年至1935年期间，他同时出版的刊物有七种，每隔五天便至少会有两种期刊面世。邵洵美把开书店、出刊物作为终生事业去追求，娱人悦己，不以谋利为旨，常在亏损累赔的情况之下亦倾注全部心血和财力去经营。伴随着“一·二八”事件，邵洵美及时创办《时事日报》，反映民众的抗战呼声，唤起全国人民同仇敌忾的抗日情绪。邵洵美散尽万金，出版了诸多的报刊和书籍，这在中国近代史上是无人可与匹敌的。全国解放后，他搞出版、办书店的热情不减。直至出版社停止经营后，才埋头于翻译工作。

八

解放前夕，胡适曾为邵洵美定了两张赴台机票，但是，邵洵美以不忍离开家人，以及工厂无法处理为由婉谢。邵洵美的朋友、国民党外交部长叶公超得悉后，说服国民党的海军部门用军舰带邵家的人与机器一道迁台，邵洵美也谢绝了。主要原因是，此前好友罗隆基已向他细述了中共对待知识分子的政策，他相信自己以前的所作所为是有目共睹的，共产党来了，他也会有出路的，因此他静等上海解放。

不幸的是，邵洵美在1958年终因一封向项美丽索要借款的英文信，以“历史反革命”罪名被逮捕审查。在监狱，邵洵美与因胡风案入狱的作家贾植芳成了“狱友”。邵洵美在放风时偷偷告诉贾：“贾兄，你比我年轻，你还可能出去，我不行了，等不到出去了。”他郑重交代贾植芳，将来出来的话，有机会要为他写篇文章帮他澄清两件事，那就死而瞑目了。第一，1933年英国作家萧伯纳来上海，是以中国笔会的名义邀请的。邵洵美是世界笔会中国分会的秘书，萧伯纳不吃荤，吃素，他就在南京路上的“功德林”摆了一桌素菜，花了46块银圆，是邵洵美自己出的钱。因为世界笔会只是个名义，并没有经费。但是后来大小报纸报道，说萧伯纳来上海，吃饭的有蔡元培、宋庆龄、鲁迅、林语堂……就是没有写他。他说：“你得帮我补写声明一下。还有一个事，就是鲁迅先生听信谣言，说我有钱，我的文章都不是我写的，像清朝花钱买官一样‘捐班’，是我雇人写的。我的文章虽然写得不好，但不是叫人代写的，是我自己写的。”

贾植芳和邵洵美“同监”四个月，后来被调走。但他一直记着邵洵美在狱中叫他帮忙澄清两件事。1989 年贾植芳果然写了篇文章登在《上海摊》杂志上，算是践约。

1962 年 4 月，邵洵美被无罪释放。随后，厄运又降临在他身上。备受凌辱之后，他悲痛欲绝，1968 年 5 月 5 日，在医院的他服药结束了生命。1985 年 2 月，邵洵美的“历史反革命案”正式平反。

第12篇 鲁迅与亲兄弟周作人的反目成仇

周作人（1885—1967），原名櫆寿（后改为奎绶），字星杓，又名启明、启孟、起孟，笔名遐寿、仲密、岂明，号知堂、药堂、独应等。浙江绍兴人，是鲁迅（周树人）之弟，周建人之兄。中国现代著名散文家、文学理论家、评论家、诗人、翻译家、思想家，中国民俗学开拓人，新文化运动的杰出代表。

历任国立北京大学教授、东方文学系主任，燕京大学新文学系主任、客座教授。新文化运动中是《新青年》的重要作者，并曾任“新潮社”主任编辑。五四运动之后，与郑振铎、沈雁冰、叶绍钧、许地山等人发起成立“文学研究会”；并与鲁迅、林语堂、孙伏园等创办《语丝》周刊，任主编和主要撰稿人。曾经担任北平世界语学会会长。

一

在鲁迅的个人生活中，有两件事对他的打击是沉重的。一个是他的婚姻生活，另一个就是与弟弟周作人的失和。鲁迅生前一直不愿意向别人谈及此事，他默默地承受着，长久地牺牲自我，这使鲁迅陷入了人生最大的哀痛中。对一个具有鲜明现代意识的人来说，这种家庭的不幸本身，使鲁迅有着更深的悲剧色彩。

对于两个当事人来说，这是一个很可怕的记忆，周氏兄弟后来对此都闭口不谈。

鲁迅与周作人的分手，是1923年7月19日。那日，周作人给鲁迅递来一封断交信。信中说：

“鲁迅先生：我昨天才知道，——但过去的事不必再说了。我不是基督徒，却幸而尚能担受得起，也不想责谁，——大家都是可怜的人间。我以前的蔷薇的梦原来都是虚幻，现在所见的或者才是真的人生。我想订正我的思想，重新入新的生活。以后请不要再到后边院子里来，没有别的话。愿你安心，自重。”

而在此前的一天，鲁迅的日记中有这样的话：“上午启孟自持信来，后邀欲问之，不至。”

更在此前五天的鲁迅日记有过这样一段文字：“是夜始改在自室吃饭，自具一肴，此可记也。”

事情发展得这样突然，是旁观者始料不及的。他们的好友张凤举和川岛对此事略知大概，但均语焉不详。许多年后，许寿裳著《亡友鲁迅印象记》，谈及兄弟俩的冲突，文章写道：

鲁迅爱住北平，但是他的西三条胡同住屋，是出于不得已而经营的。他原来在1919年把绍兴东昌坊口的老屋和同住的本家共同售去以后，就在北平购得公用库八道湾大宅一所，特地回南去迎接母太夫人及家眷来住，这宅子不但房间多，而且空地极大。鲁迅对我说过："我取其空地很宽大，宜于儿童的游玩。"我答："诚然，简直可以开运动会。"鲁迅那时并无子息，而其两弟作人和建人都有子女，他钟爱侄儿们，视同自己的所出，处处实行他的儿童本位的教育。

……

鲁迅对于两弟非常友爱，因为居长，所有家务统由他自己一人主持，不忍去麻烦两弟。他对于作人的事，比自己的还要重要，不惜牺牲自己的名利统统来让给他。作人的妻羽太信子是有歇斯底里症的。她对于鲁迅，外貌恭顺，内怀忮忌。作人则心地糊涂，轻听妇人之言，不加体察。我虽竭力解释开导，竟无效果。致鲁迅不得已移居外客厅而他总不觉悟；鲁迅遣工役传言来谈，他又不出来；于是鲁迅又搬出而至砖塔胡同了。从此两人不和，成为参商，一变从前"兄弟怡怡"的情态。这是作人一生的大损失，倘使无此错误，始终得到慈兄的指导，何至于后来陷入迷途，洗也洗不清呢？

鲁迅搬出以后，就借钱购得西三条的房子，是一所小小的三开间的四合式。北屋的东间是母太夫人的房，西间是朱夫人的房。

南屋是他的藏书室。说起他的藏书室，我还记得作人和信子抗拒的一幕。这所小屋既成以后，他就独自个回到八道湾大宅取书籍去了。据说作人和信子大起恐慌，信子急忙打电话，唤救兵，欲假借外力以抗拒；作人则用一本书远远地掷入，鲁迅置之不理，专心检书。一忽儿外宾来了，正欲开口说话，鲁迅从容辞却，说这是家里的事，无烦外宾费心。到者也无话可说，只好退了。这是在取回书籍的翌日，鲁迅说给我听的。我问他："你的书全部都已取出了吗?"他答道："未必。"我问他我所赠的《越缦堂日记》拿出了吗?他答道："不，被没收了。"

鲁迅毕竟是伟大的，他受了种种诬蔑委屈，搬出了八道湾，又生了一场病，而对于作人和信子的事，日记上却一字不提。这是笔者在他死后数个月，为的要赶撰年谱，翻阅他的日记才知道的。

周作人对许寿裳的解释，颇为不满。谈及与鲁迅的决裂，他说："这回讲到1923年与鲁迅失和的事件，因为要说明我不辩解的态度，便想到那篇东西可能表明我的理论，所以拿来利用一下，但那些陪衬的废话本来是多余的；我所要的其实只是最末后的一节罢了。关于那个事件，我一向没有公开说过，过去如此，将来也是如此，在我日记上7月17日项下，用剪刀剪去了原来所写的字，大概十个，8月2日记移住砖塔胡同，次年6月11日的冲突，也只简单地记着冲突，并说徐、张二君来，一总都不过十个字。这里我要说明，徐是徐耀辰，张是张凤举，都是那时北大教授，并不是什么'外宾'，如许季弗所说的，许君是与徐、张二君明白这件事的内容的人，虽然人是比较'老实'，但也何至于造作谣言，和正人君子一辙呢?"

不辩解，是高明人的做法，这里有人间最深切的无可奈何之感。周氏兄弟对此的感悟，是异常悲凉的，这对双方都是巨大的打击。先前的一切友爱、温暖、亲情，在瞬间变成了粉末。遥想当年，两人手足之爱，同游东瀛，共译洋文，后辗转京城，于"五四"风潮中并肩呐喊。而今却各自东西，目不相视，形同路人，确是人间的大悲苦。

二

鲁迅与周作人分手后，两人均给已去了上海的三弟周建人去信，但周建人的态度很明朗，站在了鲁迅一边。周建人理解鲁迅，恐怕也是对哥哥周作人的那位日本夫人羽太信子的看法与大哥意见一致。细说起来，周氏兄弟的分手，就经济上的角度看，也是必然的。本来共同生活在一个大家族里的亲人们之间产生摩擦是不可避免的事。周作人的羽太信子在生活上不注意节俭，花销颇高，搞得一大家人在经济上颇为紧张。

周建人后来对此有过回忆：鲁迅在教育部的薪金每月300元，还有稿费、讲课费等收入，周作人也差不多。这比当年一般职员的收入，已高出十多倍，然而月月亏空，嚷着钱不够用。在绍兴，是由我母亲当家，到北京后，就由周作人之妻当家。日本妇女素有温顺节俭的美称，却不料周作人碰到的却真是个例外。她并非出身富家，可是气派极阔，挥金如土。家中有管家齐坤，还有王鹤拓及烧饭司务、东洋车夫、打杂采购的男仆数人，还有李妈、小李妈等收拾房间、洗衣、看孩子等女仆二三人。孩子上学，雇有专门的黄包车夫。遇有家人偶感风寒，必延请索价不菲的日本医生。更奇怪的是，她经常心血来潮，有时饭菜烧好，忽然想起要吃饺子，就把一桌饭菜退回厨房，厨房里赶紧另包饺子……这种种花样，层出不穷。鲁迅不仅把自己每月的全部收入交出，还把多年的积蓄赔了进去，有时还到处借贷，自己甚至弄得夜里写文章时没有钱买香烟和点心。

从当时鲁迅兄弟的收入情况看，600个大洋折合成现时的人民币约为3万元，怎么看都是白领阶层，只要安排得当，一家人的日子会过得舒适安逸。然而，羽太信子除了肆意挥霍外，根本不会持家。至于周作人，从不问这类凡间俗事，一头扎进他的“苦雨斋”，潜心治学。虽然周作人的生活是比较讲究一些，但还不至于这样。但周作人任他的妻子挥霍，不敢讲半句不是。早在辛亥革命前后，他携带家眷回国居住绍兴时，他们夫妇间有过一次争吵，结果女方歇斯底里症大发作，周作人发愣，而他的郎舅、小姨都指着他破口大骂，从此，他不敢再有丝毫的“得罪”，相反，他却受到百般的欺凌虐待，甚至被拉着要他到日本使馆去讲话。平日里，一讲起日本，她总是趾高气扬，盛气凌人；讲到支那，都是卑贱低劣。而周作人只求得有一席之地，可供他安稳地读书写字，对一切都抱着息事宁人的态度，逆来顺受。

鲁迅从兄长的角度出发，当然不能容忍羽太信子如此挥霍无度，待至后来，因校方拖欠，他的薪水往往不能按时交出来，一家人的开支无形中短出了一截，加之他曾数度规劝弟媳，于是，矛盾便不可避免地发生了。

与周作人的决裂，对鲁迅的打击是巨大的。他忍着屈辱，搬出了八道湾。婚恋的悲剧与兄弟的失和，在鲁迅身上投下了深深的阴影。他变得更加沉默寡言起来，家庭的概念已经彻底瓦解了。这位在新文化舞台驰骋的猛将，第一次感到生活的重负要把他拖垮了。在这一年的8月，鲁迅迁居到砖塔胡同六十一号暂住，不久，为了安慰母亲，他不得不向朋友借钱，在阜成门内西三条买下了一处房子。从此，他与多年相亲相爱的周作人，永远地分手了。

三

有人说，男人的拯救，有时是要依靠女人的。鲁迅与周作人分手的最大收获，是重新选择了生活。如果不是与二弟闹翻，他或许还在旧路中徘徊着。鲁迅后来之所以有了振奋精神、勇敢生活的勇气，在于他选择了生活的新的伴侣，最终在爱情中得到了一次人性的升华。1925 年 3 月，鲁迅结识了自己的学生许广平，开始了通信的交往。这是他一生的重大转折。如果不是这位女性在他的生活中出现，他后半生的状况，或许更坏。一个多月后，鲁迅与许广平的情感由师生渐向情侣的方向发展。随后不久，双方都投入了热恋之中。这时鲁迅已是人过中年了。被强烈的传统所压榨的鲁迅，带着沉重的历史重负，果敢而艰难地迈出了爱的一步："我先前偶一想到爱，总立刻自己惭愧，怕不配，因而也不敢爱某一个人，但看清了他们的言行思想的内幕，便使我自信我决不是必须自己贬抑到那么样的人了，我可以爱！"

鲁迅的这一选择，透着苍凉的悲壮，也带着雄浑的生命内驱力。1926 年，他的南下，实在是爱情的缘故。他们预计暂时分手一段时间，再投入新的生活。但这却在社会上引起不小的风波，文坛上围绕鲁迅的私生活，时有讽刺之语。

最为令人难解的，是周作人对鲁迅的婚姻选择持一种蔑视的态度。在他看来，鲁迅与许广平的同居，乃色情心使然，系旧文人纳妾之举。一贯主张个性自由和健康性道德的周作人，此时竟不容忍自由恋爱的人生之旅。舒芜先生在《周作人对鲁迅的影射攻击》一文中，曾例数周作人在爱情婚姻上对鲁迅的诸多讽刺，颇为详备。

周作人在《中年》《志摩纪念》《周作人书信·序言》《论妒妇》《责任》《蒿庵闲话》等文章中，不指名地挖苦鲁迅多妻、纳妾、色情等，这样的恶语，在他一生中是少见的。晚年，周作人在致友人徐的信中，为自己当汉奸辩解时亦说，自己的两个兄弟，均抛下前妻不管，他要照料云云，把鲁迅、周建人的再婚看成“弃妻”。羽太信子也把鲁迅与许广平同居之事，看成多妻的行为。《两地书》中，鲁迅记有羽太信子在朱安和鲁瑞面前，讲鲁迅、许广平坏话的字样，想必周作人夫妇对鲁迅择偶的不满之情，甚为深切。

其实，周作人在男女爱情上，是很明义理的人，他深知自由恋爱乃人类的进化。但为什么偏偏对鲁迅如此苛刻呢？这里面应该说一方面仍然有因周作人的夫人羽太信子的缘故而结下的怨恨；另一方面，是从鲁迅原来的妻子朱安的角度考虑问题，觉得朱安太可怜。周作人曾认为，爱是不能给他人带来痛苦的，否则，便是非道德之举。鲁迅南下的过程中，周作人同情的是朱安，在他看来，鲁迅此举，多源于欲，而非爱。此事拯救的是鲁迅，牺牲了的是朱安。所以他在许多文章里，痛骂中国的多妻主义。

包办婚姻及至晚清在中国仍是一种普遍性的传统习俗，这其中很难谈得到什么爱情。按照当时最新潮的观念来说，一个人和自己不爱的人生活在一起当然是痛苦，从人性的理论看，亦无道德可言。不过，对于像鲁迅这样一个有深切痛感的人而言，选择自己的爱，现代人固然可以理解的。问题是朱安没有这种选择的自由，她便成了真正的牺牲品。这确实算得上是一个残酷的选择。也可见，人要在自我超越中达到“自他两利”是多么的艰难！在鲁迅的内心深处，或许也有这种无奈吧？

第13篇 鲁迅与“四条汉子”的纠葛

“四条汉子”一词乃鲁迅对周扬、夏衍、阳翰笙、田汉四人的一句调侃之词，后来却成了“文革”时期四人的罪名，历史的真实是什么？鲁迅为什么与以上四人产生矛盾呢？周扬前文已有介绍。其他三人简历如下：

夏衍（1900—1995），原名沈乃熙，字端先，浙江杭州人。中国著名文学、电影、戏剧作家和社会活动家，中国左翼电影运动的开拓者、组织者和领导者之一。五四运动中编辑了进步刊物《浙江新潮》。1915 年公费留学日本，入明治专门学校学电工技术。留学期间接触日本共产党，参加日本工人运动和左翼文化运动，1927 年被驱逐回国，同年加入中共。1929 年，鲁迅等筹建“左联”，任执行委员，后发起组织中国左翼戏剧家联盟。新中国成立后历任上海市委常委、宣传部长、文化部副部长、中国文联副主席、中日友协会长、中顾委委员、全国人大代表、全国政协常委。著作有：《心防》《法西斯细菌》，话剧剧本《秋瑾传》《上海屋檐下》，报告文学《包身工》等。创作和改编的电影剧本有：《狂流》《春蚕》《祝福》《林家铺子》等。

阳翰笙（1902—1993），编剧、戏剧家、作家，中国新文化运动先驱者之一，原名欧阳本义，字继修，笔名华汉等，四川高县人。毕业于上海大学社会学系，1927年底参加创造社。1928年初起陆续发表小说，并撰写宣传马克思主义和革命文艺理论的文章。1933年以《铁板红泪录》开始电影创作，后著有《中国海的怒潮》《逃亡》《生之哀歌》《生死同心》《夜奔》《草莽英雄》等作品。抗战期间曾任国民政府军事委员会政治部第三厅主任秘书、文化工作委员会副主任、中国电影制片厂编导委员会主任等职。1949年以后曾任中国文联秘书长、副主席等职。

田汉（1898—1968），学名寿昌，笔名田汉、陈瑜、伯鸿、汉儿倚声、首甲、绍伯、漱人、陈哲生、明高、嘉陵、张坤等，湖南省长沙县人。剧作家、小说家、诗人、文艺批评家、文艺活动家，中国现代戏剧三大奠基人之一。他创作歌词的歌曲《万里长城》的第一段后来成为中华人民共和国国歌《义勇军进行曲》的歌词。早年留学日本时曾自署为“中国未来的易卜生”。

一

“去年的有一天，一位名人（即夏衍）约我谈话了，到达那里，却见驰来了一辆汽车，从中跳出四条汉子……”

这是鲁迅在《答徐懋庸并关于抗日统一战线问题》这篇文章中的一段描述，也成了“四条汉子”（田汉、周扬、夏衍、阳翰笙四人）一词的来由。

其中，鲁迅与“四条汉子”中的周扬之前的纠葛已在前篇单独叙述，这里主要说的是鲁迅在当年与田汉、夏衍、阳翰笙三个文化名人之间发生的故事，以及“四条汉子”事件的来龙去脉。

二

事情发生在1934年10月。当时，由于执行中共内部“左倾机会主义”的错误方针，使位于上海的中共中央组织机关遭到了国民党当局毁灭性的破坏。在左联方面，原来负责与鲁迅联系的冯雪峰此时调到了苏区，而左联的另几位负责人周扬、夏衍、阳翰笙则认为，在这个特殊的时期，有必要继续与鲁迅加强联系。

1934年10月的一天，凉爽的秋风从黄浦江面阵阵掠过，轻风拂面，给人一种难得的惬意。在上海爱文义路的一个弄堂里，时任左联党团书记的周扬敲开了另一位左联负责人夏衍住所的门。此前，因叛徒出卖，上海中央局经历了第二次大破坏。故而，夏衍、周扬等人均分头隐蔽，联系的频率亦相对降低。当周扬突然出现在夏衍面前时，夏衍还真有些意外。

周扬此行是有一个计划要同夏衍商量。不久前，分别担任左联“文委”及“文总”党团书记的阳翰笙向周扬建议：“自从冯雪峰走后，好久没有向鲁迅报告工作了，是否近期约个时间一同去向鲁迅报告一次工作?”当时，冯雪峰在上海时与鲁迅联系较多，左联的很多活动都是冯雪峰向鲁迅请示以及通报的。自从冯雪峰走后，这样的联系已中断近一年了。

周扬听了阳翰笙的话，也认为很有必要与鲁迅作一次沟通，否则，长时间不联系，除了不利工作外还易产生误会。于是周扬找到了夏衍，希望他先与鲁迅联系一下，约定好双方见面的相关事宜。周扬还特地强调了这次去见鲁迅的仅阳翰笙、周扬、夏衍三人。

次日，夏衍便只身来到上海北四川路的内山书店，希望通过书店老板内山完造约见鲁迅。恰巧的是，这天鲁迅本人也到书店来了。于是夏衍便在内山书店内向鲁迅转达了周扬的意思。鲁迅表示同意。约定双方见面的时间在下一个星期一的下午，地点仍然是内山书店。

到了约定的这天，夏衍便在其住处等待周扬和阳翰笙的到来。结果有一件事出乎夏衍的意料，来的不是两人，而是三人。除了周扬、阳翰笙外，还多了一个田汉。晚年，夏衍在其《懒寻旧梦录》回忆当时的情形：“当时我就有一点为难，一是在这之前，我已觉察到鲁迅对田汉有意见。加上田汉是个直性子人，口没遮拦，也许说出使鲁迅不高兴的话来。而我和鲁迅只说了周、阳二人向他报告工作，没有提到田汉。可是已经来了，又有什么办法叫他不去呢?”

夏衍心有顾虑，但碍于田汉在场不好多说，于是便一同坐车到了内山书店。一行人到达书店时，鲁迅已先于他们在书店里了。当时书店内有几个日本人在看书，夏衍觉得人多谈话不便，便对鲁迅说："这儿人多，对面有一个咖啡馆，我们到那边去坐坐吧?"

"事先没有约好的地方，我不去。"鲁迅口气有些冷淡。显然，鲁迅看到原计划外多来的一人，并不愉快。

夏衍心里不免嘀咕：事先没约好的地方不去，是否也意味着事先没约好的人不见呢?

这时，书店老板内山完造适时地缓解了气氛。他说："就到后面会客室去坐吧，今天刚好还有一些刚从日本带来的点心。"这是一间典型的日本式会客式，整个风格设计带有鲜明的日本特色。他们在会客室坐下后，内山随即送来了一些茶点。

关于这次左联方面向鲁迅汇报工作，夏衍后来是这样回忆："开始，阳翰笙报告了一下'文总'这一段时期的工作情况，大意是说尽管白色恐怖严重，我们各方面的工作还是有了新的发展，他较详细地讲了戏剧、电影、音乐方面的情况，也谈了沪西、沪东工人通讯员运动的发展；接着周扬作了一些补充，如已有不少年轻作家参加了左联等等。鲁迅抽着烟，静静地听着，有时也点头微笑。"可见，当时的气氛还是较为融洽的。

听到左联的队伍在发展，特别是年轻人的加入，鲁迅的心情显得非常的好。但就在周扬谈年轻作家的时候，田汉的话插了进来，气氛骤然发生了变化。"胡风这个人靠不住，政治上有问题。"田汉很率直地、无所顾忌地脱口而出，"请先生不要太相信这种人。"

"政治上有问题?你是听谁说的?"鲁迅闻言很不高兴，脸色非常严肃。

“听穆木天[1]说的，”田汉回答。

“穆木天是‘转向者’，‘转向者’的话你们相信，我不相信。”鲁迅显然对田汉的话已很反感了。瞬间，空气仿佛有些凝固。田汉见此亦不再多言。

在这里不得不对胡风的所谓政治问题以及“转向者”穆木天作一个交代。

胡风从日本回国后不久即在中山文化教育馆供职。文化教育馆是个非官方的民间文化教育机构，由孙中山的长子孙科主办。胡风曾将此情况专门向左联党团书记周扬以及茅盾等人汇报过，他们均同意胡风兼那边工作。胡风的这段经历本来并不保密，也没引起什么异议，但却因穆木天的缘故而使问题复杂化了。

穆木天为文学团体“创造社”成员，早年留学日本，1931 年加入左联，在早期左联中是十分活跃的左翼诗人。1934 年夏，穆木天突然被捕。在狱中，穆木天写了自首书，并与汪汉雯、刘智民一同在《申报》上发表了《左联三盟员脱离关系宣言》，不久获释。由于穆木天此前在左联与胡风有些成见，出狱后曾放话，胡风是南京派来的内奸的谣言。他的根据是，在狱中主审官审问他时，什么人都问了，就是没提到胡风。在当时无法查证的情况下，左联一些领导人对胡风产生了怀疑。

胡风左联身份暴露后，在中山文化教育馆难以为继，于是他不得不辞去此职。胡风对穆木天的谣言非常气愤，他专门找到周扬，

---

① 穆木天（1900—1971），原名穆敬熙，吉林伊通县靠山镇人，中国现代诗人、翻译家，象征派诗人的代表人物。毕业于南开中学、日本东京大学，1921 年参与创建创造社，1931 年在上海参加左联，负责“左联”诗歌组工作。

要求左联组织澄清穆的谣言。胡风当时任左联行政书记，这样的要求也是正当的，否则他无法工作。但周扬既没有否定穆木天的诬告，也不作任何安抚性的表示，只告诉胡风，因为工作关系，他要搬家了，而且也没有告知新的地址。这无疑意味着对胡风的不信任。周扬的态度刺伤了胡风的自尊心，他很快便宣布辞去左联行政书记，将工作移交给了田汉。

以后胡风专门跑到鲁迅家中报告了事情的经过。鲁迅沉默半响后说："只好不管它，做自己本份的事，多用用笔……"此后，胡风得到了中共中央特科的信任，成为了中共与鲁迅之间联系的"机要交通员"。鲁迅原来对胡风遭遇即有不平，自此更加信任胡风。

有一次，茅盾对鲁迅说胡风形踪可疑，与国民党有关系，而且告诉鲁迅这消息来自于陈望道、郑振铎，是他们从南京方面的熟人听来的。据茅盾讲："鲁迅当时听了我的话，脸色一变，就顾左右而言它。从此以后，我就无法与鲁迅深谈了。"

了解了这一背景，则不难理解鲁迅当时听到田汉对胡风的指责后所表现出的态度了。

当然，田汉也非为个人恩怨而怀疑胡风，他只是出于一个地下工作者的警惕性，并且为鲁迅担心。但是，田汉的话事实上是对胡风极不负责任的，而且造成的伤害也是很大的。幸好鲁迅并没有因此受到影响，并且始终保持着对胡风的信任。

这次周扬、夏衍、田汉、阳翰笙与鲁迅见面，虽说中间因田汉的插话而使气氛有些紧张外，但基本上还比较正常，特别是最后的氛围还比较和谐。

临别时，鲁迅从口袋里掏出一张一百元的支票交给周扬说："前清时候花钱可以捐官、捐差使，现在我身体不好，什么事也帮不了忙，那么捐点钱，当个‘捐班作家’吧。”鲁迅的调侃令在场者不禁失笑。鲁迅甚至在严肃的左派理论家面前，仍以捐钱的方式表示了自身的风趣与幽默。

但一年多后，随着鲁迅与左联领导人周扬、夏衍等人的裂隙加深，特别是在左联解散问题上以及关于“两个口号”的公开论争中，这种矛盾则进一步尖锐化、公开化。又因为左联最后一任行政书记徐懋庸的一封公开信，最终导致鲁迅对左联领导人的不满和失望。这种不满和失望，他在答徐懋庸的公开信中充分地表露出来，其中特别提到了一年多前与周扬、夏衍、田汉、阳翰笙在内山书店的那次见面。鲁迅显然是带着很大的反感来描述的：

“……去年的有一天，一位名人（即夏衍）约我谈话了，到得那里，却见驶来了一辆汽车，从中跳出四条汉子：田汉、周起应(即周扬)，还有另外两个，一律洋服，态度轩昂，说是特来通知我：胡风乃是内奸，官方派来的。我问凭据，则说是得自转向以后的穆木天口中。转向者的言谈，到左联就奉为圣旨，这真使我口呆目瞪。再经几度问答以后，我的回答是：证据薄弱之极，我不相信，当时自然不欢而散……”

这便是影响深广特别是文革期间使用频率极高的“四条汉子”的典出所在。这里不难读出鲁迅对四人的不满和嘲讽，而且是把他们作为左联的代表。

鲁迅与“四条汉子”同为左翼文艺阵线的领导者，为什么会有如此深的矛盾呢？原因是多方面的：在当时白色恐怖下，环境恶劣，联系不便，再加种种小道消息的传播和恶意谣言的挑拨，容易产生误会，而一旦产生误会又极不易消除。当时周扬等左联领导人都很年轻，缺乏一定的斗争经验，另外还有脱离实际的“左”的倾向，将左联变成党的组织，对鲁迅不够尊重。鲁迅看问题比他们深刻，他们反而不以为然，因而给鲁迅以“好唱高调、善搞宗派”的印象。另外，在历史转折过程中，左翼文艺阵线从反蒋的阶级斗争转向抗日的联合战线，大家都面临着种种复杂的矛盾，“左”的、“右”的倾向交织存在，宗派主义、门户之见亦在所难免，故不可避免产生分歧。当然还有性格上的一些原因。

三

在“四条汉子”中，鲁迅与田汉交往最早，这也许是因为田汉是早期创造社成员的缘故。但鲁迅对田汉的印象却特别的不好。

早在1921年8月29日鲁迅致周作人的信中就说过：“我近来大看不起郭沫若田汉之流。”缘何看不起，不得而知，文人意气恐怕多少有点。夏衍也曾提到过：“我曾不止一次地听到过鲁迅对田汉有不好的印象。”鲁迅甚至对田汉的为人方式、性格作风也是有微词的。

田汉性格浪漫多性、狂放粗疏、率性而为，“才子”气颇重，这种性格与深沉、冷峻的思想家鲁迅反差颇大。鲁迅对田汉的放达张扬难以接受。田汉小鲁迅17岁，算是晚辈。鲁迅对年轻人一向是较为宽容的，但田汉是左联成立时的七人常委之一，又是左翼戏剧界的领导人，故而鲁迅对他即不以普通年轻人视之。

一次，内山完造在一家闽菜馆设宴欢迎日本左翼作家、日本无产者艺术联盟委员长藤森成吉，鲁迅、茅盾、田汉、夏衍等应邀作陪。酒过三巡，田汉酒酣耳热、高谈阔论。因为席间客人是日本朋友，便引出了他大谈日本唯美主义和恶魔主义作者谷崎的话题。田汉很带感情地讲起与谷崎的交游以及对谷崎作品的分析，并且介绍自己刚刚译完的谷崎的小说《人与神之间》等。这时的田汉情不自禁，手舞足蹈、口若悬河。藤森成吉对谷崎并没有田汉那样的兴趣，但出于礼貌，只有频频点头。而一旁鲁迅的脸色却早已不好看了。夏衍察言观色，有些为田汉着急。但兴头上的田汉依然谈兴不减。“看来又要唱戏了。”鲁迅低声对夏衍说。鲁迅说完此话即起身告辞而退，在座宾主的难堪可想而知。

当时鲁迅对田汉仅仅是一种不满，而以后发生的“《社会月报》事件”则导致了鲁迅对田汉的愤怒。

1934年8月的《社会月报》开篇刊登了鲁迅给作家曹聚仁的信，此信原为鲁迅给曹的私人信件，曹后来交给陈灵犀在其主编的《社会月报》上发表。凑巧的是，这个刊物在同一期还刊登了被鲁迅称为“革命小贩”杨邨人的《赤区归来记（续）》。杨邨人原为左翼作家、第一任“剧联”党团书记，1932年宣布脱离共产党。他的《赤区归来记》一文中提到了一对革命夫妇，并将他们的名字如实写出。田汉认为这是公开告密，是造成这对夫妇以后被捕的直接原因。田汉为了打击杨邨人、阻止《社会月报》继续刊载杨文，想出了一条自以为得意的“妙计”，即使用“责备贤者”的激将法。

田汉化名“绍伯”在《大晚报》的《火炬》副刊上发表了《调和——读〈社会月报〉八月号》一文，说鲁迅之信与杨邨人之文同登一刊是一种“调和”，并挖苦地说：“鲁迅先生似乎还‘嘘’过杨邨人氏，然而他却可以替杨邨人氏打开场锣鼓，谁说鲁迅先生气量窄小呢?”

田汉此说当然是毫无道理。鲁迅的信被别人拿去发表，同杨邨人的文章放在同一期刊上，他自己是不知情的，这怎么是鲁迅替杨邨人“打开场锣鼓”呢？且鲁迅对杨邨人脱离共产党、并从左联变成“第三种人”是非常鄙视的，他在《答杨邨人先生公开信的公开信》中，对杨邨人进行了淋漓尽致的批驳。田汉以一个十分牵强的理由称鲁迅与杨邨人“调和”，这就难怪鲁迅动怒了。特别是当他知道“绍伯”即田汉后，怒气可想而知。

当时田汉正在编《戏》周刊，于是鲁迅便在给《戏》周刊的信中说：

“……我并无此种权力，可以禁止别人将我的信件在刊物上发表，而且另外还有谁的文章，更无从预先知道，所以对于同一刊物上的任何作者，都没有表示调和与否的意思；但倘有同一营垒中人，化了装从背后给我一刀，则我的对于他的憎恶和鄙视，是在明显的敌人之上的。”

鲁迅视田汉此举为同一营垒中人所给予的“背后一刀”，因此对他则更加“憎恶和鄙视”。

田汉没想到他的文章引出了这么个结果。按照他原来的设计，他有意“冤枉”一下鲁迅，鲁迅即会向《社会月报》主编陈灵犀或擅自要发表此信的曹聚仁抗议，以达到打击杨邨人并停发其文的目的。田汉的这一初衷在其后他写给鲁迅的信中表达得非常清楚。但事与愿违，虽然《社会月报》因此停刊了杨邨人文章，而鲁迅的态度使田汉心殊不安。迫于压力，田汉在《致〈戏〉周刊编者信》中解释“绍伯”是他的一个表弟，是一个“纯洁而憨直的青年”，其文章的用意“绝不在从暗地里杀谁一刀，他没有任何那样的必要，何况是对于鲁迅先生从来是很敬爱的”。田汉又说：“‘文坛消息家们’却颇有拈起这个做挑拨离间的材料。这次是甚至也射到我的身上来，所以我不能不在这儿说几句话：‘凡是在同一阵营中的，我和任何人没有矛盾。我们应该更分明地认清敌友’。”

以后田汉又在写给鲁迅的信中说：

“……我与先生不但是多年文化上的战友，而且无论在什么意义上也没有丝毫矛盾的地方，我有什么中伤同志特别是中伤您的必要？既然无此必要，却会把友人当敌人，那除非发了疯。1935年我们的阵线需要更整齐而坚强，同志间任何意义的误会都于整个工作有害，为着说明那一文章的经过与意义，我写这封信给您，希望您也不要怀疑您的战友。无论什么时候，我是敬爱同志特别是先生的。”

应该说田汉此时的态度是真诚的，只不过，鲁迅在后来对田汉的误会和成见并未因此而释然。

四

鲁迅对“四条汉子”中的夏衍其实并没有很深的成见，他们之间也没有发生过不愉快的事情。鲁迅还曾对夏衍所译高尔基的《母亲》给予了很高评价，认为这是一项很有意义的工作。鲁迅后来对夏衍的不满，主要是将他与周扬捆绑在一起的，因为他与周扬当时都是左联的实际领导人。可以说左联部分领导人后来表现出诸多与鲁迅有矛盾和不快的事，夏衍都身在其中，这就难怪鲁迅后来用“一位名人约我谈话”而引出“四条汉子”。

约鲁迅谈话者为夏衍，鲁迅用“一位名人”来指代，不无嘲讽之意。而夏衍对自己不经意间成了“四条汉子”之一，特别是“文革”中“四条汉子”被“四人帮”利用作为整人工具一直耿耿于怀。夏衍耿耿于怀的还有鲁迅谈及“四条汉子”时那段情节的“失实”。

1979 年底，夏衍特地撰文对此作了澄清。他在《一些早该忘却而未能忘却的往事》一文中，首先纠正了鲁迅在时间上的错误，将 1934 年的事情误写为 1935 年了。其后又对鲁迅“却见驶来了一辆汽车，从中跳出四条汉子……一律洋服，态度轩昂”作了辩解，夏衍称：

“到过旧上海的人都知道，内山书店所在地北四川路底，是所谓‘越界筑路’区域，那里既有工部局巡捕，又有国民党警探。在当时那种政治情况下，我们四个人在内山书店门口下车，会引人注意，所以我们的车子过了横浜桥在日本小学前停下来，然后四人分头步行到内山书店，而此时鲁迅是在书店门市部里间等着我们，不可能‘却见驶来了一辆汽车，从中跳出……’的。‘一律洋服’也不是事实，其他三人穿什么我记不起来了，而我自己却穿着一件深灰色骆驼绒袍子。因为一进内山的日本式会客室，在席子上坐很不方便，就把袍子脱了，所以我还能记得。至于‘态度轩昂’，那时我们都是三十上下的人，年纪最大的田汉 36 岁，身体也没病，所以‘轩昂’了一点可能是真的。这是干部向领导人汇报工作，是战友间的会见，既不是觐见，也不是拜谒，那么不自觉地‘轩昂’了一点，也不致犯了什么不敬罪吧。”

夏衍在四十五年后，还如此在意当时的细节，可见“四条汉子”之说在他心中留下的痕迹之深，创痛之深。

五

“四条汉子”中，阳翰笙是当时的“文委”书记，与鲁迅的直接接触并不多，更没有与鲁迅有过矛盾和冲突。之所以列“四条汉子”，纯属那天同行之故。另外，在当时的文化统一战线方面，党内有“左”倾表现，和宗派主义情绪，排斥非党作家，鲁迅对此始终反感。他将主管文化的阳翰笙与左联负责人周扬、夏衍等同等相视，这也符合鲁迅的思维定势。

六

关于“四条汉子”这个词，特别值得一提的是，他是鲁迅语言风格的一种表现，是一种调侃，是一种幽默，也是一种嘲讽，是鲁迅心有不满的一种发泄形式。在几十年后的文革期间，“四人帮”以鲁迅批评过“四条汉子”为借口，无限上纲上线，对鲁迅信中提到的“四条汉子”诸人进行了政治迫害，“四条汉子”这个词也便成了某一历史时期若干人物政治命运的象征，也成了一条政治术语。但这当然绝非鲁迅的本意。30年代的鲁迅，只不过是一个遭当局通缉的左翼文化人，他既没有对同道中人一棍子打死的恶毒用意，手中也绝无以言治罪、甚至致人于死的大权。鲁迅绝对想不到，他曾经的讽刺与幽默日后竟成了一桩轰动全国的“文字狱”，成了致“四条汉子”于死地的工具之一。

随着“文革”被彻底否定，随着思想解放的深入，“四条汉子”已不再是“文革”那段特定时期的贬义词了。它是一个客观实在，是解读一段特定历史的钥匙，同时又是一个有着苦涩记忆的过去……

第14篇 鲁迅与"革命艺术家"叶灵凤

叶灵凤（1905—1975），原名叶蕴璞，江苏南京人。毕业于上海美专，1925 年加入创造社，开始文学创作。曾主编过《洪水》半月刊，是创造社后期的重要成员。1926 年与潘汉年主编《幻洲》半月刊。1928 年主编《现代小说》和《现代文艺》。1934 年与穆时英合编《文艺画报》。他不仅能创作小说，还擅长绘画，多兼上述刊物的美编。

他早期小说创作颇丰，带有浪漫主义气息。代表作《女娲氏之遗孽》，以沉痛、缠绵的笔调写一个三角恋爱的悲剧。作品以"重于内心分析"见长。其他小说还有短篇《菊子夫人》，长篇《红的天使》《未完成的忏悔录》等，作品良莠不齐，瑕瑜并陈，有一些趣味比较低下。他的散文小品很有特色，无论是二三十年代内地作品，还是 40 年代的居港之作，都写得平淡而意味隽永。

一

20世纪20年代末期，创造社的成员由于小团体的关系，与鲁迅一再发生冲突，他们由于一时的怨气，往往轻率地对鲁迅进行指责。鲁迅则也未全加容忍，而常不客气地予以回击，创造社成员之一的叶灵凤就是其中的一员。在鲁迅而言，对叶灵凤的批评实出于不得已，在他的本心是为着中国文艺的健康发展，所以才在论战中以叶灵凤为例来说明艺术与创造的问题。这一点，叶灵凤在晚年是有着清醒的认识的。

为了说明鲁迅与叶灵凤之间的文战，先来回顾一下历史是有必要的。

1928年春，创造社的成员放弃了原先准备与鲁迅联合从事革命文学的打算，转而视鲁迅为革命道路上必须扫清的障碍，因此频频发动对鲁迅的攻击。当时，叶灵凤算是创造社的“小伙计”之一，很自然地参加了攻击鲁迅的行列，“更是首先‘图文并谬’地骂过鲁迅”①。所谓“图文并谬”，是指鲁迅在1928年8月10日写的《文坛的掌故》里提及的“青年革命艺术家叶灵凤独唱的《隔壁》”上的漫画与文字，这直接导致了叶灵凤与鲁迅的交恶。

1928年5月，叶灵凤先是在自己主编的《戈壁》半月刊第二期上，发表了一幅名为《鲁迅先生》的讽刺漫画，在这幅画中，能看到一个大酒缸，上面伸出几只手来，分别挥舞着炸弹、狼牙棒、小

① 宗兰：《叶灵凤的后半生》，见叶灵凤著《读书随笔（一集）》，北京三联书店，1988年版，正文前第15页。

说集等“武器”，里面还注着“小说旧闻抄”“有闲阶级”“权威”“呐喊”等文字，画面中虽没有鲁迅的像出现，但一望即知是对鲁迅的过分攻击。漫画旁边并且写有一段说明文字：“鲁迅先生，阴阳脸的老人，挂着他已往的战绩，躲在酒缸的后面，挥着他‘艺术的武器’，在抵御着纵然而来的外侮。”这幅漫画是对鲁迅的全盘否定，而鲁迅当时对此的反感程度也可想而知。

叶灵凤编派出的这段话，显然是受到了同样是创造社成员的冯乃超在 1928 年 1 月发表的《艺术与社会生活》一文的影响。冯乃超的文章中说：“鲁迅这位老先生——若许我用文学的表现——是常从幽暗的酒家的楼头，醉眼陶然地眺望窗外的人生。”① 可以说，冯乃超“用文学的表现”形容鲁迅“醉眼陶然”在先，叶灵凤用图文形式描绘鲁迅“躲在酒缸的后面”在后，这或许是创造社员们的幽默。

1929 年，叶灵凤又在自己主编的《现代小说》第三卷第二期上，发表了自著小说《穷愁的自传》，其中主人公有这么一段：“照着老例，起身后我便将十二枚铜元从旧货摊上买来的一册《呐喊》撕下三面到露台上去大便。”

叶灵凤攻击鲁迅的漫画发表于 1928 年，小说发表于 1929 年，这期间，文坛流行的就是骂鲁迅。《创造月刊》《太阳月刊》还有《文化批评》等杂志一起向鲁迅猛烈开火。作为创造社的新锐，郭沫若、成仿吾等人的得意弟子，叶灵凤也算是小有名气的文学青年，自然不甘寂寞，冲锋在前。其实这很有些类似于今天流行的跟风骂名人。不需要什么原因、立场、观点，别人骂就跟着骂，既是跟上

---

① 引文参见《鲁迅全集》第四卷，第 67 页。

了“时代的热流”，自己也能借机风光一小阵。当然，今天有些人是很愿意因被骂而出名的，因为被骂首先意味着够身份、够分量，其次也算是一种扬名的方式。

不过，为了出名而去骂人，叶灵凤这一次显然是选错了对象，他骂的是鲁迅，这不但是捅了马蜂窝，更是倒了比捅了马蜂窝后果还严重的大霉。在鲁迅的一生中，对他的“眷顾”开始无休无止。而叶灵凤也在这种“垂青”中，渡过了自己难言的一生。

二

鲁迅写文章对叶灵凤的图文进行评说，是在过了两个多月以后。

1928 年 8 月10 日，鲁迅在《文坛的掌故》一文中指出，“要有革命的名声，却不肯吃一点革命者往往难免的辛苦，于是不但笑啼俱伪，并且左右不同，连叶灵凤所抄袭来的‘阴阳脸’，也还不足以淋漓尽致地为他们自己写照，我以为这是很可惜的，也颇觉得寂寞的。”[1] 鲁迅的这一反驳，将叶灵凤的话回敬给了他和其他当事人。又在同一天写的《革命咖啡店》里，鲁迅说：“叶灵凤革命艺术家曾经画过我的像，说是躲在酒坛的后面，这事的然否我不谈。”鲁迅说“不谈”叶灵凤所画是否事实，其实是不屑去谈，因为叶灵凤的这幅漫画和文字都过于轻佻，让他觉得不值一辩。

不过，叶灵凤对鲁迅的攻击却是无疑深深地烙在了人们的心里，对于鲁迅本人来说则更甚。鲁迅在上文中又写道，“革命文学家，要

---

① 《鲁迅全集》第四卷，第 123 页。

年青貌美，齿白唇红，如潘汉年叶灵凤辈，这才是天生的文豪；乐园的好料……”鲁迅文中的这段话使叶灵凤自年轻时就戴上了“齿白唇红”这顶帽子，且一戴数十年，成了叶灵凤的“招牌”。

1931年，鲁迅更在《上海文艺之一瞥》中说：

> 在中国，去年的革命文学者和前年很有点不同了。这固然由于境遇的改变，但有些“革命文学者”的本身里，还藏着容易犯到的病根。“革命”和“文学”，若断若续，好像两只靠近的船，一只是“革命”，一只是“文学”，而作者的每一只脚就站在每一只船上面。当环境较好的时候，作者就在革命这一只船上踏得重一点，分明是革命者，待到革命一被压迫，则在文学的船上踏得重一点，他变了不过是文学家了。所以前年的主张十分激烈，以为凡非革命文学，统得扫荡的人，去年却记得了列宁爱看冈却罗夫（I. Gontcharov）的作品的故事，觉得非革命文学，意义倒也十分深长；还有最彻底的革命文学家叶灵凤先生，他描写革命家，彻底到每次上茅厕时候都用我的《呐喊》去揩屁股，现在却竟会莫名其妙的跟在所谓民族主义文学家屁股后面了。

鲁迅骂叶灵凤“跟在所谓民族主义文学家屁股后面”，不是没有根据的。1931年4月28日，左联曾发出了一个开除叶灵凤的通告，其中有这样一段：“叶灵凤，半年多以来，完全放弃了联盟的工作，等于脱离了联盟，组织部多次的寻找他，他都躲避不见，但他从未有过表示，无论口头的或书面的。最近据同志们的报告，他竟已屈服于反动势力，向国民党写‘悔过书’，并且实际的为国民党民族主义文艺运动奔跑，道地的做走狗。……”

鲁迅对于叶灵凤的绘画作品一向是“不敢恭维”，先后多次加以批评：

1928年7月，《〈奔流〉编校后记（二）》：“可惜有些‘艺术家’，先前生吞‘琵亚词侣’，活剥蕗谷虹儿，……”这里说的“有些艺术家”指的就是叶灵凤。①

1931年，鲁迅在《上海文艺之一瞥》（《二心集》）中，又逮着叶灵凤的短处大肆冷嘲热讽——“在现在，新的流氓画家出现了叶灵凤先生，叶先生的画是从英国的琵亚词侣（Aubrey Beardsley）剥来的，琵亚词侣是‘为艺术的艺术’派，他的画极受日本的‘浮世绘’（Ukiyo-e）的影响。”

1934年10月，《奇怪（三）》：“原来‘中国第一流作家’的玩着先活剥‘琵亚词侣’，今年生吞麦绥莱勒的小玩艺，……”②

鲁迅三番五次地拆穿叶灵凤抄袭外国名画家的手法，这倒不是出于私怨。无论何种艺术门类都忌讳对前人的作品生吞活剥的作法，改头换面算作自己的作品，这早已背离了创作之道。如果一味使用抄袭手段，无异于轻视读者，也是对自己的放纵，实在是不足取的。

总之，由上面的文字可以推知，叶灵凤与鲁迅结怨的原因有四：一、他曾攻击过鲁迅的《呐喊》；二、他曾画过讽刺鲁迅的讽刺画；三、他和郭沫若、田汉、成仿吾等同属创造社阵线，而对创造社诸

① 《鲁迅全集》第七卷，第161页。
② 《鲁迅全集》第五卷，第577页。

人，除了郁达夫等少数人外，鲁迅基本没有好感；四、叶灵凤曾“抄袭”或“剽窃”毕亚兹莱等人。而鲁迅对叶灵凤的回击的火力也着实是不小的。

三

1934年，也就是叶灵凤挑起事端四五年后，鲁迅在《阿Q正传》发表时再提旧事，痛打落水狗。这年11月14日，鲁迅在《答〈戏〉周刊编者信》中写道：“但我记得《戏》周刊上已曾发表过曾今可、叶灵凤两位先生的文章；叶先生还画了一幅阿Q像，好像我那一本《呐喊》还没有在上茅厕时候用尽，倘不是多年便秘，那一定是又买了一本新的了。”

本来叶灵凤当年参加《阿Q正传》剧本的讨论并为阿Q画像，这是很平常的事，但让鲁迅不快的是，叶灵凤曾攻击过鲁迅的小说集《呐喊》，而《阿Q正传》正是《呐喊》中的一篇。叶灵凤显然是对鲁迅的性格及战斗力并不了解。在笔阵上，就是他三个叶灵凤也绝不是鲁迅的对手。

当年，已自知不是对手的叶灵凤想高挂免战牌，但鲁迅不依不饶，令叶灵凤在1936年写的《献给鲁迅先生》的长文中，感叹：“天长地久有时尽，此恨绵绵无绝期。”足见其内心的懊恼与无可奈何。

当然，鲁迅若生在今天，是正中许多人下怀的。骂人的最怕骂了人没有动静，别人见怪不怪，落个自找没趣。而鲁迅是有骂必回，而且是一呼百应没完没了，是免费的绝好广告。在当时，骂鲁迅唯一的风险是受不了鲁迅的唾液而精神分裂。今天这一条似是不用担心，因为还可以把人告到法院，跟名人来场官司，既自保又出名，一石二鸟。不过，这是发生在20世纪30年代的事。那时候，叶灵凤年纪很轻。

根据阮朗所写的《叶灵凤先生二三事》，上了年纪的叶灵凤曾到“鲁迅纪念馆”去看过鲁迅，认为他和鲁迅那桩“公案”已经了却了。在李怀宇的《访问历史》中，在与罗孚访谈时，提到叶灵凤与鲁迅，有如下的文字：“……他日记里写鲁迅的很少，基本上是自己也承认当年对鲁迅的态度不够好。他跟我们口头上是这么讲，回去旅行去过鲁迅的墓，而且表示了自己的歉意，但是文章他没有写。日记里提到他怎样替《星岛日报》组织文章纪念鲁迅。……”由此也可见鲁迅在叶灵凤心目中的真实地位和形象。

第15篇 鲁迅与李四光的一点笔墨争执

李四光（1889—1971），字仲拱，原名李仲揆，蒙古族，湖北黄冈人，地质学家、教育家、音乐家和社会活动家，是中国地质力学的创立者，中国现代地球科学和地质工作的主要领导人和奠基人之一。早年留日，毕业于日本大阪高等工业学校，期间加入孙中山的同盟会，并于1911年出任湖北军政府实业部长；1928年1月，任中央研究院地质研究所所长；1948年，当选为中央研究院的第一届院士；1950年5月，任中国科学院副院长；1952年9月，任中华人民共和国地质部部长。

一

20世纪20年代中期，鲁迅和陈西滢正在进行激烈的笔战。作为地质学教授的李四光，本来并不参与任何文学和文化活动，但却因为当时参与的一些社会活动而卷入了鲁陈的冲突当中，成了不时被鲁迅提及的人物。当时，李四光与陈西滢等同为“教育界维持公理会”成员，这个会的主旨即在于声援章士钊创立女子大学，反对女师大复校。于是，在“女师大风潮”中，李四光也算是表示出立场和态度的人，尤其是在1925年8月1日，杨荫榆在女师大大打出手之际，李四光却正好人在女师大，成为支持杨荫榆的“三勇士”之一。

事情的由来是：1925年5月9日，时任北京女子师范大学校长的杨荫榆宣布开除“学生自治会”成员许广平等六人，引起女师大学生的群情激愤，5月11日，学生代表前去质问声讨，杨荫榆却已潜离学校。7月29日，女师大校内突然贴出布告，以修理校舍为名，强令学生搬出校外，又于30日夜贴出解散“学生自治会”的布告。更惨烈的事情发生在8月1日早晨，这一天一大早，武装军警布满学校，把守住教室、“学生自治会”、沪案后援办事处等学生必去之地。女师大处于军警包围之中，电话线被割断、伙食被停、交通阻断，气氛十分紧张。

就在这样的氛围中，李四光出场了，用学生的描述来说，是“杨氏率打手及其私党肖友梅李仲揆夏莲芳汹涌入校”，杨荫榆亲自指挥张贴解散四个班学生的布告，指挥军警推打学生，强行拥入校长办公室。这种纷乱的场面一直闹到下午三时多，直到 8 月 3 日军警才离校，一切生活设施，到 7 日才开始恢复。

李四光就这样被卷入到“女师大风潮”的风口上，成为支持杨荫榆的“勇士”之一。那么，究竟李四光是如何去到女师大，他在那里又做了些什么呢？

二

李四光的夫人许淑彬是江苏无锡人，和杨荫榆同乡，当时任女师大附中教师。在杨荫榆准备返回女师大之前的 7 月 31 日晚上，杨荫榆曾打电话给李四光，请求他第二天到校参加解决女师大问题的会议。李四光因虑及自己夫人的原因就答应了，于是第二天冒着细雨来到了女师大，却不想经历了一场闹哄哄的风潮，也因此被人称为支持杨荫榆的“三勇士”之一。李四光在不久后的 8 月 22 日《现代评论》上，发表《在北京女师大观剧的经验》一文，详述了自己前往女师大的经过。

首先，李四光把自己当做是个局外人，对事件的发展并无热心过问，他把这种风潮当做是一出戏，自己前去，也是“观剧”而已。杨荫榆迫切请求，并要用车来接，李四光虽“怏怏的应允”了请求，却坚持自己骑车前往，这也部分表明了李四光的立场。从李四光的叙述看，他先于杨荫榆进入女师大约一个小时。待他进入屋内见到杨荫榆时，才发现除自己而外并没有什么“参观”的人。在纷乱不定中，他“再三向杨先生兴辞，终不得允许”，当杨荫榆“要从杂务课升到校长室办公”时，他目睹了军警保护下的杨荫榆沿途遭到学生的“汹涌唾骂”，“这样的戏我再不要看了”，于是他再次向杨荫榆告辞，“杨先生道了歉，准了我的要求”。

这样一来，学生们说李四光是维护杨荫榆的“勇士”看来就是言过其实了。因为李四光的旁观者态度是十分明显的，他自已也曾在《观剧》一文中表白：“朋友们说，有人以我为‘杨荫榆的死党’。无论就私交，就职务说，这个头衔，我真不配。我并不是票友，本行的笨事都做不完，哪有闲工夫去干这些玩意。”

但是，李四光对当时的“女师大风潮”也并非全无态度，而且至少李四光是不十分赞同学生的举止行为的。

他看到女师大学生冲着巡警“唱出许多不甚雅听的口号”，又见杨荫榆在前往校长室的途中，学生们“汹涌唾骂的音乐大作”，“可怜我们平时最敬爱的青年淑女，为什么要做到那步田地。假若我是个基督徒，我只好跪下求皇天皇天———”可见他并不以学生们的所做所言为然。李四光保持的是一种绅士的立场和态度，从风雅的角度对学生的过激言行表示出了自已的看法。

此外，李四光在当时作为“教育界公理维持会”的成员，同陈西滢等对发生在教育界的许多事情有不少共同的看法，也参与了对部分事件的表态活动。

鲁迅在《“公理”的把戏》中谈到“教育界公理维持会”的“名流”于12月16日在“撷英番菜馆”开会的情形，这其中就有李四光。用鲁迅的表述，“李仲揆即李四光曾有一篇杨荫榆要用汽车迎他‘观剧’的作品登在《现代评论》上。”可以说，这时正密切关注着女师大动态和《现代评论》言论的鲁迅对李四光已经有了较为深刻的印象。

这件事并没有成为李四光与鲁迅之间发生文字往来的直接原因，李四光的《经验》一文，是一个局外人的自我表白，鲁迅也不过顺口一提。引起他们之间争议的，是李四光的身份问题。这是一个与女师大事件没有直接关联的话题，然而背景却依然是女师大，而且经陈西滢的提起而成为了话题。

三

在当时女师大，有多名教员是北京大学的教师兼职任教。在章士钊下令由女子大学取代女师大之际，就有日本人的报纸《顺天日报》发表评论说，女师大教员大多为北大教员兼任，有附属于北大之嫌，所以应当支持女大而反对女师大复校。但在鲁迅看来，女师大专职教员稀少，正是杨荫榆要控制学校的手段之一，因为这样“校长即可以独揽大权”。更何况还有许多北大教授其实正是反对学生而支持校长的，如“撷英馆”席上的“名流”们。

鲁迅的反驳可称是一针见血。他看到报上刊登王世杰在“撷英馆”席上的演讲，说他“本人决不主张北大少数人与女师大合作”，又说“照北大校章教职员不得兼任他机关主要任务然而现今北大教授在女师大兼充主任者已有五人实属违法应加以否认云云”。鲁迅立刻指出了“北大教授兼国立京师图书馆副馆长”的李四光也在座中，他的演说没有登报，很可能是出于对“兼职”说的回避而采取的策略。

鲁迅同时还提到了李四光的月薪“达到五六百元”。在1926年1月3日作的《杂论管闲事·做学问·灰色等》中，鲁迅再次端出了这件事，这一回是谈及陈西滢夸赞章士钊的藏书之多，又谈到了国立图书馆的情形，说梁启超和李四光出任正副馆长，“凑成一个中外兼通的完人”，又说“两位的薪水每月就要一千多，所以此后也似乎不大能够多买书籍”。可见李四光的月薪还是五六百元。

李四光到底是否属于兼职？他的月薪是否达到五六百元？这个旁枝末节的问题，居然也在论争中被数次提起。在“攻周专号”的《致志摩》一节中，陈西滢在指责鲁迅“一下笔就构陷人家的罪状”时，举了这个例。陈西滢的说法是，李四光应聘去任副馆长，可北大章程规定“教授不得兼差的”，于是李四光就向校长告假一年，假期内不支薪，而他在副馆长职位上所得薪水，也不是五六百元，而是二百五十元。

李四光本人在读过陈西滢的信后，致信徐志摩，详陈自己出任副馆长一职的经过。首先，李四光认为自己去国立图书馆供职前，曾向北大校长蒋梦麟请过假，并有公函为证，所以鲁迅“北大教授兼国立图书馆副馆长”的称呼与事实有误；图书馆方面确曾决议，副馆长每月薪水五百元，但李四光认为自己没有必要接受那么多，又虑及副馆长是“机关中的一部分”，自己未必永久做，所以决定只拿其中的一半，另一半捐赠图书馆专购某种书籍。当陈西滢问他每月薪水时，他答曰“二百五十元”，鲁迅所谓“月薪至少五六百元”，让人“实在不敢承认”。

李四光这回并没有完全就事论事，他对鲁迅发了一通议论，“我听说鲁迅先生是当代比较有希望的文士，中国的文人，向来有作‘捕风捉影之谈’的习惯，并不奇怪。”语气中不无调侃，态度上含着不满。

李四光与鲁迅的辩论基本上是就事论事的，但就在这封信发出去的第二天，1 月 31 日，李四光又致信徐志摩，徐志摩连同自己的回信一同发表在了 2 月 3 日的《晨报副刊》上。徐志摩还设置了一个特别的题目：《结束闲话，结束废话》。李四光的信件主要是要追回上一信中的第三段，认为那是一节容易引起麻烦的“闲话”，要求徐志摩删去。

他还在其中谈到了对鲁、陈、周三人的印象。他说自己与陈西滢“相识有年”，“他的天才和热心我向来很佩服，可是他的那一支笔，的确有时觉得太尖”。至于周作人，在街上曾见过几面，属于“我认识他，恐怕他不认识我”的情况，周作人给他的印象是“一个很温和的君子”，虽然周作人曾在文章里骂过他几句，但基于“文人都不免有那种毛病”的认识，他能够原谅，并希望有机会当面对话。对鲁迅，则是“我绝对的没有遇见”，但对鲁迅做了很高的评价。认为“东方文学家的风味，他似乎格外的充足，所以他拿起笔来，总要写到露骨到底，才尽他的兴会，弄到人家无故受累，他也管不着。但是只要我们能极力的容忍，天下想无不了之事”。

不过，李四光进一步认为，这些人在一起争个不休，“彼此辱骂”，实际上等于是在“自杀”。他最后声明，自己从此“对于一切的笑骂”，“决不答一辞，仅守幽默就罢了”。此后，李四光就保持了“沉默是金”的态度。

只不过李四光并不能在就事论事之后脱身。鲁迅在《不是信》一文中将事实进行了自己的陈述。他认为李四光告假一年，年内不支薪，又在《晨副》上说过自己在图书馆月薪有五百元，只是有拿一半和捐一半的区别。而鲁迅认为，“告假和辞职不同，无论支薪与否，教授也仍然是教授”。至于薪水，他相信李四光只拿了其中的一半，“是美国那面的；中国的这一半，真说不定要拖欠到什么时候才有。但欠账究竟也是钱”。鲁迅这里有一层意思，是指国立图书馆由美国的赔款兴建，馆长的薪水由美国和中国两部分组成。美国的那部分能保证，中国的这一半，就在无限期拖欠着。就这样，他为李四光的捐钱行为加了个与其拿不着，索性捐出去的注释。还说欠薪一旦捐出，“那时购买书籍来，我一定就更正”。无论如何，鲁迅坚持认为，“我所说的职衔和钱数，在今日却是事实”。

针对李四光和徐志摩发出的“结束闲话，结束废话”和“带住”的呼吁，鲁迅一样不予响应。《我还不能“带住”》就是他的回答。鲁迅认为，“闲话……废话”问题，本来与自己没有关系，因为自己是周作人的“令兄”被“株连”进来，还没有回应，却又倒被告知要“带住”，鲁迅自然是不愿接受的。

不过，对于李四光，鲁迅的态度自然同对陈西滢有所不同，可谓点到为止。本来以李四光的专业和心性，并不愿卷入太深，所以他在给徐志摩去信的第二天赶紧再去信，要求把“闲话”一类的议论删去。但李四光曾是“教育界公理维持会”的成员，鲁迅的成见就在所难免。这个会曾在“女师大风潮”中发表过一封“致国立各校教职员联席会议函”，对鲁迅等支持学生运动的女师大部分教师恶意指责，鲁迅所以说“我是李教授所早认为应当‘投畀豺虎’者之一”就是语出于此。不过据我们现今看到的资料，李四光的名字其实并没有署在这份“致函”中。

鲁迅在文中向李四光声明或者解释的有两点，一是既然李是科学家，不愿打笔墨官司，所以就不提，本来也是因为要“回敬”他的朋友陈西滢，才把“兼差”的事说出来；二是兼差和薪水的事已经做过回答，不再重复。这等于告诉对方，自己并没有改变看法的打算。

至此，李四光与鲁迅的笔墨交往就算画上了一个句号。从那以后双方没有再发生文墨上的关系。客观来说，李四光与鲁迅的这场“笔墨官司”只不过是当时社会激流中的一个小漩涡，两个不同领域的巨匠之间，也谈不上什么深刻的矛盾，更多的倒是误会。

第16篇 鲁迅与学界晚辈顾颉刚成仇敌

顾颉刚（1893—1980），名诵坤，字铭坚，号颉刚，笔名有余毅、铭坚等，江苏苏州人。中国现代著名历史学家、民俗学家，古史辨学派创始人，现代历史地理学和民俗学的开拓者、奠基人。1920 年毕业于北京大学，后历任厦门大学、中山大学、燕京大学、北京大学、云南大学、兰州大学等校教授。新中国成立后，任中国科学院历史研究所研究员、中国民间文艺研究会副主席、民主促进会中央委员等职。

一

经历了“女师大风潮”事件和“三一八”惨案之后的鲁迅，在与陈西滢等人纸上混战一阵后，因遭到北洋政府通缉而不得不设法离开北京。1926年8月26日，鲁迅离京赴厦门大学任教，许广平也同车南下，到广州的广东省立女子师范学校任训育主任。

此前，由于陈西滢、徐志摩以及他们的所谓“后台老板”胡适等这些学归西洋的“海龟”们与鲁迅有过交锋对垒，这就让鲁迅对胡适等留学欧美的所谓“洋绅士”，乃至热衷于在研究室内搞考据的胡适的弟子顾颉刚之类的学院派，连同一些追随胡与顾的小字号“土鳖”都没了好感。而就在鲁迅在厦门大学任教期间，顾颉刚也恰受厦大文科主任兼国学研究院筹备主任长林语堂之邀，辞去北大国学所编辑员之职，来到厦大任国学研究院研究教授兼国文系名誉讲师。这样一来，两人同在一个屋檐下共事，鲁迅和顾颉刚就形成了短兵相接的局面，随着矛盾加深，最后演化成势不两立的仇敌。

二

人尽皆知的是，在近现代文学史或学术史上，鲁迅与顾颉刚是一对冤家，彼此之间一提到对方，就忍不住笔露锋芒，骂他个鲜血淋漓。鲁迅甚至不惜在历史小说《理水》中塑造一个很可笑的“鸟头先生”来影射讥讽顾颉刚。比如书中有这样一段：“‘这这些些都是废话’，又一个学者吃吃地说，立刻把鼻尖涨得通红。‘你们受了谣言的骗的，其实并没有所谓禹，禹是一条虫，虫虫会治水吗？'”

这段文字里有什么影射意味呢？原来，顾颉刚曾根据文字学，将“禹”解为“蜥蜴”，从而得出“夏禹是一条虫”的结论。而鲁迅以其人之道还治其人之身地根据文字学将“顾（顧）”字分解为“雇”（本义为“鸟”）与“页（頁）”（本义为“头”）。所以，不少人说鲁迅这是在利用小说进行“人身攻击”，因为这让人想起《水浒》中的骂人话，“鸟人”！

在鲁迅的私人通信里，则直接将顾颉刚称为“鼻公”、“鼻”、或“红鼻”。

例如在1927年5月15日致章廷兼的信中，鲁迅就写到：“傅斯年我初见，先前竟想不到是这样的人，当红鼻到此时，我便走了；而傅大写其信给我，说他已有补救法，即使鼻赴京买书，不在校……”

再例如同年8月17日鲁迅致章廷兼的信中又有：“遥想一月以前，一个獐头鼠目而赤鼻之‘学者’，奔波于‘西子湖’而发挥咱们之‘不好’，一面又想起起诉之‘无聊之极思’来。湖光山色，辜负已尽，念及辄为失笑。禹是虫，故无其人；而据我最近之研究：迅盖禽也，亦无其人，鼻当可以自慰欤？……近偶见《古史辨》，惊悉上面乃有自序一百多版。查汉朝钦犯司马迁，因割掉卵子而发牢骚，附之于偌大之《史记》之后，文尚甚短，今该学者不过鼻子红而已矣，而乃浩浩洋洋至此，殆真所谓文豪也哉，禹而尚在，也只能忍气吞声，自认为并无其人而已。”

直到鲁迅的晚年，在1934年7月6日致郑振铎的信中提到顾颉刚时，仍然刻薄地写到：“三根（在中国古代相面语中，‘三根’即指鼻梁，这里仍指顾颉刚）是必显神通的，但此公遍身谋略，凡与接触者，定必麻烦，倘与周旋，本亦不足惧，然别人那有如许闲工夫。嘴亦本来不吃，其呐呐者，即因岁谈话时，亦在运用阴谋之故。在厦大时，即逢迎校长以驱除异己，异己既尽，而此公亦为校长所鄙，遂至广州，我连忙逃走，不知其又何以不安于粤也。现在所发之狗性，盖于在厦大时相同。最好不要与相涉，否则钩心斗角之事，层出不穷，真使人不胜其扰。其实，他是有破坏而无建设的，只要看他的《古史辨》已将古史'辨'得没有，自己也不再有路可走，只好又用老手段了。"

鲁迅为什么屡屡这样称呼顾颉刚呢？原因就是顾颉刚长了一个红红的酒糟鼻。看起来这是一种很不厚道的人身攻击，所以有人认为这是鲁迅拿人家生理缺陷做文章的"失德之举"。

现在的问题是，鲁迅为什么这样近乎刻毒地挖苦顾颉刚的"生理缺陷"？照理鲁迅并不是这样的人。在当时的文坛和鲁迅发生争执的人很不少，用聂绀弩的话来说就是"有文皆从人着想，无时不与战为缘"。但是，无论争论的人有多么多，也不管争论得多么激烈，人们都没有看到过鲁迅公开、或私下里拿对方生理缺陷做文章，相反的，鲁迅明确地反对这种做法。

1919 年 3 月 26 日，在为《孔乙己》做"附记"时，鲁迅曾明确反对用小说进行人身攻击，使小说成为一种泼秽水的器具。1922 年，当俄国盲诗人爱罗先珂来北京时，受到北大学生魏建功《不敢盲从》一文的批评，文中故意在"看"、"观"、"盲从"等字上大做文章，引起了鲁迅的强烈反感，他马上写出了《看魏建功君〈不敢盲从〉以后的几句声明》，在文中怒斥这种利用别人生理缺陷对其进行攻击的人，是"生长在旧的道德和新的不道德里，借了新艺术的名而发挥其本来的旧的不道德的少年”。

既然如此，鲁迅为什么对顾颉刚有这样的“失德之举”？顾颉刚到底在什么地方“开罪”了鲁迅，使他这样不顾自己原则地对其生理缺陷一再实施旁人看来甚是过分的攻击，而且这种愤恨一直持续到鲁迅晚年？

三

有意思的是，当事人顾颉刚对鲁迅对他的态度似乎也有些莫名其妙。

《顾颉刚年谱》中，1926 年 8 月 25 日的顾氏日记中，有他 1975 年、1973 年补记的两节。其中，对他与鲁迅在厦大的冲突，有这样的说辞，“林语堂来信嘱换聘书改为史学研究教授……值鲁迅来，渠本不乐我，闻潘言，以为彼与我同为苏州人，尚且对我如此不满，则我必为一阴谋家，惯于翻云覆雨者，又有伏园川岛等从旁挑剔，于是厌我愈深，骂我愈甚矣”。

也就是说，他以为鲁迅不满他是因为潘某的攻击与伏园川岛的挑拨，但实际上鲁迅对他的不满并非这个原因。这点，在顾颉刚后来给胡适的信中，他自己也有所察觉，所以他才在信中这么感慨：“我真不知前世做了什么孽，到今世来受几个绍兴小人的播弄。”所谓“绍兴小人”，自然是指鲁迅。

但是，直到去世，顾颉刚可能都没能明白鲁迅究竟何以如此。

四

按照学术界论资排辈的规矩，鲁、顾算是两代人，鲁迅是师辈，顾颉刚为晚辈，本没有什么直接的利害冲突，况且二人平时很少接触，没有多少学术和生活上的来往。很多人对鲁迅如此刻薄顾颉刚有很多解释。

一部分人认为，鲁迅之所以对顾颉刚表现出极度厌恶的态度，应该是恨乌及屋，因为顾一直与胡适、陈西滢相近。有人（比如唐振常先生）轻描淡写，认为这不过是“开玩笑”：“谑而不虐，这个玩笑开得颇有童心，近乎天真。”这显然不对。因为没有人会拿原则开玩笑。而有人（比如陈漱渝先生）则根据鲁迅与许广平和章廷谦的通信内容认为鲁迅不满顾颉刚，主要是因为“顾颉刚自称只佩服胡适、陈西滢两人，而胡适在 20 年代却多次给封建军阀出谋献策，幻想由他们来‘裁军’、‘制宪’、实行‘联省自治’，甚至反对驱逐废帝溥仪出宫。陈西滢则是众所周知的鲁迅论敌”。这种说法有一定道理，但还不能完全解释鲁迅为什么对顾颉刚这么仇恨。因为即使对胡适和陈西滢，鲁迅在论争时，也没有违背自己为文原则而对他们进行人身攻击，更没有在小说中对他们进行影射。对“阎王”这么“宽大”的主儿会对“佩服”他们的“小鬼”那么严厉？这从道理上讲不过去。

还有一部分人在这诸多的解释中，提到的一种特别让人感兴趣。胡文辉先生在《乌头与红鼻》一文中说：“鲁迅与顾颉刚交恶是现代文化界上的一大公案，据说起因是顾颉刚曾误信陈西滢之说，以为鲁迅的《中国小说史略》抄袭了日本人盐谷温的著作。鲁迅自然耿耿于怀，从此就‘盯’上了顾颉刚。”我之所以对这种说法感兴趣，是因为鲁迅对别人造谣，说他呕心沥血之作《中国小说史略》是抄袭别人著作的人的确深恶痛绝。1926年陈西滢公开在报上说鲁迅：“他常常挖苦人家抄袭。有一个学生抄了沫若几句诗，他老先生骂到刻骨铭心的痛快，可他自己的《中国小说史略》，却是根据日本人盐谷温的《支那文学概论讲话》里面的‘小说’一部分。拿人家的著述做你自己的蓝本，本可以原谅，只要你在书中有那样的声明，可鲁迅先生就没有那样的声明。在我们看来，你自己做了不正当的事情也就罢了，何苦再去挖苦一个可怜的学生，可是他还尽量把人家刻薄。‘窃钩者诛，窃国者为诸侯’，本来是自古已有的道理。”

为这个缘故，鲁迅不仅当时把陈西滢骂了个狗血淋头，慌得陈西滢的好朋友徐志摩为助朋友一臂之力，而出面要求双方“带住”。而且在10年后的1936年，鲁迅在做《且介亭杂文二集》的“后记”时，还在提及此事：“当1926年时，陈源即西滢教授曾在北京公开对于我的人身攻击，说我的一部著作，是窃取盐谷温教授的《支那文学概论讲话》里面‘小说’一部分的。《闲话》里的所谓‘整大本的剽窃’，指的也是我。现在盐谷教授的书早有了中译，我的书也有了日译，两国的读者有目共见，有谁指出我的‘剽窃’来呢？呜呼，‘男盗女娼’，是人间大可耻事，我负了十年‘剽窃’的恶名，现在总算可以卸下，并将‘谎狗’的旗子，回敬自称‘正人君子’的陈源教授，倘他无法洗刷，就只好插着生活，一直带进坟墓里去了。”可见鲁迅对此事的怨恨之深。如果顾颉刚的确是在这事上“做了什么孽”，那鲁迅对他怨恨也就容易理解了。可是，此说也有几处难惬人意：首先，说“顾颉刚误信陈西滢之说，以为鲁迅的《中国小说史略》抄袭了日本人盐谷温的著作”，这从二人的知识背景上说不过去：陈西滢乃留英博士，他的文化背景以西学为主。换句话说，他对国学或东洋（日本）学问不太在行，这点，我们可以从他的文章中看出。所以，不太可能知道鲁迅的《中国小说史略》与日本人盐谷温的《支那文学概论讲话》有何关系，进而“造谣”说“抄袭”。这情形，正如鲁迅在《不是信》中对陈西滢造谣说自已骂个学生抄袭了郭沫若的几句诗时所言，“但我还要对于‘一个学生抄了沫若的几句诗’这事说几句话：‘骂得刻骨铭心的痛快’的似乎并不是我，因为我于诗向不留心，所以也没有看过‘沫若的诗’，因此更不知道别人的是否抄袭。陈西滢教授的那些话，说得坏一点，就是‘捏造事实’，故意挑拨别人对我的恶感，真可以说发挥着他的真本领”。而在这方面，专弄国学的顾颉刚显然比他在行也更有资格。其次，如果是“顾颉刚误信陈西滢之说”，那鲁迅骂陈西滢当比骂顾颉刚厉害。但实际上，正如上文所言：鲁迅骂陈西滢虽然厉害，可并没有像骂顾颉刚那样进行人身攻击。从中我们可以看出，其实鲁迅恨顾颉刚比恨陈西滢厉害。为什么？理由只有一个：谣言的制造者比谣言的传播者更可恨！

所以，我们不妨先推出这样一个结论：说鲁迅的名著《中国小说史略》“抄袭”了日本人盐谷温的《支那文学概论讲话》的传播者虽然是陈西滢，可制造者却是顾颉刚。不是“顾颉刚误信陈西滢之说，以为鲁迅的《中国小说史略》抄袭了日本人盐谷温的著作”，而是“陈西滢误信了顾颉刚之说，以为鲁迅的《中国小说史略》抄袭了日本人盐谷温的著作”。那么，这个结论除了逻辑上的理由外，有没有直接证据呢？

这证据就出自顾颉刚的女儿顾潮写的回忆录《历劫终叫志不灰——我的父亲顾颉刚》一书。在书中，提到鲁迅《中国小说史略》的所谓“抄袭”一事时，顾潮这么写道：“鲁迅作《中国小说史略》，以日本盐谷温《支那文学概论讲话》为参考书，有的内容就是根据此书大意所作，然而并未加以注明。当时有人认为此种做法有抄袭之嫌，父亲即持此观点，并与陈西滢谈及，1926年初陈氏便在报刊上将此事公布出去。随后鲁迅在《不是信》中说道：‘盐谷氏的书，的确是我的参考书之一，我的《小说史略》二十八篇的第二篇，是根据它的，还有论《红楼梦》的几点和一张‘贾氏系图’，也是根据它的，但不过是大意，次序和意见就很不同。为这一件事，鲁迅自然与父亲亦结了怨。”

也就是说，在污蔑鲁迅《中国小说史略》是抄袭日本人盐谷温的《支那文学概论讲话》一事上，出面传播谣言的虽然是陈西滢，而谣言的制造者却是顾颉刚。①

这样，我们也就明白为什么鲁迅对顾颉刚如此愤恨，以至于不惜在信件和小说中对其进行“人身攻击”的原因了：其一，对于一个学者来说，被别人判为抄袭几乎就意味着他学术生命的完结。所以，鲁迅对造谣的顾颉刚深恶痛绝而对其酒糟鼻进行没完没了的攻击，对传播这个谣言的陈西滢也谓之“谎狗”；其二，鲁迅所以特别愤恨顾颉刚，还因为他是一个“阴谋家”：自己造谣不公开，却叫陈

① 孙平祥：《鲁迅为什么刻薄顾颉刚》，载《鲁迅世界》2004年第1期。

西滢在报上叽叽喳喳。这特别让人感到愤恨（因为他造谣）而无奈（因为他没公开）。

五

有意思的是，陈西滢在后来编辑自己文章时，对这段与鲁迅争论的文字，一篇也没编进自己的文集。也许，他也多少对此感到了委屈。倒是陈西滢与顾颉刚的共同朋友胡适曾出面为陈西滢洗刷过：1936年底，胡适在写给苏雪林后来又公开发表的一封信中写到，“凡论一人，总须持平。爱而知其恶，恶而知其美，方是持平。鲁迅自有他的长处。如他的早年文学作品，如他的小说史研究，皆是上等工作。通伯先生（即陈西滢）当时误信一个小人张凤举之言，说鲁迅之小说史是抄袭盐谷温的，就使鲁迅终生不忘此仇恨！现今盐谷温的文学史已由孙俍工译出了，其书是未见我和鲁迅之小说研究以前的作品，其考据部分浅陋可笑。说鲁迅抄盐谷温，真是万分的冤枉。盐谷一案，我们应该为鲁迅洗刷明白”。①

在这封信中，胡适承认了说鲁迅抄袭是“冤枉”，并承认造谣的人是“小人”；不过，胡适这样说还是为了替陈西滢洗刷，也掩护了顾颉刚（那“小人”不是顾颉刚，而是张凤举），可谓用心良苦。

---

① 《胡适书信集》中册，北京大学出版社，1996年版，第710页。

第17篇 鲁迅与钱玄同的“化友为敌”

钱玄同（1887—1939），原名钱夏，字德潜，又号疑古、逸谷，他常效古法将号缀于名字之前，称为疑古玄同，五四运动前夕改名玄同，浙江吴兴人。中国现代思想家、文字学家、新文化运动的倡导者。早年留学日本，后曾任北京大学、北京师范大学教授，五四时期参加新文化运动，提倡文字改革，曾倡议并参加拟制国语罗马字拼音方案，30年代还为《世界日报》副刊《世界语之光》题写刊名。著有《文字学音篇》《重论经今古文学问题》《古韵二十八部音读之假定》《古音无邪纽证》等论文。

一

鲁迅去世后，钱玄同曾在《我对于周豫才君之追忆与略评》一文中概括他与鲁迅的交往：“我与他的交谊，头九年（民前四——民五）尚疏，中十年（民六——十五）最密，后十年（民十六——二十五）极疏，实在是没有往来。”①

具体来说，鲁迅与钱玄同之间的由疏转密，是以 1917 年 8 月 9 日为重要标志的；两个人之间的化友为敌，是以 1929 年 5 月 25 日为重要标志的。

查阅《鲁迅日记》，两个人之间最早的通信记录是 1913 年 3 月 16 日的“得钱中季书，与季市合一函”。而现存最早的钱玄同致鲁迅信写于 1915 年 4 月 9 日，其中写道：“委件又迟了许久，未曾报命。弟不善作篆，真书虽拙劣犹或稍愈于篆，故改写真书，未识可用否?”② 由此可知，鲁迅此前曾经索要过钱玄同并不擅长的篆体书法，而钱玄同送给他的是真体书法。

1917 年 8 月 9 日，钱玄同第一次到南半截胡同绍兴会馆与周氏兄弟聚谈，周作人在日记中留下的记录是：“钱玄同君来访，不值。仍服规那丸。下午钱君又来，留饭，剧谈至晚 11 时去，夜颇热。”③ 鲁迅在日记中留下的记录是：“晴，大热。下午钱中季来谈，至夜分

① 文载《文化与教育旬刊》1936 年第一〇六期，收入《钱玄同文集》第二册第 305—311 页，中国人民大学出版社，1999 年。

② 《钱玄同文集》第六册第 1 页。

③ 《周作人日记》影印本（上册），大象出版社，1996 年，第 686 页。

去。"[①] 这是钱玄同与鲁迅及周作人兄弟之间由疏转密的重要标志，在随后的两年多时间里，三个人之间借助《新青年》杂志展开了密切合作。

据《鲁迅日记》记载，钱玄同1918年间到绍兴会馆访谈二十七次；寄给鲁迅书信六封，为鲁迅代领薪水两次，一起外出赴宴两次。鲁迅1917年至1919年的三年时间里，共寄给钱玄同书信近四十封，其中包括1917年的五封。

另据钱玄同在《我对于周豫才君之追记与略评》中回忆："六年，蔡孑民（元培）先生任北京大学校长，大事革新，聘陈仲甫（独秀）君为文科学长，胡适之（适）君及刘半农（复）君为教授，陈、胡、刘诸君正努力于新文化运动，主张文学革命；启明亦同时被聘为北大教授。我因为我的理智告诉我，'旧文化不合理应该打倒'，'文章应该用白话做'，所以我十分赞同仲甫所办的《新青年》杂志，愿意给它当一名摇旗呐喊的小卒。我认为周氏兄弟的思想是国内数一数二的，所以竭力怂恿他们给《新青年》写文章。七年一月起，就有启明的文章，接着第二、三、四诸号都有启明的文章。但豫才尚无文章送来，我常常到绍兴会馆去催促，于是他的《狂人日记》小说居然做成而登在四卷第五号里了。"

这里的"六年"指的是民国六年即1917年，"七年"即1918年。查阅《新青年》杂志，早在周氏兄弟到该杂志发表文章之前，钱玄同已经通过写给陈独秀的读者来信，在1917年8月出版的《新青年》3卷6期中替周氏兄弟摇旗呐喊："至于从'青年良好读物'

① 《鲁迅全集》，人民文学出版社，1981年，第十四卷第282页。

上面着想，实在可以说：中国小说，没有一部好的，没有一部应该读的。若是能读西文的，可以直读Tolstoi（托尔斯泰）、Maupassant（莫泊桑）这些人的名著。若是不懂西文的，像胡适之先生译的《二渔夫》，马君武先生译的《心狱》，和我的朋友周豫才起孟两先生译的《域外小说集》、《炭画》，都是可以读的。（但是某大文豪用《聊斋志异》文笔和别人对译的外国小说，多失原意，并且自己搀进一种迂谬批评，这种译本，还是不读的好。）”

这里的“起孟”与“启明”一样，是周作人的别名，“某大文豪”则指的是不懂外语却偏偏通过别人的口译改编出版了许多外国文学作品的前辈作家林纾。

关于金心异即钱玄同的催稿，鲁迅在1922年12月3日的《呐喊·自序》中曾经有过活灵活现的生动叙述：

“那时偶或来谈的是一个老朋友金心异，将手提的大皮夹放在破桌上，脱下长衫，对面坐下了，因为怕狗，似乎心房还在怦怦的跳动。‘你钞了这些有什么用?’有一夜，他翻着我那古碑的钞本，发了研究的质问了。……我懂得他的意思了，他们正办《新青年》，然而那时仿佛不特没有人来赞同，并且也还没有人来反对，我想，他们许是感到寂寞了，……于是我终于答应他也做文章了，这便是最初的一篇《狂人日记》。从此以后，便一发而不可收，每写些小说模样的文章，以敷衍朋友们的嘱托，积久就有了十余篇。”

1925年6月15日，鲁迅又在《阿Q正传》俄文序中回忆说：“我在留学时候，只在杂志上登过几篇不好的文章。初做小说是一九一八年，因了我的朋友钱玄同的劝告，做来登在《新青年》上的。这时才用‘鲁迅’的笔名（Penname）；也常用别的名字做一点短论。”

同年 4 月 14 日，鲁迅还在致许广平信中对钱玄同的文章表示赞赏：“文章的看法，也是因人不同的，我因为自已好作短文、好用反语，每遇辩论，辄不管三七二十一，就迎头一击，所以每见和我的办法不同者便以为缺点，其实畅达也自有畅达的好处，正不必故意减缩（但繁冗则自应删削）。例如玄同之文，即颇汪洋，而少含蓄，使读者览之了然，无所疑惑，故于表白意见，反为相宜，效力亦复很大，我的东西却常招误解，有时竟大出于意料之外，可见意在简练，稍一不慎，即易流于晦涩……”①

1927 年 2 月 18 日，已经与《新青年》同人陈独秀、胡适、钱玄同、陶孟和、刘半农等人断绝来往的鲁迅，在标题为《无声的中国》的演讲稿中，以当事人的身份把“胡适之先生所提倡的‘文学革命’”的成功，归因于钱玄同：“这是怎么一回事呢？就因为当时又有钱玄同先生提倡废止汉字，用罗马字母来替代。这本也不过是一种文字革新，很平常的，但被不喜欢改革的中国人听见，就大不得了了，于是便放过了比较的平和的文学革命，而竭力来骂钱玄同。白话乘了这一个机会，居然减去了许多敌人，反而没有阻碍，能够流行了。②”

到了 1934 年 8 月 10 日，《文化与教育旬刊》第 27 期刊登记者熊梦飞的《记钱玄同先生关于语文问题谈话》，其中公开披露钱玄同在《新青年》杂志发表的废除汉字的观点，主要是“代朋友立言”，这位朋友就是鲁迅。

---

① 《两地书·一二》，《鲁迅全集》第十一卷第 47 页。

② 《鲁迅全集》第四卷第 13 页。

到了1935年8月14日，鲁迅又在《五论“文人相轻”——明术》一文中中高调赞美了钱玄同以及他自己的“极利害，极致命的法术”：“五四时代的所谓‘桐城谬种’和‘选学妖孽’，是指做‘载飞载鸣’的文章和抱住《文选》寻字汇的人们的，而某一种人，确也是这一流，形容惬当，所以这名目的流传，也较为永久。除此之外，恐怕也没有什么还留在大家的记忆里了。到现在，和这八字可以匹敌的，或者只好推‘洋场恶少’和‘革命小贩’了罢。前一联出于古之‘京’，后一联出于今之‘海’。创作难，就是给人起一个称号或诨名也不易。假使有谁能起颠扑不破的诨名的罢，那么，他如作评论，一定也是严肃正确的批评家，倘弄创作，一定也是深刻博大的作者。”①

这里的“洋场恶少”，是鲁迅加在并没有多少劣迹恶行的施蛰存身上的“颠扑不破的诨名”，“革命小贩”是他加在公开登报宣布退党的前左翼戏剧家联盟党团书记杨邨人身上的“颠扑不破的诨名”。

二

鲁迅与钱玄同之间最早出现裂痕，应该是1924年的事情。这一年的12月15日，鲁迅在《语丝》周刊第五期发表《我来说“持中”的真相》，其中写道：“风闻有我的老同学玄同其人者，往往背地里褒贬我，褒固无妨，而又有贬，则岂不可气呢？今天寻出漏洞，虽然与我无干，但也就来回敬一箭罢：报仇雪恨，《春秋》之义也。”②

---

① 《鲁迅全集》第六卷第384页。

② 《鲁迅全集》第七卷第56页。

1928年12月27日，鲁迅在致章廷谦信中，进一步表示了对于钱玄同等人的不满情绪："玄同之话，亦不足当真者也；凤举玄同，以为然与否，亦不足注意者也。我近来脾气甚坏，《语丝》被禁于浙而毫不气，一大群人起而攻之而亦不气，盖坏而近于道矣。"①

鲁迅与钱玄同的正式绝交，是1929年5月25日的事情。这天深夜，正在北平探望母亲鲁瑞及妻子朱安的鲁迅，在写给许广平的书信中介绍了与钱玄同、顾颉刚的不期而遇："我今天的出门，是为侍桁寻地方的，和幼渔接洽，已有头绪，访凤举未遇。途次往孔德学校，去看旧书，遇钱玄同，恶其噜苏，给碰了一个钉子，遂逡巡避去；少顷，则顾颉刚叩门而入，见我即踌躇不前，目光如鼠，终即退出，状极可笑也。他此来是为觅饭碗而来的，志在燕大，但未必请他，因燕大颇想请我；闻又在钻营清华，倘罗家伦不走，或有希望也。"②

这段话出自《两地书》原信。1933年4月《两地书》由李小峰的北新书局以上海青光书局名义公开发行时，鲁迅以金立因的化名替代了钱玄同，以朱山根的化名替代了顾颉刚："途次往孔德学校，去看旧书，遇金立因，胖滑有加，唠叨如故，时光可惜，默不与谈；少顷，则朱山根叩门而入，……"③

钱玄同在《我对于周豫才君之追忆与略评》中，对于当时的情景另有回忆："从十五年秋天他上厦门直到现在，这十年之中，他与我绝无来往。十八年五月，他到北平来过一次，因幼渔的介绍，他

---

① 《鲁迅全集》第十一卷第644页。
② 《两地书》原信（一四〇），《两地书全编》，浙江文艺出版社，1998年，第626页。
③ 《鲁迅全集》第十一卷第301页。

于二十六日到孔德学校访隅卿（隅卿那时是孔德学校的校务主任），要看孔德学校收藏的旧小说。我也在隅卿那边谈天，看见他的名片还是‘周树人’三字，因笑问他：‘原来你还是用三个字的名片，不用两个字的。’我意谓其不用‘鲁迅’也。他说：‘我的名片总是三个字的，没有两个字的，也没有四个字的。’他所谓四个字的，大概是指‘疑古玄同’吧。我那时喜效古法，缀‘号’于‘名’上，朋友们往往要开玩笑，说我改姓‘疑古’，其实我也没有这样四个字的名片。他自从说过这句话之后，就不再与我谈话了，我当时觉得有些古怪，就走了出去。”

对于鲁迅的一面之词，钱玄同回应说：“后来看见他的《两地书》中说到这事，将钱玄同改为金立因，说，‘往孔德学校，去看旧书，遇金立因，胖滑有加，唠叨如故，时光可惜，默不与谈’（第二四四页）。我想，‘胖滑有加’似乎不能算做罪名，他所讨厌的大概是唠叨如故吧。不错，我是爱‘唠叨’的，从二年秋天我来到北平，至十五年秋天他离开北平，这十三年之中，我与他见面总在一百次以上，我的确很爱‘唠叨’，但那时他似乎并不讨厌，因为我固‘唠叨’，而他亦‘唠叨’也。不知何以到了十八年我‘唠叨如故’，他就要讨厌而‘默不与谈’。但这实在算不了什么事，他既要讨厌，就让他讨厌吧。”

1929年6月25日，从北平回到上海的鲁迅，在致章廷谦信中再一次谈到钱玄同：“北京学界，我是竭力不去留心他。但略略一看，便知道比我出京时散漫，所争的都是微乎其微。……玄同之类的批评，不值一顾。他是自已不动，专责别人的人。”

同年7月21日，鲁迅又在致章廷谦信中对顾颉刚进行人身攻击："我在北京孔德学校，鼻忽推门而入，前却者屡，终于退出，似已无吃官司之意。但乃父不知何名，似应研究，倘其字之本义是一个虫，则必无其人，但借此和疑古玄同辈联络感情者也。"

1930年2月22日，鲁迅在致章廷谦信中，干脆把钱玄同与顾颉刚捆在一起加以清算："疑古玄同，据我看来，和他的令兄一样性质，好空谈而不做实事，是一个极能取巧的人，……至于鼻公，乃是必然的事，他不在厦门兴风，便在北平作浪，天生一副小娘脾气，磨了粉也不会改的。疑古亦此类，所以较可以情投意合。疑古和半农，还在北平逢人便即宣传，说我在上海发了疯，这和林语堂大约也有些关系。我在这里，已经收到几封学生给我的慰问信了。……语丝派的人，先前确曾和黑暗战斗，但他们自己一有地位，本身又是便变成黑暗了，一声不响，专用小玩意，来抖抖的把守饭碗。……贱胎们一定有贱脾气，不打是不满足的。今年我在《萌芽》上发表了一篇《我和〈语丝〉的始终》，便是赠与他们的还留情面的一棍，此外，大约有几个人还须特别打几棍，才好。"①

在《我和〈语丝〉的始终》一文中，被鲁迅斥为"贱胎们"而要"特别打几棍"的语丝派，涉及钱玄同、顾颉刚、刘半农、江绍原、孙伏园、李小峰等人，却单单放过了自己的弟弟、担任《语丝》周刊主编的周作人。就钱玄同来说，鲁迅所不能容忍的，主要是语丝社开始赢利之后，被尊为"老板"的李小峰每月需要请一回客，"从此市场中的茶居或饭铺的或一房门外，有时便会看见挂着一块上写'语丝社'的木牌。倘一驻足，也许就可以听到疑古玄同先生的

① 以上三封致章廷谦即川岛信，分别见《鲁迅全集》第十一卷第672、678页，和《鲁迅全集》第十二卷第4页。

又快又响的谈吐。”

由此可知，鲁迅在《我来说“持中”的真相》所说的“风闻”，大多是来自钱玄同“又快又响的谈吐”，也就是所谓的“胖滑有加，唠叨如故”。由于与弟弟周作人关系决裂，同为语丝派成员的鲁迅，是从来不参加这种聚会的。

1930 年 3 月 21 日，鲁迅在致章廷谦信中又谈到语丝派同人刘半农的就任北平大学女子文理学院院长，以及钱玄同的就任北京师范大学国文系主任：“半农玄同之拜帅，不知尚有几何时？有枪的也和有笔的一样，你打我，我打你，交通大约又是阻碍了。”

鲁迅的弟弟周作人在同年 3 月 31 日致江绍原信中，立场鲜明地站在钱玄同、刘半农一边：“《萌芽》未见，但曾闻人说过。鲁迅精神异常，我久与之绝，其所说似无计较之必要，又知寄信去给该月刊则更不值得矣。鲁曾说北大学生叫他来教书，钱玄刘半因怕夺他们的饭碗，故造谣说他发疯云云，即此一端可以见其思路之纷乱了。”①

三

自 1929 年 5 月 25 日正式决裂之后，鲁迅与钱玄同虽然没有发生过正面冲突，两个人之间或公开或私密的言论相攻却持续不断。

早在 1925 年 4 月 13 日出版的《语丝》周刊第 22 期中，刊登有周作人编译自日本古僧吉田兼好的《〈徒然草〉抄》，其中有这样一

---

① 《周作人早年佚简笺注》，四川文艺出版社，1992 年，第 201 页。

段话："观夫受命于天之生物，其生命未有长于人者。若蜉蝣之朝生而夕死者有之，若夏蝉之不知春秋者有之。以舒缓之心度日，则一年亦觉悠悠无尽；以贪着之心度日，纵千年之久，更何异一夜之梦！于不得常住之世，而待老丑之必至，果何为哉！寿则多辱。至迟四十以前合当瞑目，此诚佳事也。"

同年10月2日，孙伏园在自己主编的《京报》副刊第287号发表《呈疑古玄同先生》一文，其中写道："疑古玄同先生在《新青年》上著论，以为凡四十岁以上的人都可以枪毙的了，那时胡适之先生同他订约，说：'到你四十岁生日，我将赠你一首新诗，题曰手枪。'……疑古先生所致力的学问是再专门不过的，与人生日用可以说是绝少关系，但在这学问中也要表示他那极端的思想。……他时时刻刻防备旧势力的发展，时时刻刻担心新势力之薄弱，所以他的目标几乎完全是对付旧势力的，最先的一步功夫就是把旧训成俗所早经安排妥当了的东西压根儿捣乱，这就完成了沈先生送他的标语：'端午吃月饼，中秋吃粽子。'"

但是，遍查当年的《新青年》杂志并没有钱玄同"以为凡四十岁以上的人都可以枪毙"的原始出处，倒是在周作人以岂明的署名发表于1930年3月18日天津《益世报·副刊》的《中年》里面，看到了这样的议论：

"孔子曰，'四十而不惑。'吾友某君则云，人到了四十岁便可以枪毙。两样相反的话，实在原是盾的两面。合而言之，若曰，四十可以不惑，但也可以不不惑，那么，那时就是枪毙了也不足惜云尔。……譬如普通男女私情我们可以不管，但如见一个社会栋梁高谈女权或社会改革，却照例纳妾等等，那有如无产首领浸在高贵的温泉里命令大众冲锋，未免可笑，觉得这动物有点变质了。我想文明社会上道德的管束应该很宽，但应该要求诚实，言行不一致是一种大欺诈，大家应该留心不要上当。我想，我们与其伪善还不如真恶，真恶还是要负责任，冒危险。”

这里的“吾友某君”指的就是钱玄同。由此可知钱玄同与周作人一样非常认同吉田兼好的观点，并且在朋友交往中采用了一种更加通俗的表达方式：“人到了四十岁便可以枪毙。”周作人所谓“如见一个社会栋梁高谈女权或社会改革，却照例纳妾等等，那有如无产首领浸在高贵的温泉里命令大众冲锋”，指的是不久前在上海展开文艺论战的鲁迅与成仿吾。这次论战的结果，是在中共地下党组织的安排下，奉鲁迅为左联即中国左翼作家联盟的盟主，同时派遣成仿吾到国外游学。所谓“纳妾”，指的是鲁迅没有与原配妻子朱安正式离婚便与许广平过上了同居生活。

对于鲁迅的左转，钱玄同与周作人都是持反对态度的。1930 年 8 月 19 日，钱玄同在致周作人信中，就是用“左翼公”和“左公”来称呼鲁迅的。① 1932 年 11 月 7 日，钱玄同在日记中写道：“购得鲁迅之《三闲集》与《二心集》，躺床阅之，实在感到他的无聊、无赖、无耻。”鲁迅的《准风月谈》出版后，钱玄同又在日记中留下这样的记录：“购得新出版之鲁迅《准风月谈》，总是那一套，冷酷尖酸之拌嘴，骂街，有何意思。”②

---

① 该信原件藏北京鲁迅博物馆。见李可亭著《钱玄同传》，河南大学出版社，2002 年，第 197 页。

② 《钱玄同日记》影印本，福建教育出版社，2002 年，第八卷第 4554 页、第九卷第 5404 页。

1933年4月17日，四十八岁的周作人为《周作人书信》的出版，在写给李小峰的“序信”中，再一次借用吉田兼好的话语攻击鲁迅及《两地书》说：“没有办法，这原不是情书，不会有什么好看的。这又不是宣言书，别无什么新鲜话可讲。反正只是几封给朋友的信，现在不过附在这集里再给未知的朋友们看看罢了。……兼好法师尝说人们活过了四十岁，便将忘记自己的老丑，想在人群中胡混，私欲益深，人情物理都不复了解。行年五十，不免为兼好所诃，只是深愿尚不忘记老丑，并不以老丑卖钱耳。”

鲁迅一方采取的反击策略，基本上是避周作人之重而就钱玄同之轻。在1932年12月29日的日记中，鲁迅写道：“昙。上午寄绍兴朱宅泉八十。午后为梦禅及白频写《教授杂咏》各一首，其一云：‘作法不自毙，悠然过四十。何妨赌肥头，抵当辩证法。’其二云：‘可怜织女星，化为马郎妇。乌鹊疑不来，迢迢牛奶路。’……”

所谓“寄绍兴朱宅泉八十”，就是给原配妻子朱安的绍兴娘家寄去八十元钱，由此可知，已经与许广平在上海同居的鲁迅，依然承认朱安和她的娘家亲戚。人民文学出版社1981年出版的《鲁迅全集》，把这两首诗收入《集外集拾遗》并分别加写注解，说是前一首诗“系影射钱玄同的，钱玄同早年曾戏说：‘四十岁以上的人都应该枪毙’。又据说他在北京大学曾说过‘头可断，辩证法不可开课’的话”。

1933年11月3日，十八年前曾经向钱玄同索要过书法作品的鲁迅，在致郑振铎信中彻底否定了对方的书法成就：“序已寄出，想当先此而到，签条托兼士写，甚好。还有第一页（即名‘引首’的?）也得觅人写，请先生酌定，但我只不赞成钱玄同，因其议论虽多而高，字却俗媚入骨也。"

与鲁迅合作编选《北平笺谱》的郑振铎，收信之后大概是传播了这封书信中的意思，于是便引出台静农的来信询问。12 月 27 日，鲁迅在致台静农信中解释说："《北平笺谱》竟能卖尽，殊出意外，……印书小事，而郑君乃作如此风度，似少函养，……写序之事，传说与事实略有不符，郑君来函问托天行或容某（忘其名，能作简字），以谁为宜，我即答以不如托天行，因是相识之故。至于不得托金公执笔，亦诚有其事，但系指书签，盖此公夸而懒，又高自位置，托以小事，能托延至一年半载不报，而其字实俗媚入骨，无足观，犯不着向悭吝人乞烂铅钱也。关于国家博士，我似未曾提起，因我未能料及此公亦能为人作书，惟平日颇嗤其摆架子，或郑君后来亦有所闻，因不复道耳。"

这里的"天行"指的是魏建功，"容某"即容庚，"国家博士"指刘半农。

1934 年 1 月 15 日是周作人旧历五十大寿的日子，他不仅在八道湾家中设寿宴五席招待亲朋好友，而且专门写作了两首打油诗，先以《五十诞辰自咏稿》为题发表在当年 2 月的《现代》杂志 4 卷 4 期；然后又以《五秩自寿诗》为题刊登在林语堂主编的《人间世》创刊号中。诗稿发表后，沈尹默、刘半农、林语堂、蔡元培、沈兼士、钱玄同、胡适等人纷纷唱和，从而引起左翼文化界的鲁迅、胡风、廖沫沙等人的严重关注和强烈不满。

同年 4 月 30 日，鲁迅在致曹聚仁信中表态说："周作人自寿诗，诚有讽世之意，然此种微辞，已为今之青年所不，群公相和，则多近于肉麻，于是火上添油，遂成众矢之的，而不作此等攻击文字，此外近日亦无可言。此亦‘古已有之’，文人美女，必负亡国之责，近似亦有人觉国之将亡，已在卸责于清流或舆论矣。”

5月10日，鲁迅又在致台静农信中批评说：“北平诸公，真令人齿冷，或则媚上，或则取容，回忆五四时，殊有隔世之感。《人间世》我真不解何苦为此，大约未必能久，倘有被麻醉者，亦不足惜也。”

到了1935年5月20日，重病缠身的鲁迅采用“敖者”的署名，在《太白》半月刊2卷5期发表短文《死所》，其中再一次提到钱玄同：“今年，北平的马廉教授正在教书，骤然中风，在教室里逝去了，疑古玄同教授便从此不上课，怕步马廉教授的后尘。但死在教室里的教授，其实比死在家里的着实少。‘你还不怕，仍旧坐在家里吗？’”

“敖者”就是《铸剑》中以同归于尽的极端方式替少年眉间尺包办复仇的“黑色的人”宴之敖者，鲁迅在这篇文章中针对老朋友、老同学钱玄同所要表现的，正是《我来说“持中”的真相》中已经声明过的“报仇雪恨，《春秋》之义也”。

相比之下，胡适与钱玄同之间围绕着“四十岁”这个话题却留下了一段善意互动的佳话。

1926年9月12日是钱玄同的四十大寿，由于“三一八”惨案的爆发，北京政学两界的著名人士纷纷南下，钱玄同自然没有心情拿自己的四十大寿大做文章，远在国外的胡适也没有闲暇写作他的《手枪》诗。到了第二年，钱玄同在周作人、孙伏园等人的鼓动下，要在《语丝》周刊举办“成仁周年纪念”。1927年8月11日，胡适从上海给钱玄同写信，信中录入了“援笔陈词”的一首《亡友钱玄同先生成仁周年纪念歌》：“该死的钱玄同，怎会至今未死！/一生专杀古人，去年轮着自己。/可惜刀子不快，又嫌投水可耻。/这样那样迟疑，过了九月十二。/可惜我不在场，不曾来监斩你。/今年忽然来信，要作“成仁纪念”。/这个倒也不难，请先读《封神传》。/回家先挖一坑，好好睡在里面，/用草盖在身上，脚前点灯一盏，/草上再撒把米，瞒得阎王鬼判，/瞒得四方学者，哀悼成仁大典。/今年九月十二，到处念经拜忏，/度你早早升天，免在地狱捣乱。”①

1930 年 12 月 4 日，被免除教育部长职务的蒋梦麟，在蔡元培、胡适、傅斯年、丁文江等人的强力支持下调任北大校长。胡适随后也返回北平就任北大文学院院长，再一次与钱玄同、周作人、刘半农等《新青年》同人成为北大同事。晚年钱玄同与胡适之间最为重要的合作，是 1933 年 12 月执笔书写由胡适为大青山抗日阵亡将士公墓撰稿的白话碑文《中华民国华北军第七军团第五十九军抗日战死将士墓碑》，这是中国近现代历史上第一块采用新式标点符号分段刻写的白话碑文，其中写道：“这里长眠的是二百零三个中国好男子！他们把他们的生命献给了他们的祖国！我们和我们的子孙来这里凭吊敬礼的！要想想我们应该用什么报答他们的血！”

四

鲁迅去世后，钱玄同在他的回忆文章《我对于周豫才君之追忆与略评》一文中表现出了相对全面、相对公正的态度。他认为，鲁迅的长处主要表现在三个方面：

---

① 耿云志、欧阳哲生编《胡适书信集》（上），北京大学出版社，1996 年，396 页。

其一，他治学最为谨严，无论校勘古书或翻译外籍，都以求真为职志，他辑《会稽郡故书杂集》与《古小说钩沉》，他校订《嵇康集》与《唐宋传奇集》，他著《中国小说史略》，他翻译外国小说，都同样的认真。这种精神，极可钦佩，青年们是应该效法他的。

其二，豫才治学，只是他自己的兴趣，绝无好名之心，所以总不大肯用自己的名字发表，如《会稽郡故书杂集》，实在是豫才辑的，序也是他做的，但是他不写“周树人”而写“周作人”，即是一例；因为如此，所以他所辑校著译的书，都很精善，从无粗制滥造的。这种“暗修”的精神，也是青年们所应该效法的。

其三，他读史与观世，有极犀利的眼光，能揭发中国社会的痼疾，如《狂人日记》《阿Q正传》《药》等小说及《新青年》中他的《随感录》所描写所论述的皆是。这种文章，如良医开脉案，作对症发药之根据，于改革社会是有极大的用处的。

关于鲁迅的短处，钱玄同也概括了三个方面：

其一是多疑。“他往往听了别人几句不经意的话，以为是有恶意的，甚而至于以为是要陷害他的，于是动了不必动的感情。”

其二是轻信。“他又往往听了别人几句不诚意的好听话，遂认为同志，后来发觉对方的欺诈，于是由决裂而止大骂。”

其三是迁怒。“譬如说，他本善甲而恶乙，但因甲与乙善，遂迁怒于甲而并恶之。”

在这三个方面的短处中，至少“多疑”与“迁怒”是可以用来解释鲁迅与钱玄同化友为敌的主要原因的。

第18篇 鲁迅的批评与朱光潜的反省

朱光潜（1897—1986），字孟实，安徽省桐城县人，现当代著名美学家、文艺理论家、教育家、翻译家。1922年毕业于香港大学文学院，1925年留学英国爱丁堡大学，致力于文学、心理学与哲学的学习与研究，后在法国斯特拉斯堡大学获哲学博士学位。1933年回国后，历任北京大学、四川大学、武汉大学教授。1946年后一直在北京大学任教，讲授美学与西方文学。主要著作有《悲剧心理学》《文艺心理学》《西方美学史》《谈美》等。

一

鲁迅与朱光潜本没有什么直接接触，偏偏在晚年，“好斗”的鲁迅还是给了朱光潜一击，从而给文坛留下一段聚讼公案。

事情起因是，1935 年 12 月，朱光潜在《中学生杂志》第六十号刊登了《说“曲终人不见，江上数峰青”——答夏丏尊先生》一文。夏丏尊本是朱光潜的旧友，当时正在上海办《中学生杂志》，积极致力于青少年教育，探讨和普及文化与文学知识。朱光潜在文章中这样说：

前几天接得丏尊先生的信说：“近来颇有志于文章鉴赏法。昨与友人谈起‘曲终人不见，江上数峰青’，这两句大家都觉得好。究竟好在何处？有什么理由可说：苦思一夜，未获解答。”这封信引起我重新思索，觉得在《谈美》里所说的话尚有不圆满处。我始终相信“欣赏一首诗，就是再造一首诗”，各人各时各地的经验，学问和心性不同，对于某一首诗所见到的也自然不能一致。这就是说，欣赏大半是主观的，创造的。我现在姑且把我在此时此地所见到的写下来就正于丏尊先生以及一般爱诗者。① ……

玩味一首诗，最要紧的是抓住它的情趣。有些诗的情趣是一见就能了然的，有些诗的情趣却迷茫隐约，不易捉摸。本来是愁苦，我们可以误认为快乐，本来是快乐，我们也可以误认为愁苦；本来

① 本文原载于1935 年12 月的《中学生》第六十期。据安徽教育出版社 1993 年2 月版《朱光潜全集》第八卷第 393—397 页，

是诙谐，我们可以误认为沉痛，本来是沉痛，我们也可以误认为诙谐。我从前读“曲终人不见，江上数峰青”，以为它所表现的是一种凄凉寂寞的情感，所以把它拿来和“相思黄叶落，白露点青苔”，“可堪孤馆闭春寒，杜鹃声里斜阳暮”诸例相比。现在我觉得这是大错。如果把这两句诗看成表现凄凉寂寞的情感，那就根本没有见到它的佳妙了。艺术的最高境界都不在热烈。就诗人之所以为人而论，他所感到的欢喜和愁苦也许比常人所感到的更加热烈。就诗人之所以为诗人而论，热烈的欢喜或热烈的愁苦经过诗表现出来以后，都好比黄酒经过长久年代的储藏，失去它的辣性，只剩一味醇朴。我在别的文章里曾经说过这一段话：“懂得这个道理，我们可以明白古希腊人何以把和平静穆看作诗的极境，把诗神阿波罗摆在蔚蓝的山巅，俯瞰众生扰攘，而眉宇间却常如作甜蜜梦，不露一丝被扰动的神色?”这里所谓“静穆”（serenity）自然只是一种最高理想，不是在一般诗里所能找得到的，古希腊——尤其是古希腊的造形艺术——常使我们觉到这种“静穆”的风味。“静穆”是一种豁然大悟，得到归依的心情。它好比低眉默想的观音大士，超一切忧喜，同时你也可说它泯化一切忧喜。这种境界在中国诗里不多见。屈原、阮籍、李白、杜甫都不免有些像金刚怒目，愤愤不平的样子。陶潜浑身是“静穆”，所以他伟大。……

这篇短文是就唐代诗人钱起的《湘灵鼓瑟》中的名句“曲终人不见，江上数峰青”为何引发美感而着笔的，其基本的意思是，“玩味一首诗，最要紧的是抓住它的情趣”，“艺术的最高境界都不在热烈。就诗人之所以为人而论，他所感到的欢喜和愁苦也许比常人所感到的更加热烈。就诗人之所以为诗人而论，热烈的欢喜或热烈的愁苦经过诗表现出来以后，都好比黄酒经过长久年代的储藏，失去它的辣性，只剩一味醇朴"，"这种境界在中国诗里不多见。屈原、阮籍、李白、杜甫都不免有些像金刚怒目，愤愤不平的样子。陶潜浑身是'静穆'，所以他伟大"，"古希腊人何以把和平静穆看作诗的极境，把诗神阿波罗摆在蔚蓝的山巅，俯瞰众生扰攘，而眉宇间却常如作甜蜜梦，不露一丝被扰动的神色?"这里所谓"静穆"（serenity）自然只是一种最高理想，不是在一般诗里所能找得到的。……

让朱光潜没想的是，鲁迅在看到这篇文章后十分重视，马上态度鲜明地给予了正面批评，他在1936年1月《海燕》月刊第一期上发表了《"题未定"草（六)》和《"题未定"草（七)》两篇文章，对朱光潜的观点加以驳诘。

二

鲁迅对朱光潜观点的批驳主要分三个方面。

第一，关于"佳句"和"摘句"。

朱光潜认为佳句的妙处在于其蕴藉着丰富内涵，"曲终人不见"体现美好事物的消逝，倘若将美好事物的影子寄托在一片青峰之上，在青峰中时常感受到自已所依恋和爱慕的，于是消逝化为永恒的存在，"它所表现的情感就决不只是凄凉寂寞，就只有'静穆'两字可形容了。"同样的，陶渊明的"采菊东篱下，悠然见南山"有着无尽的意味，它的内蕴永远可以让人去琢磨体悟。

鲁迅则反对以“摘句”方式分析作品内蕴和作者人格。他认为，“摘句”是从全篇中截取一两句话来加上自己的体会，忽视了这一两句话与全篇文意的联系，或是不顾及作品全集，由某句诗得出作者的全部人格。鲁迅写道：

> 还有一样最能引读者入于迷途的，是“摘句”。它往往是衣裳上撕下来的一块绣花，经摘取者一吹嘘或附会，说是怎样超然物外，与尘浊无干，读者没有见过全体，便也被他弄得迷离惝恍。最显著的便是上文说过的“悠然见南山”的例子，忘记了陶潜的《述酒》和《读山海经》等诗，捏成他单是一个飘飘然，就是这摘句作怪。新近在《中学生》的十二月号上，看见了朱光潜先生的《说‘曲终人不见，江上数峰青’》的文章，推这两句为诗美的极致，我觉得也未免有以割裂为美的小疵。

朱光潜认为“曲终人不见，江上数峰青”这两句诗体现了“诗美的极致”，鲁迅认为他割裂了这两句诗与钱起的《湘灵鼓瑟》全篇内容的联系，只单看这两句诗便得出了静穆的意境。“忘记了陶潜的《述酒》和《读山海经》等诗”是指忘却了陶渊明在《述酒》诗中关心现实、对刘裕篡位后背信弃义杀死晋恭帝的愤慨，及《读〈山海经〉》中那“刑天舞干戚，猛志固常在”式的“金刚怒目”。

这就有了鲁迅著名的观点：“不过我总认为尚要论文，最好要顾及全篇，并且顾及作者的全人，以及他所处的社会状态，这才较为确凿，要不然，是很容易近乎说梦的。”

第二，关于“静穆”是否是诗歌最高境界的争论。

朱光潜认为诗歌的最高美学理想是“静穆”，“静穆”是走出与利害相关的小天地，调和内心冲突达到平和的状态，“静穆”是一种豁然大悟、得到归依的心情。它好比低眉默想的观音，超一切忧喜，同时你也可说它泯化一切忧喜，这种境界在中国诗里不多见。在朱光潜看来，中国古代著名诗人中的屈原、阮籍、李白、杜甫都不免有些像金刚怒目、愤愤不平的样子；而陶潜浑身是“静穆”，所以他伟大。朱光潜认为“静穆”是一种哲学境界，也是一种宗教精神，是看透了世事，超越了一切喜悲，不避凄风苦雨，不为荣华富贵而欣喜若狂，不被纷扰世事所扰动，沉静的心灵就像海纳百川一样能包容一切。如果把“静穆”作为诗歌的最高境界，将静穆的哲学蕴涵在具体形象中，把哲学和诗意交织融合，于是美就如同太阳的光辉降临人间了。

鲁迅反对“静穆”是诗歌最高境界的说法。在鲁迅看来，朱光潜所推崇的“静穆”，是对苦难和压迫的忘却与超越，是抿化了痛苦和欢喜，从而使人们变得麻木。鲁迅写道，“抚慰劳人的圣药，在诗，用朱先生的话来说，是‘静穆’”。

第三，关于对古希腊诗歌及其中国诗歌的评价。

朱光潜认为古希腊诗歌的极境是“静穆”，鲁迅认为古希腊诗的极境并非“静穆”，古希腊诗歌的境界有宏大而炽热的。鲁迅写道：“但以现存的希腊诗歌而论，荷马的史诗，是雄大而活泼的，沙孚的恋歌，是明白而热烈的，都不静穆。”

朱光潜推崇陶潜，他认为屈原、阮籍、李白、杜甫的诗歌不免有些像金刚怒目、愤愤不平的样子。鲁迅对这种简单的褒贬取舍态度十分反对，并且认为，朱光潜即使对于自己喜欢的陶潜诗，也因为过于偏爱过于主观化，而忽略了陶潜诗歌的丰富性与复杂性。陶潜诗歌有静穆的一面，也有怒目金刚的一面。

就今天的多元化观点来看，每个人艺术主张可以说都有其合理性，因为每个人的美学观、方法论乃至说话的动机目的都是不一样的。

从“佳句”和“摘句”现象看，实际是文学接受与普及中常见的现象，普通读者与专业学者对于文学接受的方式是大不相同的。鲁迅提出的所谓“整体观”固然正确，在实际过程中，同样具有理想化的倾向，他同样没有看到文学接收过程中的复杂性与丰富性。比如，对一个中学生进行文学教育，什么是最好的形式呢？应该说，用“文选”、“摘句”的形式，选其精华、激发兴味，举一反三、循序渐进，这不失为一种很好的方式。而一般的读者也多是走马观花，见山见水，偶有所得而已。真正做到“顾及全人全篇”的只有那些专门领域的研究学者。

此外，至于静穆是否是诗歌最好境界，也是见仁见智的。朱光潜是美学家，主张直觉、静观、平和等美学追求，就此在美学上建立了一家之说。他是学院中人，有些唯美倾向，抒发一己之言亦无不可。正因为如此，他对诗歌评价的标准也是建立在这样的基础上。虽然鲁迅从知识、方法上提出众多异议，但是并不意味着朱光潜的观点一无是处。

鲁迅之所以对朱光潜的这篇短文不依不饶，其实还有深层的原因。

三

鲁迅在《“题未定”草（七)》批评朱光潜是玩“摘句”的把

戏，是以“割裂为美”。有的学者推测，可能是由于朱光潜在1926年评价周作人散文集《雨天的书》时说到周氏兄弟“没有脱去‘师爷气’”，并称周作人是“师爷派的诗人”，鲁迅则是“师爷派的小说家”。又说：“所以师爷气在《雨天的书》里只是冷，在《华盖集》里便不免冷而酷了。”[①] 大约是这几句话无意中得罪了鲁迅。不过，朱光潜和周作人是有交往的[②]，此外，照理说上述一番评价也未必达到触怒鲁迅的地步，且鲁迅长朱光潜16岁之多，基本上可说是两代人。

那么，究竟是何原因促使鲁迅在病重的晚年提起笔来，和一个文坛初出茅庐的小辈论战呢？真实的原因还在于文学、美学的态度和立场的不同。事实上鲁迅所批评的，并不仅仅是朱光潜文章中的观点本身，还包含了对朱光潜为代表的知识分子心态与观念持的反对态度。说起来这是一个复杂问题，牵涉到当时文化界的“京派”与“海派”的论争，也牵涉到左联与其他各文派的矛盾冲突，甚至还牵涉到复杂的政治文化问题。总之，譬如林语堂、梁实秋、朱光潜等观点类似的人都在这篇文章中遭到了批判；就当下的文人而言，他还是喜欢林莽这些进步作家，所以，他在林莽诗集序中还是不自觉提高了朱光潜的“静穆观”。

更深层次的是，当时“一·二九”运动刚刚结束，鲁迅知道当时已经不可能是“静穆”的、一个可以平和闲适时代，而应该是怒

---

① 《朱光潜全集》第八卷，安徽教育出版社，1993年，第190页。

② 朱光潜《再论周作人事件》：“我个人和周作人先生在北京大学同事四年，平时虽常晤谈，但说不上有什么很深的友谊。”详见《朱光潜全集》第九卷，合肥：安徽教育出版社，1993年，第9页。

目金刚的年代。所以他说，“石在，火种是不会绝的”。这样看来，这场论争实际上是剧变时代不同思想家和文化人的不同心声的冲突。

在鲁迅看来，朱光潜虽然比自己小，但已是正在筹办的《文学杂志》主编，幕后仍然是胡适京派等人掌控，这是他素来讨厌的“帮闲美学”在那里作怪，骨子里无非是重弹“为艺术而艺术”的老调。这样以来，就不能简单孤立去看鲁迅的《“题未定”草(七)》里对朱光潜的批评。鲁迅在写这篇之前有两篇文章尤为值得注意：一是《“京派”和“海派”》；二是《从帮忙到扯淡》。这两篇都写于 1935 年，前一篇显然是暗指朱光潜正酝酿筹备主办的刊物《文学杂志》，内称“我是故意不举出那新出刊物的名目来的”。

根据朱光潜的回忆：当他刚回国时，“正逢‘京派’和‘海派’对垒。京派大半是文艺界旧知识分子，海派主要指左联。我由胡适约到北大，自然就成了京派人物，京派在‘新月’时期最盛。自从诗人徐志摩死于飞机失事之后，就日渐衰落。胡适和杨振声等人想使京派再振作一下，就组织一个 8 人编委会，筹办一种《文学杂志》。编委会之中有杨振声、沈从文、周作人、俞平伯、朱自清、林徽因等人和我。他们看到我初出茅庐，不大为人所注目不容易成为靶子，就推我当主编。由胡适和王云五接洽，把新诞生的《文学杂志》交给商务印书馆出版”①。

鲁迅在文章里讽刺是“北京送秋波”，“上海叫‘来嘘’”，其实就是指京派和海派“杂烩”的《文学杂志》（该杂志两年筹备，创刊号于 1937 年 5 月 1 日）。杂志未出炉已然成了鲁迅攻击的“靶

① 《朱光潜全集》第一卷，合肥：安徽教育出版社，1993 年，第 1 页。

子”。后一篇则挖苦“帮闲文学”：一帮人有“帮闲”之“志”，却无“帮闲”之“才”。故称“必须有帮闲之志，又有帮闲之才，这才是真正的帮闲。如果有其志而无其才，乱点古书，重抄笑话，吹拍名士，拉扯趣闻，而居然不顾脸皮，大摆架子，反自以为得意，——自然也还有人以为有趣，——但按其实，却不过‘扯淡’而已”①。

如果再联系到鲁迅写《“题未定”草（七）》批评朱光潜所谓陶渊明浑身“静穆”观，应该说鲁迅的美学观是前后一致的，即带有现实功利性和批判性，是与“为艺术而艺术”超功利美学观相对立的。所以在大体上，是可以把朱光潜与鲁迅的这场争鸣看做是“功利与超功利”美学问题在深度学术层面的展开的。

四

对于学术争论，朱光潜素来是有来必往的，但对于鲁迅的上述批评，大概鉴于鲁迅的论域较广，并不限于文学批评的范围，加之当时的社会背景和政治气候，朱光潜还是选择了沉默。不过，这并不意味他内心接受了鲁迅的批评，在私下的场合，一有机会，朱光潜仍要说明他与鲁迅在此问题上的分歧实质是什么。

回过头来检视鲁迅和朱光潜的争论可以发现，鲁迅的学术趣味和“投枪”斗士的文化立场有关，这的确和朱光潜有很大差别。一方面，鲁迅的这种“战斗”者面貌出现的美学观常有明显的功利性，

① 《鲁迅全集》第六卷，北京：人民文学出版社，1953年，第274页。

但也具有反对抽象形上学实体化思维的特点，由于他突出了反对“为文艺而文艺”的文艺观，使得一般读者常容易把朱光潜看做是“超功利”（为文艺而文艺）的代表和鲁迅美学观的对立面。

事实上，朱光潜早在和鲁迅争执之前写的代表作《文艺心理学》和《诗论》（稿成于留欧期间）里就已经批评了康德、克罗齐形式派只强调“为文艺而文艺”的观点，所提出的美感经验的“前因后果”论实际已包含“功利”和“超功利”统一的观点。在《文艺心理学》对“假古典主义（后来朱光潜翻译成新古典主义）”的“类型”说的批评和鲁迅对“虚悬”形式主义形上学方法的批评并无思想的对立。因此，可以说在朱光潜未作回应的这场学术争论中，学术界夸大了鲁迅和朱光潜观点的对立，只是注意到问题的一方面，没有注意到问题的另一方面。

第19篇 鲁迅和“自由人”胡秋原

胡秋原（1910—2004），原名胡业崇，又名曾佑，笔名未明、石明、冰禅。湖北省黄陂（今武汉市黄陂区）木兰山下大胡家湾村人，著名史学家、政论家和文学家。是国民党的资深党员，曾任上海东亚书局编辑、同济大学教授、《文化批判》《思索月刊》总编辑、福建《民国日报》社长。生平著作达100多种3000余万字。

一

《论“第三种人”》是鲁迅晚年撰写的一篇较为重要的杂文。此文写于1932年10月10日，发表于20天后——1932年11月1日上海出版的《现代》第二卷第一期。此文仍然沿袭了鲁迅一贯的犀利笔锋，矛头所向直指论敌——“第三种人”。但在猛烈抨击为他所痛恨的“为虎作伥”的“第三种人”之前，他首先对“第三种人”为之辩护的“文学自由人”胡秋原，予以了虽不指名道姓但是火力更加威猛的抨击。继冯雪峰、瞿秋白、周扬多篇檄文之后，在鲁迅的笔下，胡秋原又一次被斥之为“资产阶级的走狗”。也正由于鲁迅当年在激愤之余开具的这两顶帽子，给胡秋原的一生蒙上了另类的色彩。

不妨先来读一读《论“第三种人”》一文。

论“第三种人”①

这三年来，关于文艺上的论争是沉寂的，除了在指挥刀的保护之下，挂着“左翼”的招牌，在马克思主义里发见了文艺自由论，列宁主义里找到了杀尽共匪说的论客②的“理论”之外，几乎没有

① 本篇最初发表于1932年11月1日上海《现代》第二卷第一期。1931年12月，胡秋原在他所主持的《文化评论》创刊号发表了《阿狗文艺论》一文，他自称“自由人”，一方面批评“民族主义文学”，一方面则对当时“左联”所领导的革命文学运动进行攻击，因此受到“左联”的反击。本篇及瞿秋白所作《文艺的自由和文学家的不自由》（1932年10月《现代》第一卷第六期）就是在这情形下发表的。

② 这里所说的论客，指胡秋原和某些托洛茨基派分子。当时胡秋原曾冒充“马克思主义”者，并和托洛茨基派分子相勾结；托洛茨基派同国民党反动派一鼻孔出气，诬蔑中国工农红军为“土匪”。

人能够开口。然而，倘是“为文艺而文艺”的文艺，却还是“自由”的，因为他决没有收了卢布的嫌疑。但在“第三种人”，“就是死抱住文学不放的人”①，又不免有一种苦痛的豫感：左翼文坛要说他是“资产阶级的走狗”②。

代表了这一种“第三种人”来鸣不平的，是《现代》杂志第三和第六期上的苏汶先生的文章③（我在这里先应该声明：我为便利起见，暂且用了“代表”，“第三种人”这些字眼，虽然明知道苏汶先生的“作家之群”，是也如拒绝“或者”，“多少”，“影响”这一类不十分决定的字眼一样，不要固定的名称的，因为名称一固定，也就不自由了）。他以为左翼的批评家，动不动就说作家是“资产阶级的走狗”，甚至于将中立者认为非中立，而一非中立，便有认为“资产阶级的走狗”的可能，号称“左翼作家”者既然“左而不作”④，“第三种人”又要作而不敢，于是文坛上便没有东西了。然而文艺据说至少有一部分是超出于阶级斗争之外的，为将来的，就

① “死抱住文学不放的人”：这是苏汶在《关于“文新”与胡秋原的文艺论辩》中的话：“在‘智识阶级的自由人’和‘不自由的，有党派的’阶级争着文坛的霸权的时候，最吃苦的，却是这两种人之外的第三种人。这第三种人便是所谓作者之群。作者，老实说，是多少带点我前面所说起的死抱住文学不肯放手的气味的。”

② 这是苏汶在《关于“文新”与胡秋原的文艺论辩》一文中所说的话：“诚哉，难乎其为作家！……他只想替文学，不管是煽动的也好，暴露的也好，留着一线残存的生机，但是又怕被料事如神的指导者们算出命来，派定他是那一阶级的走狗。”

③ 苏汶（1906—1964）：又名杜衡，原名戴克崇，浙江杭县人，当时《现代》月刊的编辑。这里所说苏汶的文章，即上述《关于“文新”与胡秋原的文艺论辩》和《现代》第六期（1932年10月）所载《“第三种人”的出路》。

④ “左而不作”见苏汶《“第三种人”的出路》：“不勇于欺骗的作家，既不敢拿出他们所有的东西，而别人所要的却又拿不出，于是怎么办？——搁笔。这搁笔不是什么‘江郎才尽’，而是不敢动笔。因为做了忠实的左翼作家之后，他便会觉得与其作而不左，倒还不如左而不作。而在今日之下，左而不作的左翼作家，何其多也！”

是“第三种人”所抱住的真的，永久的文艺。——但可惜，被左翼理论家弄得不敢作了，因为作家在未作之前，就有了被骂的豫感。

我相信这种豫感是会有的，而以“第三种人”自命的作家，也愈加容易有。我也相信作者所说，现在很有懂得理论，而感情难变的作家。然而感情不变，则懂得理论的度数，就不免和感情已变或略变者有些不同，而看法也就因此两样。苏汶先生的看法，由我看来，是并不正确的。

自然，自从有了左翼文坛以来，理论家曾经犯过错误，作家之中，也不但如苏汶先生所说，有“左而不作”的，并且还有由左而右，甚至于化为民族主义文学的小卒，书坊的老板，敌党的探子的，然而这些讨厌左翼文坛了的文学家所遗下的左翼文坛，却依然存在，不但存在，还在发展，克服自己的坏处，向文艺这神圣之地进军。苏汶先生问过：克服了三年，还没有克服好么？[①] 回答是：是的，还要克服下去，三十年也说不定。然而一面克服着，一面进军着，不会做待到克服完成，然后行进那样的傻事的。但是，苏汶先生说过“笑话”[②]：左翼作家在从资本家取得稿费；现在我来说一句真话，是左翼作家还在受封建的资本主义的社会的法律的压迫，禁锢，杀戮。所以左翼刊物，全被摧残，现在非常寥寥，即偶有发表，批评作品的也绝少，而偶有批评作品的，也并未动不动便指作家为“资

---

① 苏汶的这些话也见《“第三种人”的出路》：“中国无产阶级文学运动已经有了三年的历史。在这三年的期间内，理论是明显地进步了，但是作品呢？不但在量上不见其增多，甚至连质都未见得有多大的进展。固然有人高唱着克服什么什么的根性和偏见。但是克服了三年还没有克服好吗？”

② 苏汶说过“笑话”，也见《“第三种人”的出路》：“容我说句笑话，连在中国这样野蛮的国家，左翼诸公都还可以拿他们的反资本主义的作品去从资本家手里换出几个稿费来呢。”

产阶级的走狗”，而且不要“同路人”。

左翼作家并不是从天上掉下来的神兵，或国外杀进来的仇敌，他不但要那同走几步的“同路人”，还要招致那站在路旁看看的看客也一同前进。

但现在要问：左翼文坛现在因为受着压迫，不能发表很多的批评，倘一旦有了发表的可能，不至于动不动就指“第三种人”为“资产阶级的走狗”么？我想，倘若左翼批评家没有宣誓不说，又只从坏处着想，那是有这可能的，也可以想得比这还要坏。不过我以为这种豫测，实在和想到地球也许有破裂之一日，而先行自杀一样，大可以不必的。

然而苏汶先生的“第三种人”，却据说是为了这未来的恐怖而“搁笔”了。未曾身历，仅仅因为心造的幻影而搁笔，“死抱住文学不放”的作者的拥抱力，又何其弱呢？两个爱人，有因为豫防将来的社会上的斥责而不敢拥抱的么？

其实，这“第三种人”的“搁笔”，原因并不在左翼批评的严酷。真实原因的所在，是在做不成这样的“第三种人”，做不成这样的人，也就没有了第三种笔，搁与不搁，还谈不到。

生在有阶级的社会里而要做超阶级的作家，生在战斗的时代而要离开战斗而独立，生在现在而要做给与将来的作品，这样的人，实在也是一个心造的幻影，在现实世界上是没有的。要做这样的人，恰如用自己的手拔着头发，要离开地球一样，他离不开，焦躁着，然而并非因为有人摇了摇头，使他不敢拔了的缘故。

所以虽是“第三种人”，却还是一定超不出阶级的，苏汶先生就先在豫料阶级的批评了，作品里又岂能摆脱阶级的利害；也一定离不开战斗的，苏汶先生就先以“第三种人”之名提出抗争了，虽然“抗争”之名又为作者所不愿受；而且也跳不过现在的，他在创作超阶级的，为将来的作品之前，先就留心于左翼的批判了。

这确是一种苦境。但这苦境，是因为幻影不能成为实有而来的。即使没有左翼文坛作梗，也不会有这“第三种人”，何况作品。但苏汶先生却又心造了一个横暴的左翼文坛的幻影，将“第三种人”的幻影不能出现，以至将来的文艺不能发生的罪孽，都推给它了。

左翼作家诚然是不高超的，连环图画，唱本，然而也不到苏汶先生所断定那样的没出息[①]。左翼也要托尔斯泰，弗罗培尔[②]。但不要“努力去创造一些属于将来（因为他们现在是不要的）的东西”的托尔斯泰和弗罗培尔。他们两个，都是为现在而写的，将来是现在的将来，于现在有意义，才于将来会有意义。尤其是托尔斯泰，他写些小故事给农民看，也不自命为“第三种人”，当时资产阶级的多少攻击，终于不能使他“搁笔”。左翼虽然诚如苏汶先生所说，不

---

① 苏汶在《关于“文新”与胡秋原的文艺论辩》中说：“譬如拿他们（按指‘左联’）所提倡的文艺大众化这问题来说吧。他们鉴于现在劳动者没有东西看，在那里看陈旧的充满了封建气味的（这就是说，有害的）连环图画和唱本。于是他们便要作家们去写一些有利的连环图画和唱本来给劳动者们看。……这样低级的形式还生产得出好的作品吗？确实，连环图画里是产生不出托尔斯泰，产生不出弗罗培尔来的。这一点难道左翼理论家们会不知道？他们断然不会那么蠢。但是，他们要弗罗培尔什么用呢？要托尔斯泰什么用呢？他们不但根本不会叫作家去做成弗罗培尔或托尔斯泰，就使有了，他们也是不要，至少他们‘目前’已是不要。而且这不要是对的，辩证的。也许将来，也许将来他们会原谅，不过此是后话。”

② 托尔斯泰：指列夫·托尔斯泰。他曾特别关注俄国农民的悲惨处境和命运，编写了大量以农民为主要读者对象的民间故事、传说和寓言。这类作品，鼓吹了宗教道德，同时也揭露了沙皇统治的罪恶，因而有些遭到了当局的删改和查禁。弗罗培尔（G. Flaubert，1821—1880），通译福楼拜，法国小说家。著有长篇小说《包法利夫人》《情感教育》等。

至于蠢到不知道"连环图画是产生不出托尔斯泰，产生不出弗罗培尔来"，但却以为可以产出密开朗该罗，达文希[1]那样伟大的画手。而且我相信，从唱本说书里是可以产生托尔斯泰，弗罗培尔的。现在提起密开朗该罗们的画来，谁也没有非议了，但实际上，那不是宗教的宣传画，《旧约》[2] 的连环图画么？而且是为了那时的"现在"的。

总括起来说，苏汶先生是主张"第三种人"与其欺骗，与其做冒牌货，倒还不如努力去创作，这是极不错的。

"定要有自信的勇气，才会有工作的勇气！[3]"这尤其是对的。

然而苏汶先生又说，许多大大小小的"第三种人"们，却又因为豫感了不祥之兆——左翼理论家的批评而"搁笔"了！

"怎么办呢"？

十月十日

附在《论"第三种人"》一文尾后的两段注释①和②，无论是1981年版的《鲁迅全集》还是2005年版的《鲁迅全集》，在内容上都大同小异，后者做了一些文字上的修饰，加在胡秋原头上的两顶帽子也稍稍有些缓解，但依然将"胡秋原和某些托洛茨基派分子"紧紧地捆绑在一起。这两顶帽子分别是"在马克思主义里发见了文艺自由论"和"在列宁主义里找到了杀尽共匪说"。现在的问题在

---

① 密开朗该罗（B. Michelangelo，1475—1564）译米开朗琪罗，文艺复兴时期的意大利雕刻家、画家。绘画代表作有《创世记》和《最后的审判》等。达文希（Da Vinci，1452—1519），通译：达·芬奇，文艺复兴时期的意大利画家。代表作有《蒙娜·丽莎》和《最后的晚餐》等。

② 《旧约》，即《旧约全书》，基督教《圣经》的前部分（后部分为《新约全书》）。

③ 这句话和末句的"怎么办呢"，均见《"第三种人"的出路》。

于，这两顶帽子是否都符合实际情况？

二

胡秋原生平的文字中，提到“文艺自由论”有两个地方。其一是1934年12月25日出版的《文艺评论》创刊号，他以文化评论社的名义，发表了题为《真理之檄》的发刊词。其二是写于“1931年11月15日晨”的、发表于同期《文化评论》上以批判国民党当局卵翼下的右翼文人鼓吹的“民族文艺理论之谬误”为主的《阿狗文艺论》一文，就是引发“左联”骨干成员对胡秋原的所谓“鼓吹文艺自由论”进行批判的核心内容，也是鲁迅在《论“第三种人”》一文中加以严厉申斥的。

鲁迅在自己的文章中使用“在马克思主义里发见了文艺自由论”这样辛辣的语言来抨击胡秋原，那么，马克思到底有没有说过类似的话呢？答案是肯定的：马克思确实倡导文艺自由，而且身体力行、不遗余力。

与马克思、恩格斯同时代的德国工人运动的著名活动家、德国社会民主党左翼杰出的理论家、政论家、历史学家和文艺评论家弗兰茨·梅林（1846—1919）曾受马克思的女儿劳拉·拉法格夫人委托，继编辑出版《马克思恩格斯通信集》之后，又长期收集资料、进行研究，精心撰写了《马克思传》一书。弗·梅林的这部《马克思传》在近一个世纪以来，被誉为较全面反映马克思一生革命经历特别是马克思和恩格斯创立马克思主义全过程的一部经典著作。在我国，这本书最初的中译本由罗稷南先生翻译，于1953年由三联书店出版。1965年7月，人民出版社又出版了最新中译本。在这本书中，弗兰·梅林深刻指出：

马克思在文学鉴赏方面，正如他对莎士比亚和瓦尔特·司各脱的偏爱所表明，是没有任何政治和社会成见的。但是他也绝不是那样常常和政治上的漠不关心或甚至奴颜婢膝相联的"纯粹美学"的信徒。在文学方面，马克思也是一个了不起的人，一个不能用任何死板公式来衡量的具有独到见解的学者。因此，他在选择文学读物方面完全没有洁癖，有时对于那些学院审美家们望而生畏的读物，他也并不嫌弃。像达尔文和俾斯麦一样，马克思爱读长篇小说。他特别喜欢惊险小说和幽默小说：从塞万提斯、巴尔扎克和菲尔丁，下而至于保尔·德·科克和因写了《基度山恩仇记》而内疚的大仲马。（弗·梅林《马克思传》，人民出版社，1965年7月第1版，第623—624页）

读了弗·梅林的上述精辟论述，再来看一看马克思和恩格斯是怎样阐述文艺自由的。

1842年5月，马克思在德国的《莱茵报》上发表了《第六届莱茵省议会的辩论（第一篇）》一文，这是马克思在青年时代撰写的一篇经典批评文章①。在该文中，年仅24岁的马克思采取了与其他青年黑格尔派和自由主义报刊所持立场不同的革命民主主义的立场，一针见血地指出农奴制的书报检查同出版自由是不能相容的。在同

① 见《马克思恩格斯论艺术之四》，人民出版社出版，1972年版，第180－252页。

反动统治当局及资产阶级——商人的文学观点进行斗争的时候，马克思捍卫了大胆的自由的民主主义的报刊。此外，马克思和恩格斯又在其共同合作撰写的《评普鲁士最近的书报检查令》一文中，对写作自由作了更为精彩的论述。

综上所述，胡秋原说的一点儿也不错，马克思确确实实，并且不止一次地呼吁、倡导文艺自由。难能可贵的是，早在青年时代，马克思就在自己的头脑里确立了文艺自由、出版自由等理念。

那么，鲁迅为什么会如此斥责胡秋原“挂着‘左翼’的招牌，在马克思主义里发见了文艺自由论”呢？这是跟当时的大环境有关。

当时，一方面由国民党右翼文人潘公展、范争波等人于1930年6月策划了所谓“民族主义文学”的运动，这个运动鼓吹以“民族主义”为“中心意识”，借以对抗此前三个月成立的以“左联”为代表的普罗文学，也即无产阶级革命文学。这个“民族主义文学”运动在“九一八”事变后为蒋介石鼓吹的“攘外必先安内”的媚日投降政策进行了百般辩护。正是在这个特定的历史条件下，冒出了批评“左联”的、自称为“文学自由人”的胡秋原和维护胡秋原的以苏汶为代表的“第三种人”。在当时鲁迅认为，胡秋原和苏汶等人的所作所为无异于是在向“左联”进攻、分裂左翼作家队伍，这令鲁迅愤慨不已。但是，鲁迅之所以没有公开点名批评胡秋原，又因为胡秋原撰写的《阿狗文艺论》一文，其矛头所指乃是着重批判了国民党蒋介石卵翼下的“民族主义文学”派的反动实质和荒谬论调。又由于冯雪峰、瞿秋白、周扬等“左联”领袖人物的介入和重炮猛轰，十分自然的是，鲁迅站在“左联”的立场上，维护他们的集体行动，并为之鼓与呼。

另一方面是，在此文发表一年多前，为鲁迅格外器重的柔石等“左联”五烈士惨遭国民党秘密杀害，这在鲁迅心中留下了至死也无法磨灭的伤痛。为揭露国民党政权的暴行，鲁迅牵头主持出版了“左联”秘密刊物《前哨》（纪念战死者专号），并亲自撰写了《柔石小传》《中国无产阶级革命文学和前驱的血》等文，并应美国友人史沫特莱约请为美国《新群众》杂志撰写了《黑暗中国的文艺界现状》一文，还参与起草《中国左翼作家联盟为国民党屠杀大批革命作家宣言》。在这个时候，如果有人对“左联”暴露出来的一些问题和错误提出批评，鲁迅会将其视之“进攻”而加以撰文痛斥。

还有，在当时的条件下，鲁迅对马克思、恩格斯等人的原著读得较少，实际上，他也几乎没有什么时间对马、恩的原著加以精心研读。但胡秋原不同，当时的胡秋原年轻，且自幼勤奋好学。在1927年经历了血雨腥风的“宁汉合流”、遭国民党右翼迫害而流亡后，胡秋原就比较系统地阅读了马克思、恩格斯的著作，甚至有的还是外文原著。后来亡命日本留学的那段时间里，为撰写七十万字的《唯物史观艺术论》（副题为《朴列汗诺夫艺术之研究》）一书，胡秋原几乎通读了马克思、恩格斯全集，以及普列汉诺夫、列宁、托洛茨基等人的著作。因之，他对马克思、恩格斯和普列汉诺夫等人倡导的“文艺自由”有着较为深刻的理解。

当了解了这些背景以后就可以发现，事实上，胡秋原和鲁迅的理念不但不矛盾，反而是有共同点的：鲁迅同样是高度崇尚文艺自由和言论自由的，而且他为之奋斗了一生。1906年，因愤于自己祖国的不强大和遭受帝国主义列强的蹂躏，以及中国人惨遭杀戮及周遭同胞身上显现的麻木不仁，正在日本仙台医专学医的鲁迅毅然弃医从文。这次抉择不仅仅是鲁迅人生经历上的重大转折，也是中国近现代文学史、思想史上的一件大事——由此诞生了中国文学史上一个伟大的、有高度凝聚力的文学家、思想家和革命家。在国民党蒋介石政权独裁统治的年代，鲁迅一再猛烈抨击当局的书报言行审查政策，一再呼吁文学自由、新闻自由和言论自由。

例如1934年5月，因《新生周刊》刊登一则“影射日本天皇”的《闲话皇帝》，随着该刊主编杜重远的锒铛入狱，国民党“中央图书杂志审查委员会”也就销声匿迹了。为此，鲁迅在其《且介亭杂文二集·后记》中，用其惯有的无比辛辣讥讽的笔调写道：

> 如此善政，行了还不到一年，不料竟出了《新生》的《闲话皇帝》事件。大约是受了日本领事的警告罢，那雷厉风行的办法，比对于“反动文字”还要严：立刻该报禁售，该社封门，编辑者杜重远已经自认该稿未经审查，判处徒刑，不准上诉的了，却又革掉了七位审查官，一面又往书店里大搜涉及日本的旧书，墙壁上贴满了“敦睦邦交”的告示。出版家也显出孤苦零丁模样，据说：这“一秉大公”的“中央图书杂志审查委员会”不见了，拿了稿子，竟走投无路。

在《论“第三种人”》一文中，有关鲁迅对“列宁主义里找到了杀尽共匪说”的指斥，又是怎么一回事呢？胡秋原撰写的《阿狗文艺论》，通篇充斥着对国民党右翼文人竭力鼓吹的《民族主义文艺运动宣言》的有力批判。在《钱杏村理论之清算与民族文学理论之批评》一文开始时，胡秋原撰有一个导语，这个导语泾渭分明地表明了他对左、右翼文人的态度。胡秋原说，“最近三四年来，中国文艺理论界有一个最大的滑稽与一个最大的丑恶。前者即是左翼文艺理论家批评家钱杏村君之‘理论’与‘批判’，后者是随暴君主义之盛衰而升沉的民族文艺派之‘理论’与‘创作’”。

显而易见，在这里胡秋原是视“左联”诸君为友的，而“民族文艺派”则是其对立面，并冠之以“随暴君主义”的“丑恶，而且是最大的丑恶”。在此文中，胡秋原对钱杏村散布的“阿Q死了”、“我们永远不需要阿Q时代”的说法进行了令人信服的驳斥，并就钱杏村曲解茅盾小说的真正含义、错误地认为茅盾小说“否认英勇的革命战斗的现实”等观点进行了分析，这些都说明，胡秋原对鲁迅、茅盾经典作品是全力维护的。

那么，鲁迅为什么会在《论“第三种人”》中指斥胡秋原是一个在“列宁主义里找到了杀尽共匪说”的论客呢？

令鲁迅产生如此与事实大相径庭的错讹的原因很可能有两方面，一方面，在当时鲁迅为维护冯雪峰、瞿秋白、周扬等“左联”领袖的“集体行动”，所以与他们保持了步调的一致。另一方面与当时的革命环境相关，即被“左联”乃至中共高层所切齿痛恨的某些共产党人和“左联”重要盟员的“背叛”行为，有着至关重要的联系。

在鲁迅撰写并发表《论“第三种人”》一文半年前，亦即1932年6月6日出版、由“左联”直接掌管的《文艺新闻》第五十八号上，发表了化名洛扬的冯雪峰所撰写的《“阿狗文艺”论者的丑脸谱》。在这篇颇有点谩骂味道的论战文章中，冯雪峰毫不客气地给论战的另一方胡秋原安上了一顶被共产党和左翼势力视之为仇敌的托派帽子——这也是胡秋原成为“托派”、“托匪”最早说法的源头。

但是从史实来看，冯雪峰在此文中所列举的胡秋原之“罪状”和依据是较为苍白的。

不久，胡秋原撰文《浪费的论争——对于批判者的若干答辩》，刊于 1932 年 12 月二卷二期《现代》，可以视作对鲁迅《论“第三种人”》一文的答复。于该文文尾，胡秋原并不因为鲁迅对他的指斥而迁怒于或进行反唇相讥，相反又一次维护了鲁迅作为“中国大作家”的地位。

鲁迅所指斥的在“列宁主义里找到了杀尽共匪说的论客”的说法，胡秋原本人事实上也并没有说过这样的话，有关的一切可以从胡秋原 20 世纪 20 年代末期的青年时代到后来在台湾生活的半个多世纪的著作、演讲中得到进一步的证实。那么，这个说法是怎么来的呢？

这需要从当时中国共产党和红军领导下的苏区说起。在当时大革命失败的白色恐怖形势下，一个众所周知的史实是，当时在几乎所有大大小小的苏区，都发生了震撼党内外的极端左倾机会主义路线统治下的肃反扩大化，很多地方发生大规模捕杀无端被诬为“AB 团”、“托派”的各级共产党干部、红军指挥员的这种亲痛仇快的事件。也就在这一时刻，1925 年入党的中共老党员、“左联”早期重要成员的杨邨人，在被派往苏区“体验生活”时，亲眼目睹了这一系列的惨痛事件，再加上看到那些平时极端左倾、关键时刻叛变投敌的昔日“战友”的行径，他不由得迷惘、失望，回到上海后撰写了一系列亲历的反思文章，于是被“左联”视为叛徒、取消派（托派）、反动派帮凶等而被开除。本来此事与胡秋原这个“文学自由人”无关。但后来杨邨人宣布加入“第三种人”行列后，“左联”

方面的一些领导人将他并入胡秋原、苏汶一类的“异类”，这样，胡秋原也被牵涉进来了。加上在当时苏汶的异军突起及向“左联”公开挑战，鲁迅一时气愤之下，便有了不点名的胡秋原系“列宁主义里杀尽共匪说的论客”的这一说法。

胡秋原后来完全倒向了国民党阵营，令人匪夷所思也颇为滑稽的是，对于这位独具嬉笑怒骂风格、与鲁迅一道时而抨击自己媚日、剿共、打内战，且遭自己亲手通缉的昔日小政敌，蒋介石倒也不避前隙，委以国防委员会秘书兼国民党喉舌《中央日报》副总主笔的重任。

三

当这场本不该发生的论辩过去半个世纪后，历史上一度被人视作“反共老手”和“托匪”的胡秋原，为“文革”结束之后中国大陆的开放路线所深深折服，热烈欢呼中华民族伟大复兴时代的来临。1988 年胡秋原在台湾登高一呼，成立“中国统一联盟”。四个月后，正在美国访问讲学的胡秋原无视台湾的李登辉当局的一再发出的恐吓，毅然直飞大陆，与中断了40 余年来往的邓颖超、李先念等中共领导人老友笑论两岸一统大业，被海内外舆论誉为“两岸破冰第一人”，他说：“我做中国人定了，相信没有人能够开除我的中国国籍!”

在时空越过 70 多年后再来检视一下当年发生的这场“文学自由论辩”，以及鲁迅在其《论“第三种人”》一文中对胡秋原的指斥，可以窥见其先天的症结之一二。一方面，当时政治环境的异常险恶，鲁迅对外部人事信息的渠道较为闭塞，如对共产党领导下的苏区的实际情况了解尤为甚少。而在另一方面，那些围聚在鲁迅身边被鲁迅视为“知已”、“亲密战友”的瞿秋白、冯雪峰等共产党高层人士，即或他们知悉一些内情的话，他们也难于会同鲁迅讲述或探讨中共党内和苏区发生的极左路线指导下的残酷斗争。

然而，令胡秋原终生难忘的是鲁迅在《辱骂和恐吓决不是战斗》一文中保护了他。此外，胡秋原还有令他终生难忘的另一件事是，当“文艺自由”论辩结束时，不仅在上海的中共最高负责人张闻天以“科德”的笔名写下了那篇著名的《文艺战线上的关门主义》的文章，严肃地批评了“左联”一些人在这场“文艺自由论辩”中的极左做法，而且，鲁迅还专门委托冯雪峰给他送去了一帧为他所喜爱的“俄国马克思主义之父”普列汉诺夫的照片。冯雪峰在交付照片时向胡秋原说明，这是苏联友人刚刚送给鲁迅的，为此，鲁迅将其送去照相馆经精心翻拍后，赠送给胡秋原，以释前隙。胡秋原直到晚年都称鲁迅的这个举动“很有人情味”，“我永远忘不了鲁迅”！

第20篇 “趋时”鲁迅与“复古”老师章太炎的歧路

章太炎（1869—1936），浙江余杭人。原名学乘，字枚叔，后易名为炳麟，又因倾慕顾炎武（本名顾绛）而改名为绛，号太炎，世人称之为“太炎先生”。清末民初民主革命先驱、思想家、著名学者，其学术研究的范围涉及小学、历史、哲学、政治等等，著述甚丰。

1904年与蔡元培等发起成立光复会，不久被清廷逮捕。1906年出狱后，在日本参加同盟会，主编《民报》，与改良派展开论战。1911年回国，任孙中山总统府枢密顾问。1917年参加护法军政府，任秘书长。同年年脱离孙中山改组的国民党，在苏州设章氏国学讲习会，开始以讲学为业。1935年在苏州主编《制言》杂志。晚年积极赞助抗日救亡运动。

一

章太炎因早年热心反清革命，是一个学者兼革命家，他1906年流亡日本不久便主持《民报》，鲁迅常去报馆听他讲学，成了章太炎的弟子之一。鲁迅不仅折服他渊博的学识及长者风度，更钦敬他的革命精神。后来，五四运动后，章先生慢慢落伍了，在白话文运动开始后，他开始维护文言攻击白话，鲁迅素所敬重的老师“原是拉车的好身手”，现在却“拉车屁股向后”了，怎么办？是尊师还是重道？鲁迅选择了后者，写了《趋时和复古》等文章，对章先生进行了尖锐批评。

趋时和复古[①]

半农先生一去世，也如朱湘庐隐[②]两位作家一样，很使有些刊物热闹了一番。这情形，会延得多么长久呢，现在也无从推测。但这一死，作用却好像比那两位大得多：他已经快要被封为复古的先贤，可用他的神主来打“趋时”[③] 的人们了。

这一打是有力的，因为他既是作古的名人，又是先前的新党，以新打新，就如以毒攻毒，胜于搬出生锈的古董来。然而笑话也就

① 本篇最初发表于1934年8月15日《申报·自由谈》。

② 朱湘（1904—1933）安徽太湖人，诗人。曾任安徽大学英文文学系主任。1933年12月5日，因生活窘困投江自尽。著有诗集《草莽集》《石门集》等。庐隐（1898—1934），本名黄英，福建闽侯人，女作家。1934年5月13日死于难产。著有短篇小说集《海滨故人》《灵海潮汐》等。

③ “趋时”，这是林语堂讥笑进步人士的话，见1934年7月20日《人间世》第八期《时代与人》一文：“所以趋时虽然要紧，保持人的本位也一样要紧。”

埋伏在这里面。为什么呢？就为了半农先生先就是一位以“趋时”而出名的人。

古之青年，心目中有了刘半农三个字，原因并不在他擅长音韵学，或是常做打油诗[①]，是在他跳出鸳蝴派[②]，骂倒王敬轩[③]，为一个“文学革命”阵中的战斗者。然而那时有一部分人，却毁之为“趋时”。时代到底好像有些前进，光阴流过去，渐渐将这谥号洗掉了，自己爬上了一点，也就随和一些，于是终于成为干干净净的名人。但是，“人怕出名猪怕壮”，他这时也要成为包起来作为医治新的“趋时”病的药料了。这并不是半农先生独个的苦境，旧例着实有。广东举人多得很，为什么康有为独独那么有名呢，因为他是公车上书的头儿，戊戌政变的主角，趋时；留英学生也不希罕，严复的姓名还没有消失，就在他先前认真的译过好几部鬼子书，趋时；清末，治朴学[④]的不止太炎先生一个人，而他的声名，远在孙诒让[⑤]之上者，其实是为了他提倡种族革命，趋时，而且还“造反”。后来“时”也“趋”了过来，他们就成为活的纯正的先贤。但是，晦气

---

① 刘半农从1933年9月《论语》第二十五期开始连续发表打油诗《桐花芝豆堂诗集》，在《自序》中称自己“喜为打油之诗”。

② 鸳蝴派即鸳鸯蝴蝶派，刘半农早期曾以“半侬”笔名为这一派刊物写稿。

③ 骂倒王敬轩，1918年初，《新青年》为了推动文学革命运动，开展对复古派的斗争，曾由编者之一钱玄同化名王敬轩，把当时社会上反对新文化运动的论调集中起来，摹仿封建复古派的口吻写信给《新青年》编辑部；又由刘半农写了一封回信痛加批驳。两信同时发表在当年3月《新青年》第四卷第三号。

④ 朴学，语出《汉书·儒林传》：“（倪）宽有俊材，初见武帝，语经学。上曰：‘吾始以《尚书》为朴学，弗好，及闻宽说，可观。’乃从宽问一篇。”后来称汉儒考据训诂之学为朴学，也称汉学。清代学者继承汉儒朴学，并有所发展。

⑤ 孙诒让（1848—1908），字仲容，浙江瑞安人，清末朴学家。著有《周礼正义》《墨子闲诂》等。

也夹屁股跟到，康有为永定为复辟的祖师，袁皇帝要严复劝进，孙传芳①大帅也来请太炎先生投壶了。原是拉车前进的好身手，腿肚大，臂膊也粗，这回还是请他拉，拉还是拉，然而是拉车屁股向后，这里只好用古文，“呜呼哀哉，尚飨”②了。

我并不在讥刺半农先生曾经“趋时”，我这里所用的是普通所谓“趋时”中的一部分：“前驱”的意思。他虽然自认“没落”③，其实是战斗过来的，只要敬爱他的人，多发挥这一点，不要七手八脚，专门把他拖进自己所喜欢的油或泥里去做金字招牌就好了。

八月十三日

1936年6月14日，章太炎病逝于苏州，这时，国民党政权把他打扮成“纯正先贤”，宣布要进行“国葬”；也有一些报刊贬低他为“失修的尊神”，而早年革命家的章太炎形象则被掩盖起来。几个月后，身染沉疴的鲁迅不顾病重，于逝世前十天写下了著名的《关于章太炎先生二三事》，为自己的老师鸣不平。

在文中鲁迅说：“我以为先生的业绩，留在革命史上的，实在比在学术史上还要大。”他回忆自己在清末之季，“我爱看这《民报》，但并非为了先生的文笔古奥，索解为难，或说佛法，谈‘俱分进化’，是为了他和主张保皇的梁启超斗争，和‘××’的×××斗

① 孙传芳（1885—1935），山东历城人，北洋直系军阀。他盘踞东南五省时，为了提倡复古，于1926年8月6日在南京举行投壶仪式，曾邀请章太炎主持，但章未去。投壶，古代宴会时的一种娱乐，宾主依次把箭投入壶中，负者饮酒。

② “呜呼哀哉，尚飨”，这是旧时祭文中常用的结束语。用在这里表示完结的意思。

③ 刘半农自认“没落”的话，见《半农杂文自序》（载1934年6月5日《人间世》第五期）：“要是有人根据了我文章中的某某数点而斥我为‘落伍’，为‘没落’，我是乐于承受的。”

争，和‘以《红楼梦》为成佛之要道’的×××斗争，真是所向披靡，令人神往。”在民初动乱的时局里，他称赞章太炎：“以大勋章作扇坠，临总统府之门，大诟袁世凯的包藏祸心者，并世无第二人；七次追捕，三入牢狱，而革命之志，终不屈挠者，并世亦无第二人：这才是先哲的精神，后生的楷范。”高度称赞乃师的革命事迹。

关于太炎先生二三事

鲁迅

前一些时，上海的官绅为太炎先生开追悼会，赴会者不满百人，遂在寂寞中闭幕，于是有人慨叹，以为青年们对于本国的学者，竟不如对于外国的高尔基的热诚。这慨叹其实是不得当的。官绅集会，一向为小民所不敢到；况且高尔基是战斗的作家，太炎先生虽先前也以革命家现身，后来却退居于宁静的学者，用自己所手造的和别人所帮造的墙，和时代隔绝了。纪念者自然有人，但也许将为大多数所忘却。

我以为先生的业绩，留在革命史上的，实在比在学术史上还要大。回忆三十余年之前，木板的《訄书》① 已经出版了，我读不断，当然也看不懂，恐怕那时的青年，这样的多得很。我的知道中国有太炎先生，并非因为他的经学和小学，是为了他驳斥康有为②和作邹

① 《訄书》（訄音 qiú，逼迫之意），是章太炎的第一部自选学术论文集，书名的用意是“逑鞠迫言（穷蹙的环境迫使他非说不可的话）”。书中集中体现了章炳麟早年的政治社会思想。

② 这里所说“驳斥康有为”，指章太炎发表于1903 年5 月《苏报》的《驳康有为论革命书》，它批驳了康有为主张中国只可立宪、不能革命的《与南北美洲诸华裔书》。

容的《革命军》序，竟被监禁于上海的西牢。那时留学日本的浙籍学生，正办杂志《浙江潮》[1]，其中即载有先生狱中所作诗，却并不难懂。这使我感动，也至今并没有忘记，现在抄两首在下面——

狱中赠邹容邹容吾小弟，被发下瀛洲。快剪刀除辫，干牛肉作糇。英雄一入狱，天地亦悲秋。临命须掺手，乾坤只两头。

狱中闻沈禹希[2]见杀不见沈生久，江湖知隐沦，萧萧悲壮士，今在易京门。

螭魅羞争焰，文章总断魂。中阴当待我，南北几新坟。

一九〇六年六月出狱，即日东渡，到了东京，不久就主持《民报》[3]。我爱看这《民报》，但并非为了先生的文笔古奥，索解为难，或说佛法，谈“俱分进化”[4]，是为了他和主张保皇的梁启超[5]斗争，

① 《浙江潮》月刊，清末浙江籍留日学生创办，光绪二十九年正月（1903年2月）创刊于东京。这里的两首诗发表于该刊第七期（1903年9月）。

② 沈禹希（1872—1903）名荩，字禹希，湖南善化（今长沙）人。参加了清末的维新运动，戊戌变法失败后留学日本。1900年回国秘密从事反清活动，1903年被捕，杖死狱中。章太炎所作《祭沈禹希文》，载《浙江潮》第九期（1903年11月）。

③ 《民报》月刊，同盟会的机关杂志。1905年11月在东京创刊，1908年11月出至第二十四号被日本政府查禁；1910年初又秘密印行两期后停刊。自1906年9月第七号起都由章太炎主编。

④ 俱分进化”，章太炎曾在《民报》第七号（1906年九月）发表谈佛法的《俱分进化论》一文，其中说：“进化之所以为进化者，非由一方直进，而必由双方并进。专举一方，惟言智识进化可尔，若以道德言，则善亦进化，恶亦进化；若以生计言，则乐亦进化，苦亦进化。双方并进，如影之随形……进化之实不可非，而进化之用无所取；自标吾论曰：‘俱分进化论’。”

⑤ 变法失败，梁启超逃亡日本后，于1902年在横滨创办《新民丛报》，鼓吹君主立宪，反对民主革命。章太炎主编的《民报》曾对这种主张予以批驳。

和“××”的“×××”斗争①，和“以《红楼梦》为成佛之要道”的×××斗争②，真是所向披靡，令人神往。前去听讲也在这时候，但又并非因为他是学者，却为了他是有学问的革命家，所以直到现在，先生的音容笑貌，还在目前，而所讲的《说文解字》，却一句也不记得了。③ 民国元年革命后，先生的所志已达，该可以大有作为了，然而还是不得志。这也是和高尔基的生受崇敬，死备哀荣，截然两样的。我以为两人遭遇的所以不同，其原因乃在高尔基先前的理想，后来都成为事实，他的一身，就是大众的一体，喜怒哀乐，无不相通；而先生则排满之志虽伸，但视为最紧要的“第一是用宗教发起信心，增进国民的道德；第二是用国粹激动种性，增进爱国的热肠”（见《民报》第六本）④，却仅止于高妙的幻想；不久而衰

---

① 和“××”的×××斗争，“××”疑为“献策”二字，×××指吴稚晖。吴稚晖曾参加《苏报》工作，在《苏报》案中有叛卖行为。章太炎在《民报》第十九号（1908 年 2 月）发表的《复吴敬恒书》中说：“案仆入狱数日，足下来视，自述见俞明震（按当时为江苏候补道）屈膝请安及赐面事，又述俞明震语，谓‘奉上官条教，来捕足下，但吾辈办事不可野蛮，有释足下意，愿足下善为谋。’时慰丹在傍，问曰：‘何以有我与章先生？’足下即面色青黄，嗫嚅不语……足下献策事，则言之。……仆参以足下之屈膝请安与闻慰丹语而面色青黄……有以知之言实也。”后来又在《民报》第二十二号（1908 年 7 月）的《再复吴敬恒书》中说：“今告足下，一幕友，前岁来此游历，与仆相见而说其事……足下既见震，而火票未发以前，未有一言见告；非表里为奸，岂有坐视同党之危而不先警报者？及巡捕抵门，他人犹未知明震与美领事磋商事状，足下已先言之。非足下与明震通情之的证乎？非足下献策之的证乎？”

② ×××指蓝公武（1887—1957），江苏吴江人。早年留学日本和德国，曾任《国民公报》社长、《时事新报》总编辑等职。又章太炎函中所说的“贵报”，指当时蓝公武与张东荪主办的在日本发行的《教育杂志》。

③ 1908 年作者在东京时曾在章太炎处听讲小学。

④ 章太炎这几句话，见《民报》第六号（1906 年 8 月）所载他的《演说录》：“近日办事的方法……第一要在感情，没有感情，凭你有百千万亿的拿坡仑、华盛顿，总是人各一心，不能团结……要成就这感情，有两件事是最要的，第一是用宗教发起信心，增进国民的道德；第二是用国粹激动种性，增进爱国的热肠。”

世凯又攘夺国柄，以遂私图，就更使先生失却实地，仅垂空文，至于今，惟我们的“中华民国”之称，尚系发源于先生的《中华民国解》(最先亦见《民报》)[①]，为巨大的记念而已，然而知道这一重公案者，恐怕也已经不多了。既离民众，渐入颓唐，后来的参与投壶[②]，接收馈赠，遂每为论者所不满，但这也不过白圭之玷，并非晚节不终。考其生平，以大勋章作扇坠，临总统府之门，大诟袁世凯的包藏祸心者，并世无第二人；七被追捕，三入牢狱[③]，而革命之志，终不屈挠者，并世亦无第二人：这才是先哲的精神，后生的楷范。近有文侩，勾结小报，竟也作文奚落先生以自鸣得意，真可谓“小人不欲成人之美”，而且“蚍蜉撼大树，可笑不自量”了！

但革命之后，先生亦渐为昭示后世计，自藏其锋镳。浙江所刻的《章氏丛书》[④]，是出于手定的，大约以为驳难攻讦，至于忿詈，有违古之儒风，足以贻讥多士的罢，先前的见于期刊的斗争的文章，竟多被刊落，上文所引的诗两首，亦不见于《诗录》中。一九三三年刻《章氏丛书续编》于北平，所收不多，而更纯谨，且不取旧作，

---

① 《中华民国解》发表于《民报》第十五号（1907 年 7 月），后来收入《太炎文录·别录》卷一。

② 1926 年 8 月间，章太炎在南京任孙传芳设立的婚丧祭礼制会会长，孙传芳曾邀他参加投壶仪式，但章未去。

③ 七被追捕，三入牢狱章太炎在 1906 年五月出狱后，东渡日本，在旅日的革命者为他举行的欢迎会上说：“算来自戊戌年（1898）以后，已有七次查拿，六次都拿不到，到第七次方才拿到；以前三次，或因别事株连，或是普拿新党，不专为我一人，后来四次，却都为逐满独立的事。”（载《民报》第六号）至于“三入牢狱”，据《太炎先生自定年谱》可考者为两次：1903 年 5 月因《苏报》案被捕，监禁三年，期满获释；1913 年 8 月因反对袁世凯被软禁，袁死后始得自由。

④ 《章氏丛书》浙江图书馆木刻本于 1919 年刊行，共收著作十三种。其中无“诗录”，诗即附于“文录”卷二之末。下文的《章氏丛书续编》，由章太炎的学生吴承仕、钱玄同等编校，1933 年刊行，共收著作七种。

当然也无斗争之作，先生遂身衣学术的华衮，粹然成为儒宗，执贽愿为弟子者綦众，至于仓皇制《同门录》[1]成册。近阅日报，有保护版权的广告，有三续丛书的记事，可见又将有遗著出版了，但补入先前战斗的文章与否，却无从知道。战斗的文章，乃是先生一生中最大，最久的业绩，假使未备，我以为是应该一一辑录，校印，使先生和后生相印，活在战斗者的心中的。然而此时此际，恐怕也未必能如所望罢，呜呼！

十月九日

不过，章太炎去世后，当众多章门弟子为老师举办各种纪念活动时，鲁迅却皆不参与。他与许寿裳谈及此事说："旧日同学，多已崇贵，而我为流人，音问久绝，殊不欲因此溷诸公之意耳。"言下之意，自己早已不属于学界所艳称的"太炎学派"。诸多昔日同门，或身居上庠，或游走政界，受当道青睐者不乏其人，但鲁迅自己却寄居沪上公寓中，与文坛各种明枪暗箭作斗争，同时借杂文唤醒大众，批判社会之污浊，世风之浇漓。此文撰毕不久，鲁迅也因病去世。但即便如此，章太炎与鲁迅在精神气质上，甚有其一脉相承之处，此为理解从晚清到新文化运动之间思想传承与变化的关键。

二

近代以来，西方势力大举入侵，传统社会内部积弊丛生，中国

① 《同门录》即同学姓名录。据《汉书·孟喜传》唐代颜师古注："同门，同师学者也。"

遭受巨大危机。有识之士开始质疑传统社会的价值体系与思想学说，伴随着救国救民之路的探寻，批判也日渐犀利。例如，青年时曾饱尝家庭伦理之苦的谭嗣同痛陈：“三纲之慑人，足以破其胆，而杀其灵魂”，因此“独夫民贼，固甚乐三纲之名，一切刑律制度皆依此为率，取便已故也”。此外在他看来，“五伦”唯有朋友一伦最为平等，其他皆属压迫与被压迫的关系。谭嗣同疾呼“冲决网罗”，就是希望人们打破旧的、腐朽的社会关系，培养独立、自主、大无畏的豪迈人格。

章太炎在当时也是如此。他指出：“小群，大群之贼也；大独，大群之母也。”“大独必群，群必以独成。”呼吁人们摆脱传统社会里各种束缚人心的伦理关系，重建社会组织，让人与人之间能真正团结，形成“大群”，即近代民族国家，从而使中国步入独立富强之路。

但是改造社会谈何容易，章太炎1906年东渡日本，在东京留学生欢迎会上演说时，特别指出他心目中的自立之道。在他看来，世间惊世骇俗之论往往出之于疯子，而且也只有疯子才能言行一致、不畏险阻、实践所言，世间能成大业者多出自此辈。若是所谓的“正常人”，在种种阻碍面前，绝难百折不回，孤行己意。因此他十分愿意别人称他为“疯子”、“神经病”。世人常称章太炎为“章疯子”，便是出自这里。在他眼中，“疯子”、“神经病”就是能不惧艰难险阻、不被名利诱惑、意志坚定不屈、具有勇猛奋发精神的人。只有这样的人，才能在艰巨的革命事业里有所作为，才能称之为真正的独立。

同时在章太炎看来，中国传统儒学远不能塑造出这类人物。他认为“儒家之病，在以富贵利禄为心。”所以“用儒家之道德，故坚苦卓励者绝无，而冒没奔竞者皆是”。基于此，他希望“用宗教发起信心，增进国民的道德”。他所谓宗教，乃是具有“依自不依他”性格的华严、法相二宗。“要有这种信仰，才得勇猛无畏，众志成城，方可干得事来。”同时他表彰长期被视为儒门异端的《礼记》中的《儒行》篇，发扬其近乎侠道的慷慨激越之气，提倡“知耻”、“重厚”、“耿介”、“必信”四种品德。

章太炎的文章在清末之季曾鼓舞了一世人心，被许多人视为“革命文豪”。但民国建立之后，烈士的鲜血换来的却是吏治腐败、民生凋敝，袁世凯弄权于上、军阀政客跳梁于下，这让章太炎深感失望。

与自己的老师一样，鲁迅这时也曾陷入四顾彷徨之境。他曾经尝试“沉于国民中”、“回到古代去”，想借此驱除寂寞，当此举近乎成功时，昔日同门钱玄同来劝他为《新青年》杂志撰文，鲁迅起先仍颇感疑虑，认为唤醒铁屋中的沉睡者而无解救之道，实非善道，但又想起摧毁“铁屋”也非不可能，于是遂答应了钱玄同。于是，鲁迅就做出了他的第一篇文章，即小说《狂人日记》。

在小说《狂人日记》中，鲁迅借狂人之口对当时的社会展开批判与控诉：“吃人的是我哥哥！我是吃人的人的兄弟！我自己被人吃了，可仍然是吃人的人的兄弟！”他以文学意象写出了当时的社会如何令人窒息，无时无刻不在压制人、摧残人，更有甚者，国民性之劣根代代相传，就连孩子也渐染其风。鲁迅将传统文化视为这一切的祸首，而只有成为别人眼中的“狂人”，才能众人皆醉我独醒，认清吃人社会的本质。仔细分疏，可以看到，鲁迅笔下的“狂人”与章太炎眼中的“疯子”，何其相似乃尔。

面对斯景，狂人该怎么办呢？在小说里，狂人对周围亲友苦苦相劝，劝他们别再吃人，可是没人理睬。更有甚者，吃人成性的人感到气愤，抿着嘴冷笑。这时他大哥高声呵斥道：“都出去！疯子有什么好看！”没有人搭理狂人，全当他是一不正常的疯子，因此他只能期待“没有吃过人的孩子，或许还有”，呼吁“救救孩子”。

然而鲁迅并未一直让狂人“狂”下去，在小说开头，他说狂人“已早愈，赴某县后补矣”。狂人不再“狂”，他没有狂到推倒一切的地步，而是融入了吃人的社会，成为其中一员，这体现了鲁迅对中国前途的悲观。在他看来，“中国太难改变了，即使搬动一张桌子，改装一个火炉，几乎也要血。”而大多数的群众，“永远是戏剧的看客。”

在《野草》中，鲁迅援引裴多菲的诗：“绝望之为虚妄，正与希望相同。”他说：“倘使我还得偷生在不明不白的这‘虚妄’中，我就还要寻求那逝去的悲凉飘渺的青春，但不妨在我的身外。”他知道改造社会，绝非易事，国民性中的劣根，存在久矣，个人面对“铁屋”，结局往往是头破血流，只是因为或许还能为下一代创造光明，所以不得不努力奋斗，与恶同归于尽。相较于胡适“不可救药的乐观主义”，鲁迅撰于新文化运动以来的一系列著作，悲凉之中蕴含深刻，那种强烈的批判力透纸背、直入人心。

三

新文化运动以来，传统社会组织日渐解体，许多青年学子与知识分子聚集于大城市之中，他们的生活方式较之往昔，已大不相同。当时一位青年人写道："在街上，红色的，紫色的，黄色的，灰色的，高级人群的海。这都市的繁华面，行走着威风凛凛的官僚政客，挺挺的大腹贾，蛇头鼠眼的密探和杀气腾腾的警察与宪兵，还有，贵族的公子，小姐妖媚的眼睛。"而另一面，"这都市的贫民区域，有了听不清的啼饥的孩子，有了无数颤颤号寒的老妇。畏缩，蹑足，从门缝里出来了年轻卖淫的姑娘与母亲。"因此他称都市为"动乱的天堂"。

对这一幕，鲁迅也深有体会，因此在1920年代末期，他开始宣传左翼文学，翻译了许多苏联的文学理论著作，提倡文学应写出普罗大众的喜怒哀乐，批判当权者对民众的压迫，号召广大民众起身反抗。后来"左联"成立，鲁迅被青年左翼作家奉为"旗手"。他晚年的作品，多为揭示与抨击社会权势阶层及其附庸文人的诸丑态。鲁迅的杂文，被人视为匕首。当"狂人"找到了"信仰"时，他开始与整个旧社会作毫不留情的斗争。

章太炎晚年虽也耳闻目睹世风时局的种种乱象，但他不像许多人那样，将这些现状归结于中国传统文化不适应西方政治与文化，进而开始批评中国传统文化，而是视此为中国历史演进中各种消极因素交织而成，在今日凑合呈现的结果。基于这样的认识，他晚年力倡"修己治人"之学的重要性。在章太炎看来，今日提倡"修己"之学，实为乱世里的救急之术，而非借此修身成德，优入圣域。因此他一反晚清之时对王学（指王阳明学）的批评，开始表彰后者的积极作用，认为服膺王学能使人一介不取、身处污世而有所不为，此乃居于今世所最应提倡者。此外，他祭出《大学》《儒行》《孝经》《丧服》四篇经典，在文章与演讲中对之极力宣扬，希望能让人们行有操守、刚毅英勇、超脱流俗，同时不忘故常，以礼持身，从敬宗收族出发，循序渐进，臻于对民族国家的热爱。在“治人”方面，他主张应从中国历史本身的演进中来认识现状，并且目睹当时国步维艰、民族危机日益加剧，因此在许多场合提倡读历史，视此为致用之道。他主张读史应识大体，熟知历代政治社会变迁，以及疆域沿革梗概，通过对历代史事的稔熟于胸来从中吸取足以为当下所借鉴与取法之处。

可以说，这个时候的章太炎与鲁迅在对社会认识与解决之道上已产生了巨大分歧。他们后来基本已不相往来，原因就在于此。二人孰是孰非，尽可平心商榷。但“疯子”与“狂人”的精神，却永不磨灭。当面对世俗的漠视嘲讽、无人理解时，当身处困境而四面碰壁、蹇蹇独行时，是深感无助而气馁，还是不畏险阻而奋发？先哲的不朽精神已在历史长卷中挥写出了最好的答案。

本书参考文献

参考书目

[1] 宋益乔:《梁实秋传》，百花文艺出版社，2005 年 5 月版。

[2] 黎照编:《鲁迅梁实秋论战实录》，华龄出版社，1997 年 11 月版。

[3] 董大中:《鲁迅与林语堂》，河北人民出版社，2003 年 12 版。

[4] 盛夏:《毛泽东与周扬》，人民出版社，2011 年 9 月版。

[5] 盛佩玉:《盛氏家族・邵洵美与我》，人民文学出版社，2004 年 6 月版。

[6] 岳南:《大师远去 2：爱恨情仇》，中国工人出版社，2011 年 12 月版。

参考文章

[1] 邵建:《“容忍”的胡适和“不饶恕”的鲁迅》，《开放时代》，

2014 年 1 月15 日。

［2］苏育生:《胡适与鲁迅》,《西安晚报》, 2012 年 9 月9 日。

［3］张家康:《胡适为鲁迅洗冤》,《团结报》, 2014 年 12 月11 日。

［4］何仁勇:《鲁迅为什么要骂梁实秋是“丧家狗”?》,《中国青年》杂志, 2012 年 5 月31 日。

［5］王开林:《人各有命:杨荫榆和吴贻芳》,《随笔》, 2012 年第六期。

［6］章含之:《青桐、秋桐与孤桐——忆父亲章士钊》,《大地》(2002 年第十七期)。

［7］何立波:《鲁迅与章士钊的一场官司》,《文史春秋》, 2009 年第三期。

［8］曾镇南:《论鲁迅与林语堂的幽默观》,《文艺理论与批评》, 1996 年第五期。

［9］黄荣才:《林语堂和鲁迅》,《闽南风》, 2010 年第八期。

［10］熊辉:《浪漫徐志摩与犀利鲁迅的恩仇纠结》,“中青在线”, 2015 年6 月26 日。

［11］张翠丽:《陈源在论战中为何败给鲁迅》,《安徽文学月刊》, 2014 年第二期, 第 33 –34 页。

［12］叶兆言:《陈西滢——曾经让鲁迅最痛恨的人》,《陈年旧事》, 中信出版社, 2013 年版。

［13］陆茹:《鲁迅与周扬的矛盾始末》,《党史文苑》, 2012 年 3 月6 日。

［14］张家康:《郭沫若为什么与鲁迅失之交臂》,《人民政协报》, 2011 年7 月28 日第 B3 版。

[15] 叶知秋：《鲁迅曾痛骂郭沫若是“流氓”》，“腾讯网”文化频道，2014 年 5 月 28 日。

[16] 王昊军：《鲁迅和邵洵美》，《通辽日报》，2016 年 1 月 21 日 11 版。

[17] 农伟雄：《鲁迅与周扬等“四条汉子”的矛盾真相》，《文史春秋》，2001 年第五期。

[18] 强英良：《在鲁迅与叶灵凤之间》，《鲁迅研究月刊》，1992 年第六期。

[19] 汪幸福：《李四光与鲁迅一场未解的误会》，《各界》总一百五十四期，第 24 页。

[20] 阎晶明：《李四光与鲁迅的笔仗》，《读书文摘》，2005 年第八期。

[21] 张耀杰：《鲁迅与钱玄同的化友为敌》，《长城》，2010 年第一期。

[22] 宛小平、朱亚坤：《功利和超功利——基于朱光潜和鲁迅的一场争辩》，《社会科学辑刊》，2015 年第五期。

[23] 秋石：《胡秋原与鲁迅的论战与纠葛》，《粤海风》，2008 年第五期。

[24] 王锐：《章太炎和鲁迅为何走“歧路”》，“澎湃新闻”，2015 年 7 月 6 日。